Politik & Co. – Niedersachsen

Politik-Wirtschaft für das Gymnasium

Band 1
für die Jahrgangstufe 8

Bearbeitet von Pia Frede, Johannes Heuser, Melanie Jakobi, Stephan Spieker und Maren Thomschke

unter Beratung von Pia Frede und Stephan Spieker

Zu diesem Lehrwerk sind erhältlich:
- Digitales Lehrermaterial **click & teach Einzellizenz**, Bestell-Nr. 710721
- Digitales Lehrermaterial **click & teach Box** (Karte mit Freischaltcode), ISBN 978-3-661-71072-3

Weitere Materialien finden Sie unter www.ccbuchner.de.

Dieser Titel ist auch als digitale Ausgabe **click & study** unter www.ccbuchner.de erhältlich.

1. Auflage, 2. Druck 2019
Alle Drucke dieser Auflage sind, weil untereinander unverändert, nebeneinander benutzbar.

Dieses Werk folgt der reformierten Rechtschreibung und Zeichensetzung. Ausnahmen bilden Texte, bei denen künstlerische, philologische oder lizenzrechtliche Gründe einer Änderung entgegenstehen.

Die Mediencodes enthalten ausschließlich optionale Unterrichtsmaterialien. Auf verschiedenen Seiten dieses Buches finden sich Verweise (Links) auf Internetadressen. Haftungshinweis: Trotz sorgfältiger inhaltlicher Kontrolle wird die Haftung für die Inhalte externer Seiten ausgeschlossen.

Redaktion: Simon Hameister
Layout und Satz: Wildner + Designer GmbH, Fürth
Druck und Bindung: Firmengruppe Appl, aprinta Druck, Wemding

www.ccbuchner.de

ISBN 978-3-661-**71070**-9

Politik & Co. 1

Politik-Wirtschaft

Bearbeitet von

Pia Frede
Johannes Heuser
Melanie Jakobi
Stephan Spieker
Maren Thomschke

unter Beratung von

Pia Frede
Stephan Spieker

Gymnasium
Niedersachsen

C.C.BUCHNER

Inhaltsverzeichnis

Anhang

METHODEN für das Fach Politik-Wirtschaft

METHODEN zur Bearbeitung der Aufgaben

URTEILSKOMPETENZ

DIGITAL AKTIV

Zur Arbeit mit dem Buch

Politik & Co. – Politik-Wirtschaft für das Gymnasium wurde nach den Vorgaben des Kerncurriculums für den Unterricht im Fach Politik-Wirtschaft in Niedersachsen der Jahrgangsstufe 8 neu konzipiert. Es ermöglicht euch, liebe Schülerinnen und Schüler, die zentralen Kompetenzen und Konzepte des Faches anhand vieler Beispiele aus eurem Leben und eurer Umgebung zu erwerben. Für eure Lehrerinnen und Lehrer ist das Buch eine Hilfe, einen modernen und binnendifferenzierten Unterricht zu verwirklichen.

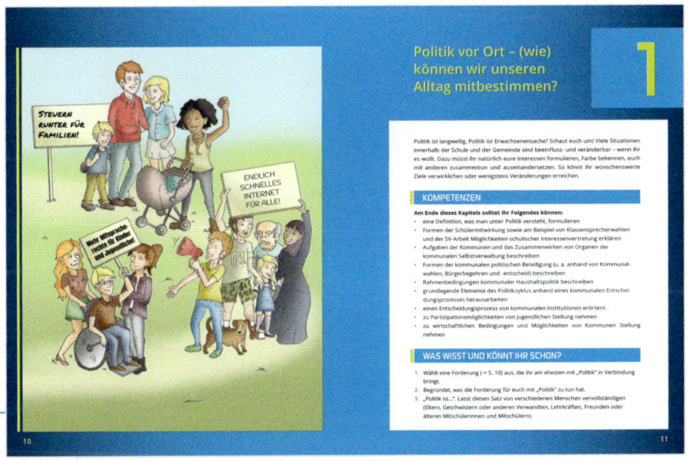

Jedes Kapitel beginnt mit einer **Auftaktdoppelseite**. Eine Materialseite und offene Aufgaben ermöglichen euch eine erste Annäherung an die Inhalte des neuen Kapitels. Dabei könnt ihr auch zeigen, was ihr schon über das Thema wisst. Außerdem hilft euch ein kleiner Einführungstext, einen Überblick zu erhalten. Über welches Wissen und Können ihr am Ende des Kapitels verfügen solltet, könnt ihr unter „**KOMPETENZEN**" nachlesen.

Jedes Unterkapitel beginnt mit einer knappen Einführung. In der Rubrik „**Zum Thema**" werdet ihr an das jeweilige Thema herangeführt. Hier erfahrt ihr bereits, was das zu behandelnde Problem der nachfolgenden Seiten ist bzw. mit welchen Themen es bearbeitet werden kann. Im Anschluss an die thematische Hinführung, beginnt jedes Unterkapitel mit einem Problemaufriss. Dieser wird durch ein Fallbeispiel, Zitate, kontroverse Schaubilder, Karikaturen, etc. dargestellt.

Durch die Arbeit mit dem **Materialienteil** und den speziell ausgewiesenen **Methodenseiten** schult ihr eure Sach-, Methoden- und Urteilskompetenzen. Die sorgfältig ausgewählten Quellen (Zeitungsartikel, Bilder, Karikaturen, Grafiken etc.) zeigen unterschiedlichste Perspektiven und vertiefen die zentralen Themenaspekte.

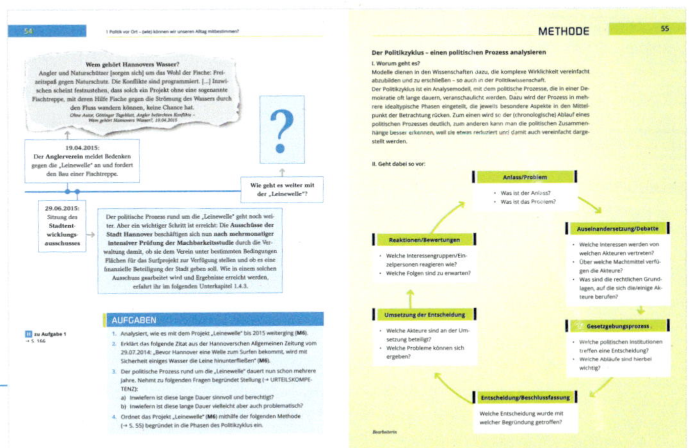

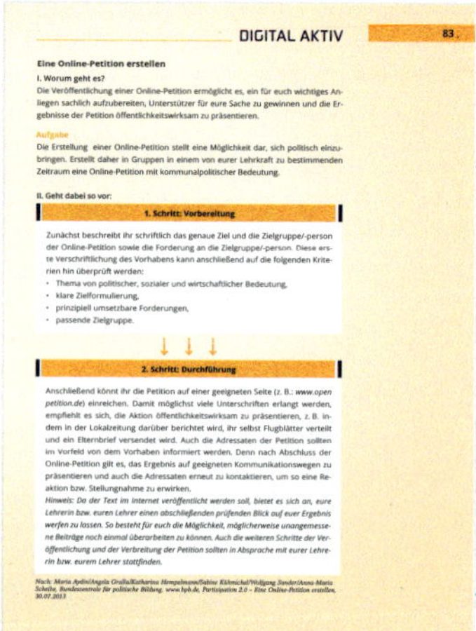

Im PoWi-Unterricht sollt ihr nicht nur einfach Fakten stur auswendig lernen und wiedergeben. Vielmehr geht es darum, dass ihr als mündige Bürgerinnen und Bürger am Leben in einer „Demokratie“ teilhaben und es aktiv mitgestalten könnt. Da Politik und Wirtschaft heutzutage zudem überwiegend medial vermittelt werden, ist ein gut überlegter Umgang mit Medien Voraussetzung für eine selbstbestimmte Beteiligung am demokratischen Willensbildungsprozess und am Wirtschaftsgeschehen. Unter der Rubrik **„DIGITAL AKTIV“** könnt ihr daher zeigen, dass ihr über einen von eurer Lehrkraft zu bestimmenden Zeitraum alleine oder in der Gruppe etwas „Digitales“ selbstgesteuert erarbeiten könnt.

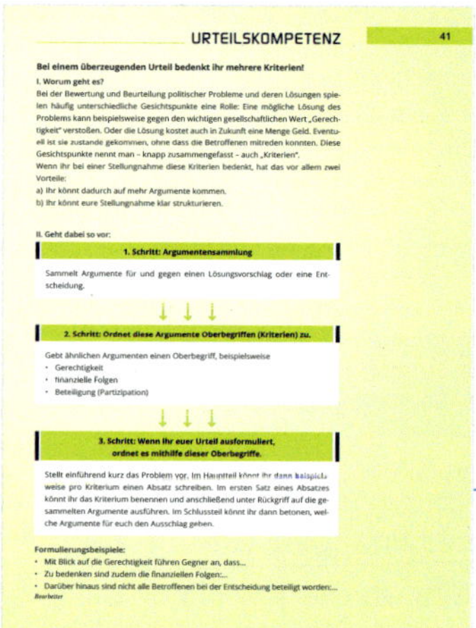

Die zentrale Aufgabe des Faches Politik-Wirtschaft ist es, euch in die Lage zu versetzen, politische und wirtschaftliche Sachverhalte und Probleme zu beurteilen. Dadurch werdet ihr dazu befähigt, euch als mündige Bürgerinnen und Bürger aktiv in öffentliche Angelegenheiten und ökonomische Situationen verantwortungsbewusst einzubringen. Da es einen komplexen Prozess darstellt, zu einem überzeugenden Urteil zu gelangen, könnt ihr diese Kompetenz mithilfe speziell hervorgehobener **URTEILSKOMPETENZ**-Seiten selbstständig erlernen und einüben.

In den **Randspalten** werden **zentrale Begriffe und wichtige Zusatzinformationen** knapp erklärt, um eine genaue fachwissenschaftliche Verwendung zu erleichtern. Zudem finden sich dort u. a. **Erklärfilme** zu ausgewählten Themen, die ihr jederzeit auf der Verlagshomepage (www.ccbuchner.de) abrufen könnt. Mithilfe von Mediencodes könnt ihr sie entweder direkt (QR-Code ↔ Smartphone) oder über die Eingabe des jeweiligen Mediencodes in das Suchfeld der Verlagshomepage beziehen.

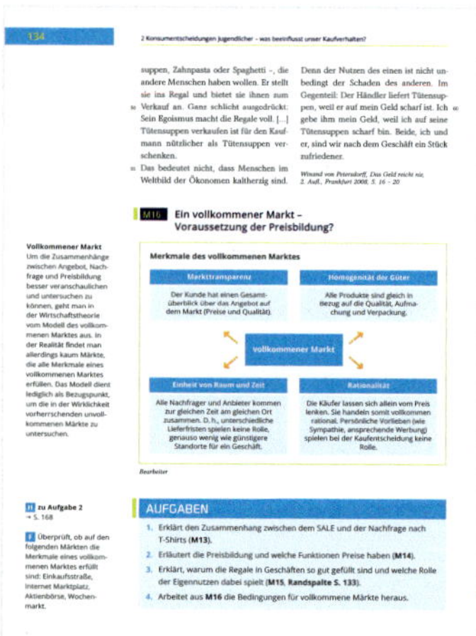

Am Ende jedes Unterkapitels findet ihr einen **Aufgabenblock**. Die Aufgaben enthalten in der Regel konkrete Handlungsanweisungen (**Operatoren**).

Natürlich lernt und arbeitet nicht jeder gleich schnell. Deswegen gibt es in der Randspalte immer wieder **Hilfen** oder **Zusatzangebote** zu den einzelnen Aufgaben. Wenn ihr z. B. „mal auf dem Schlauch“ steht, könnt ihr euch zu manchen Aufgaben Hilfe, gekennzeichnet mit dem Symbol **H**, auf Seite 166 ff. holen. Wenn ihr eine Aufgabe viel schneller erledigt habt als die anderen oder euch ein Thema besonders interessiert, stehen für euch unter dem Symbol **F** zusätzliche Aufgaben und Herausforderungen bereit.

Die Seiten „**WAS WIR WISSEN**" schließen die Unterkapitel ab. Auf diesen Seiten könnt ihr die wesentlichen Inhalte des vorangegangenen Unterkapitels noch einmal verständlich zusammengefasst nachlesen. Die Informationstexte, auf denen **zentrale Begriffe fettgedruckt** hervorgehoben sind, könnt ihr außerdem für die Vorbereitung auf Klassenarbeiten nutzen. Die **Fachkonzepte** des Faches Politik-Wirtschaft, mithilfe derer ihr euch unter Anleitung eurer Lehrerinnen und Lehrer u. a. Problemstellungen kategorial erschließen, fachspezifische Verknüpfungen aufzeigen und Zusammenhänge zwischen sozialen Phänomenen nachzuvollziehen könnt, sind auf diesen Seiten **zusätzlich farblich hervorgehoben.**

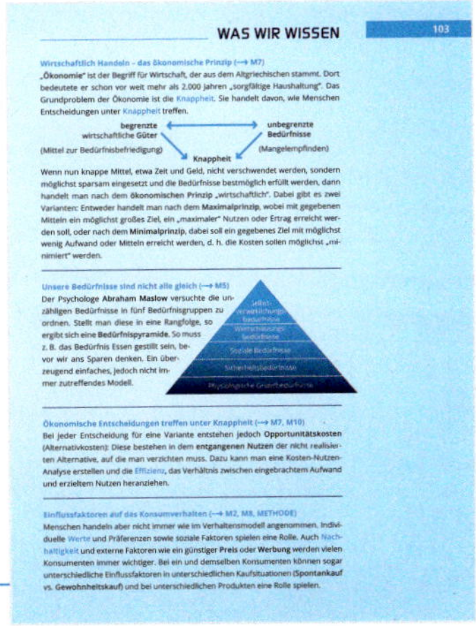

Anhand der **WAS WIR KÖNNEN**-Seiten, könnt ihr zeigen, ob ihr die im Kapitelverlauf erworbenen Kompetenzen in einer konkreten Entscheidungssituation sinnvoll anwenden könnt.

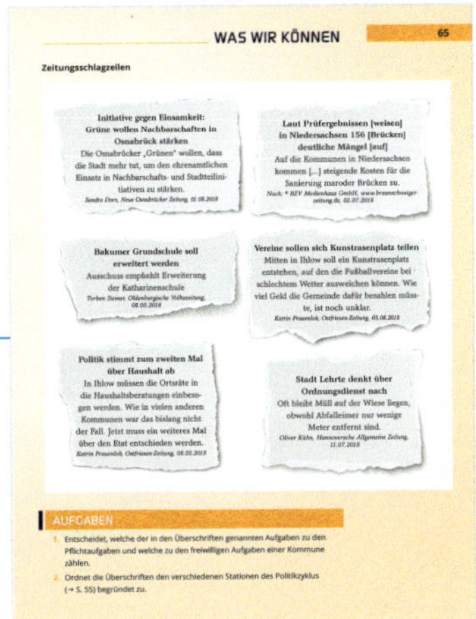

Allgemeine Hinweise

- Das **Methodenglossar** am Ende des Buches bietet euch wichtige Methoden, um die Aufgaben besser bearbeiten zu können.
- Ein **Politik- und Wirtschaftslexikon** zum Nachschlagen wichtiger Grundbegriffe aus den jeweiligen Kapiteln und ein **Register** zum Auffinden von Querverweisen können euch wichtige Hilfsmittel sein und das selbstständige Arbeiten mit dem Buch erleichtern.
- **Geschlechtergerechte Sprache:** Im Schulbuch werden i. d. R. sowohl die weibliche als auch die männliche Form verwendet; wo immer möglich, werden Paarformulierungen wie *„Bürgerinnen und Bürger"* oder neutrale Formen wie *„Lehrkraft"* gebraucht. Ausnahmen davon bilden bspw. layouttechnische Gründe (Platzmangel), bestimmte Funktionsbezeichnungen bzw. Begriffe mit Nähe zu formalen und juristischen Texten oder domänenspezifischen Fachbegriffen (z. B. *„Gläubiger"*, *„Schuldner"*, *„Käufer"*, *„Produzent"*, *„Hersteller"*, *„Dienstleister"*, *„Händler"* etc.), Fremdtexte oder die massive Beeinträchtigung der Lesbarkeit. Selbstverständlich sind auch in diesen Fällen Personen jeglichen Geschlechts gemeint.
- Sofern bei Materialien aus dem Internet kein Verfasserdatum ermittelt werden konnte, wird das „**Abrufdatum**" genannt.

STEUERN RUNTER FÜR FAMILIEN!
ENDLICH SCHNELLES INTERNET FÜR ALLE!
Mehr Mitsprache-rechte für Kinder und Jugendliche!
01

Politik vor Ort – (wie) können wir unseren Alltag mitbestimmen?

1

Politik ist langweilig, Politik ist Erwachsenensache? Schaut euch um! Viele Situationen innerhalb der Schule und der Gemeinde sind beeinfluss- und veränderbar – wenn ihr es wollt. Dazu müsst ihr natürlich eure Interessen formulieren, Farbe bekennen, euch mit anderen zusammentun und auseinandersetzen. So könnt ihr wünschenswerte Ziele verwirklichen oder wenigstens Veränderungen erreichen.

KOMPETENZEN

Am Ende dieses Kapitels solltet ihr Folgendes können:

- eine Definition, was man unter Politik versteht, formulieren
- Formen der Schülermitwirkung sowie am Beispiel von Klassensprecherwahlen und der SV-Arbeit Möglichkeiten schulischer Interessenvertretung erklären
- Aufgaben der Kommunen und das Zusammenwirken von Organen der kommunalen Selbstverwaltung beschreiben
- Formen der kommunalen politischen Beteiligung (u. a. anhand von Kommunalwahlen, Bürgerbegehren und -entscheid) beschreiben
- Rahmenbedingungen kommunaler Haushaltspolitik beschreiben
- grundlegende Elemente des Politikzyklus anhand eines kommunalen Entscheidungsprozesses herausarbeiten
- einen Entscheidungsprozess von kommunalen Institutionen erörtern
- zu Partizipationsmöglichkeiten von Jugendlichen Stellung nehmen
- zu wirtschaftlichen Bedingungen und Möglichkeiten von Kommunen Stellung nehmen

WAS WISST UND KÖNNT IHR SCHON?

1. Wählt eine Forderung (→ S. 10) aus, die ihr am ehesten mit „Politik“ in Verbindung bringt.
2. Begründet, was die Forderung für euch mit „Politik“ zu tun hat.
3. „Politik ist...“. Lasst diesen Satz von verschiedenen Menschen vervollständigen (Eltern, Geschwistern oder anderen Verwandten, Lehrkräften, Freunden oder älteren Mitschülerinnen und Mitschülern).

1.1 Wie kann das Zusammenleben in einer Gemeinschaft gelingen?

1.1.1 Gibt es bald neue Gemeinschaften auf schwimmenden Städten im Meer?

Visionär
Person, die versucht, einen Zukunftstraum in die Realität umzusetzen.

Seasteading Institute
2008 mit dem Ziel gegründetes Institut, die Errichtung eigenständiger Gemeinschaften auf schwimmenden Plattformen in internationalen Gewässern zu erleichtern.

Zum Thema: Manche Visionäre sind von der Idee fasziniert, durch die Schaffung künstlicher Inseln und schwimmender Städte neue Wohn- und Lebensräume für Menschen auf dem Meer zu schaffen. Architekten, Geldgeber und Unternehmer rund um das Seasteading Institute möchten sogar noch einen Schritt weitergehen und träumen bereits heute vom Aufbau neuer Gesellschaften und der Gründung neuer Staaten auf hoher See. Was die Chancen und Risiken wären, wenn diese Ideen verwirklicht werden würden, erfahrt ihr in diesem Unterkapitel.

M1 Schwimmende Städte – zu Hause auf dem Ozean

Vision einer schwimmenden Stadt: Auf riesigen Pontons sollen mehrstöckige Gebäude stehen, in denen Hunderte oder gar Zehntausende Menschen leben könnten.

Ponton
Ein im Wasser (meist) fest verankerter Schwimmkörper, der üblicherweise geschlossen und mit Luft gefüllt ist; Pontons werden bislang z. B. als Schwimminseln in Badeseen oder auch als Arbeitsplattformen im Meer verwendet.

Seit 2008 bereits tüfteln Architekten und Ingenieure am Seasteading Institute in Kalifornien an der Idee, dass der Mensch das Wasser besiedelt. Auf riesigen Pontons sollen mehrstöckige Gebäude stehen, in denen Hunderte Menschen leben – so die Vision.

Die Pontons lassen sich zu einer Kleinstadt zusammenkoppeln und könnten sogar Hunderte Kilometer vom Festland entfernt in internationalen Gewässern schwimmen. Mini-Atomkraftwerke versorgen die Siedlung mit Energie. Kühne Visionäre träumen gar von der Gründung neuer Nationen mit eigener Gesetzgebung. […]

Eine abseits des Festlands positionierte Metropole müsste sich selbst versorgen – mit eigener Infrastruktur für Strom, Wasser, Abwasser und Müll. Die Einwohner könnten Bodenschätze vom Meeresboden fördern oder von

Aquakulturen leben. [Experten des Seasteading Institute halten den Handel mit anderen Ländern für die Inselstaaten aber zudem für unverzichtbar. Wirtschaftlich sollten sich diese daher so stark wie möglich mit dem Rest der Welt verknüpfen.] Als ruhige und damit brauchbare Standorte könnten sich laut Seasteading Institute Unterwassergebirge erweisen, an denen die Wassertiefe nur 250 Meter beträgt. Das erleichtert die Verankerung der Pontons auf dem Meeresboden.

Die Stadt wäre durch eine schwimmende Mauer vor Wellengang geschützt. Laut Berechnungen von Experten [...] würden selbst vier Meter hohe Wellen und Windgeschwindigkeiten von 200 km/h kein Problem für die Pontons darstellen. Das sind Werte eines Hurrikans. Damit die Betriebskosten möglichst klein bleiben, sollten schwimmende Siedlungen idealerweise in Regionen platziert werden, wo die Wassertemperatur zwischen 24 und 27 Grad Celsius liegt. Dann, so das Kalkül der Experten, müsste man weder kühlen noch heizen. [...]

Am Seasteading Institute träumt man sogar von der Gründung neuer Nationen auf See. [...] Die Welt brauche Orte, wo man experimentieren und neue Gesellschaften aufbauen könne.

Es gibt ein Vorbild für den Traum einer Staatsgründung auf hoher See. 1967 rief ein ehemaliger Offizier der Britischen Armee auf einer verlassenen Plattform vor der Küste Englands das Fürstentum Sealand aus und erklärte es zu einem eigenständigen Staat. [...] Die sogenannte Mikronation wurde jedoch nie anerkannt, obwohl sie anfangs noch in internationalen Gewässern lag.

Eine schwimmende Großstadt [...] könnte tatsächlich in internationalen Gewässern liegen. Diese beginnen in der Regel ab einer Entfernung von 200 Seemeilen vom Festland. Aber ließe sich so tatsächlich ein Staat mit eigenen Gesetzen gründen?

Andreas Müller, Völkerrechtler an der Universität Göttingen [...]: „Der völkerrechtliche Staatsbegriff bezieht sich eindeutig auf Festland", sagt er. Er schließe alle Inseln ein, freischwimmende Konstruktionen jedoch nicht. Auf Schiffen in internationalen Gewässern gelte die Rechtsprechung des Landes, unter dessen Flagge sie unterwegs seien. „Womöglich gibt es im Seerecht eine Regelungslücke in Bezug auf schwimmende Städte", erklärt Müller.

Holger Dambeck, www.spiegel.de, Schwimmende Städte – Zu Hause auf dem Ozean, 16.02.2017

Aquakultur/ Aquafarming
Aufzucht von im Wasser lebenden Tieren

Seemeile
Längenmaßeinheit;
1 Seemeile = 1,852 km

Hurrikan
Wirbelsturm

M2 Was bedeutet Seasteading?

„Seasteading" ist ein Kunstwort aus *sea* und *homesteading* (Inbesitznahme, Besiedlung) und bezeichnet die Idee der künstlichen Erschaffung von dauerhaftem Wohn- und Lebensraum auf dem Meer. Diese Stätten (*seasteads*) sollen außerhalb von Gebieten, die von Staaten beansprucht werden, schwimmen oder verankert werden. Kerngedanke der „Seenahme" ist, dass die Stätten keinerlei Gesetzen außer den selbst aufgestellten Regeln unterliegen.

Das Ziel, Seasteading zu erleichtern, wird besonders prominent vom Seasteading Institute verfolgt. Das Institut wurde 2008 u.a. vom Google-Softwarein-

Investor (Anleger)
Person, die ihr Geld in ein Vorhaben oder Unternehmen investiert, in der Hoffnung, daraus Gewinne zu erzielen.

genieur Patri Friedman in Kalifornien gegründet. Friedman zufolge wird in der Bucht von San Francisco zunächst eine Testinsel gebaut, die einige hundert Quadratmeter groß sein und knapp eine Million Dollar kosten soll. Das Institut will dieses Vorhaben mithilfe von Investoren finanzieren. Bislang investierte Paypal-Mitbegründer Peter Thiel 500.000 US-Dollar in das Projekt.

Nach: Felix Naundorf, https://seenahme.de, Seasteading – Seenahme, Abruf am: 04.03.2019

M3 Staatsgründung: Wir fangen noch mal neu an

Patri Friedman (geb. 1976), US-amerikanischer Google-Softwareingenieur und ehemaliger Vorsitzender des Seasteading Institute

DIE ZEIT: Mr. Friedman, warum sollte ich meine gemütliche Wohnung verlassen, um auf eine entlegene Plattform im Ozean zu ziehen?
Patri Friedman: [Es] gibt viele Menschen, die nicht damit zufrieden sind, wie ihre Gesellschaften funktionieren. Sie haben neue Ideen für Regeln, nach denen sie leben wollen. Sie werden Menschen finden, die ähnlich denken, auch nach diesen Regeln leben und eine neue Form von Staat gründen wollen.
DIE ZEIT: Wäre es nicht sinnvoller, schon existierende Gesellschaften an Land zu verändern?
Patri Friedman: Das wäre in jedem Fall besser – wenn es möglich wäre. Aber so wie existierende Staaten funktionieren, wie dort Wandel stattfindet, ist es kaum realistisch, wirklich etwas zu erreichen.

ZEIT online, www.zeit.de, Staatsgründung: Wir fangen noch mal an, Abruf am: 31.10.2018; das Interview mit Patri Friedman führte Stefan Kesselhut

AUFGABEN

1. Beschreibt die Vision des „Seasteadings", indem ihr folgende Fragestellungen beantwortet (**M1**, **M2**):
   - Was ist die Kernidee des Seasteadings?
   - Welche technischen, wirtschaftlichen und politischen Herausforderungen stellen sich und wie sollen diese bewältigt werden?
   - Wer möchte gerne Seasteads bauen?
   - Wie sollen die Seasteads finanziert werden?
2. Fasst zusammen, warum der Google-Softwareingenieur Patri Friedman neue Staaten gründen möchte (**M3**).
3. Was haltet ihr persönlich von der Idee des Seasteadings (**M1-M3**)? Beantwortet die Frage, indem ihr die möglichen Chancen des Konzepts den möglichen Risiken gegenüberstellt.

Ein Experiment zum Thema „Wir besiedeln einen Seastead" durchführen

I. Worum geht es?

a) Die Ausgangssituation

Computeranimation „eures" Seasteads

Ihr befindet euch im Jahr 2030. Die erste künstliche Insel ist bereits im Ozean errichtet worden und die Idee des Seasteadings ist inzwischen auch schon sehr bekannt. Rund 100 Menschen haben sich dazu entschieden, auf den ersten Seastead umzusiedeln. Die Siedler haben alle eine Gemeinsamkeit: Sie wollen auf dem Seastead leben, weil sie es als Chance für sich begreifen, bei diesem Projekt persönlich mit dabei zu sein. Ansonsten sind die Siedler ziemlich unterschiedlich. Die meisten von ihnen kennen sich bereits aus dem Internet. Dort hatten sich über einen längeren Zeitraum hinweg einige Foren gebildet, in denen sie sich regelmäßig untereinander ausgetauscht haben. Viel wurde auch darüber diskutiert, welche Siedler-Gruppe eine zentrale Rolle für die Organisation des Zusammenlebens auf dem Seastead spielen und wichtige Entscheidungen für die ganze Gemeinschaft treffen sollte.

Internetforum
Diskussionsplattform zum Austausch von Ansichten, Gedanken und Meinungen

b) Die Positionen der einzelnen Siedler-Gruppen aus den Internetforen

Gruppe „Seasteading-Investments"

Ihr habt das Projekt „Seasteading" maßgeblich vorangetrieben und finanziell überhaupt erst ermöglicht: Ein großer Teil eures Vermögens, das ihr in der „alten Welt" verdient habt, ist in den Bau der Infrastruktur (Gebäude, die Verankerung auf dem Boden des Ozeans etc.) des Seasteads geflossen – insbesondere die Pontons waren deutlich teurer als anfangs gedacht. Die Insel schwimmt sozusagen auf euren Geldern! Abgesehen davon seid ihr auch Wirtschaftsexperten, wichtige Entscheidungen auf dem Seastead, z. B. über künftige Investitionen, die die Entwicklung der Insel voranbringen, sollten von Menschen getroffen werden, die hier den Durchblick haben – also von euch oder von jemandem aus eurer Gruppe.

Mitglied der Gruppe „Seasteading-Investmens"

Mitglied der „Experten"-Gruppe

„Experten"-Gruppe

Ihr seid eine Gruppe von Seasteading-Experten. Unter euch finden sich z. B. Architektinnen, Wasserbau-Ingenieure und Geologen. Viele von euch waren in die Seasteading-Forschung und -Entwicklung involviert sowie maßgeblich an der Konzeption des ersten Seasteads beteiligt. Der Ozean ist unberechenbar und ihr könnt euch noch gut daran erinnern, wie schwierig es war, die schwimmende Mauer zu konstruieren, die die Siedler auch vor hohem Wellengang sicher schützt. Das Projekt enthält zudem immer noch einige Unwägbarkeiten. Ihr seid diejenigen, die wirklich über die Gefahren auf hoher See Bescheid wissen und sich z. B. schon vorausschauend damit beschäftigt haben, die Insel auch vor Wirbelstürmen zu schützen – durch den Klimawandel haben diese in der Region leider deutlich zugenommen. Dass ihr eine elementare Rolle für das Überleben auf dem Seastead spielt, müsste eigentlich allen klar sein – wichtige Entscheidungen auf der Insel sollten daher von euch oder von jemandem aus eurer Gruppe getroffen werden.

Mitglied der „Gründer"-Gruppe

„Gründer"-Gruppe

Ihr seid ein Zusammenschluss verschiedener klein- und mittelständischer Unternehmer sowie Selbstständiger, die auf der Insel Betriebe gründen wollen und das entsprechende Know-how sowie etwas Geld aus eurem „alten Leben" dafür mitbringen. Unter euch befinden sich Aquafarm-Betreiber, Einzelhändlerin, Urban-Gardener und Dienstleister (Handwerk, Wasserwiederaufbereitung, Solar- und Windenergie, Müllentsorgung/Recycling, IT). Manche wollen auch etwas in den Bereichen Erziehung und Gesundheit anbieten. Eurem Selbstverständnis nach seid ihr sehr wichtig für die neue Gemeinschaft: Nur durch eure Ideen und mithilfe eurer Kenntnisse kann eine kleine funktionierende Wirtschaft auf der künstlichen Insel entstehen, in der alle Siedler die Lebensmittel, Güter und Dienstleistungen bekommen, die sie für ein angenehmes Insel-Leben benötigen. Das ist für die Gemeinschaft elementar. Wichtige Entscheidungen auf dem Seastead sollten daher eures Erachtens von euch oder von jemandem aus eurer Gruppe getroffen werden.

Urban Gardening
Gartenbau innerhalb von Siedlungsgebieten, der vorwiegend dem Anbau landwirtschaftlicher Erzeugnisse (Gemüse, Obst) dient.

Dienstleistung
Das Erbringen einer bestimmten Leistung (z. B. Reparatur eines Tisches).

Gruppe „Arbeit und Familie"

Ihr habt in der „alten Welt" in verschiedenen Betrieben gearbeitet, z. B. als Arbeiter auf einer Aquafarm, in der Fischverarbeitung, im Urban Gardening, als Handwerkerin, Informatiker, Erzieher oder Krankenpfleger, als Verkäufer, Technikerinnen, Lehrer etc. Auch wenn ihr ziemlich unterschiedliche Berufe habt, gibt es doch wichtige Gemeinsamkeiten, die euch einen:

1. Ihr wollt mit eurer gesamten Familie auf den Seastead umsiedeln.
2. Ihr werdet die Insel „am Laufen halten" – ausnahmslos alles auf der Insel

funktioniert nur, wenn ihr zuverlässig eurer Arbeit bei einem der neu zu gründenden Betriebe nachgeht und euch um das, wofür ihr zuständig sein werdet, gewissenhaft kümmert.

Zusammengenommen stellt ihr mit ca. 30 Prozent die zahlenmäßig größte Gruppe auf der Insel. Ihr denkt, dass ihr mit euren Familien daher die Basis der neuen Insel-Gemeinschaft bildet. Selbstverständlich müssen Entscheidungen für das Zusammenleben auf dem Seastead daher von euch oder von jemandem aus eurer Gruppe getroffen werden. Da ihr „mitten im Leben steht", wisst ihr schließlich am besten, was die meisten Siedler wirklich für ein zufriedenstellendes Leben auf der Insel brauchen.

Mitglied der Gruppe „Arbeit und Familie"

Gruppe „Lebenskunst"

Ihr seid eine ziemlich „bunte Truppe": Unter euch gibt es Musiker, Künstlerinnen sowie ein paar Aussteiger und „Freaks". Einige von euch haben sich in der „alten Welt" intensiv mit den dort existierenden Problemen und alternativen Gesellschaftsmodellen beschäftigt. Eure Gruppe „Lebenskunst" eint eine Vision: Der Seastead ist eine große Chance, eine neue Gemeinschaft aufzubauen, in der die Menschen ihren Lebenssinn nicht mehr darin sehen, zu arbeiten, um Geld zu verdienen und sich dadurch immer mehr kaufen zu können. Es gibt so vieles, womit Menschen ihr Leben sinnvoll verbringen könnten, wenn sie nicht andauernd mit Arbeiten und Konsumieren beschäftigt wären! – Die technische Entwicklung ist massiv vorangeschritten, viele Tätigkeiten können bereits heute von Robotern erledigt werden – wer sagt daher, dass überhaupt alle Siedler auf dem Seastead arbeiten müssen? Da ihr die Einzigen seid, die sich ernsthaft wegweisende Gedanken darüber gemacht haben, wie man auf dem Seastead völlig anders als bisher, nämlich besser, leben könnte, seht ihr euch als die eigentlichen Vorreiter für eine neue, innovative Gemeinschaft. Die wichtigen Entscheidungen für die Seastead-Gemeinschaft müssen daher eures Erachtens von euch oder von jemandem aus eurer Gruppe getroffen werden.

Mitglied der Gruppe „Lebenskunst"

II. Geht dabei so vor:

Experiment Phase 1 – wer trifft die Entscheidungen für die Gemeinschaft?

Damit bei der Besiedelung des Seasteads nicht völliges Chaos ausbricht, wird der Vorschlag, dass jede Gruppe im Vorfeld einen Vertreter zu einem Vorgespräch schickt, sehr gut aufgenommen. Das Vorgespräch unter den zukünftigen Siedlern findet noch auf dem Festland statt. Dort soll es zunächst einmal um die Frage gehen: **Wer trifft die Entscheidungen, die das Zusammenleben auf dem Seastead regeln?**

Geht bei der nun ersten durchzuführenden Phase folgendermaßen vor:

a) Bildet Fünfergruppen und lost aus, wer von euch innerhalb jeder Gruppe welche Rolle übernimmt (Siedler-Gruppen 1 bis 5).
b) Versetzt euch in die Rollen der jeweiligen Gruppenvertreter, indem ihr euch mithilfe der Rollenkarten auf das Vorgespräch vorbereitet.
c) Führt das Vorgespräch durch: Dabei sollte jeder von euch die Position seines Gruppenvertreters glaubwürdig vertreten und anschließend in eine Diskussion mit den übrigen Gruppenvertretern einsteigen.
d) Wenn ihr euch nicht spontan darauf einigen könnt, wer zukünftig die Entscheidungen, die das Zusammenleben der Gemeinschaft auf dem Seastead regeln, trifft, entwickelt gemeinsam einen Lösungsvorschlag für die am Ende von S. 17 gestellte Frage.
e) Gestaltet eure Antwort auf die Frage, wer zukünftig die Entscheidungen, die das Zusammenleben der Gemeinschaft auf dem Seastead regeln, trifft, auf einem Wandplakat (→ Methodenglossar), sodass ihr diese im Anschluss der ganzen Klasse präsentieren könnt.
f) Präsentiert eure Wandplakate und wertet diese aus:
   1. Begründet eure Antwort vor der ganzen Klasse in Form eines Kurzvortrags (→ Methodenglossar).
   2. Gebt den anderen Fünfergruppen ein begründetes Feedback: Welche gefundenen Antworten findet ihr sinnvoll? Wo seht ihr hingegen Probleme?
   3. Vergleicht die verschiedenen Gruppenergebnisse: Worin bestehen Gemeinsamkeiten, worin Unterschiede?
   4. Erklärt mithilfe der folgenden Entscheidungs- und Abstimmungsverfahren, für welches Vorgehen ihr euch in den Gruppen jeweils entschieden habt.
   5. Begründet, welche Vor- und Nachteile die jeweiligen Entscheidungs- und Abstimmungsverfahren haben.

H zu Teilaufgabe f)-5
→ S. 166

Mögliche Entscheidungsverfahren:

Ein Rat entscheidet.

Entscheidungen werden von einem Rat getroffen, der sich aus Mitgliedern der verschiedenen Siedler-Gruppen zusammensetzt. Die Ratsmitglieder werden von den Siedlern gewählt. Folgende Fragen müssten dann u. a. vorab geklärt werden:

- Dürfen alle Siedler die Ratsmitglieder wählen?
- Soll die Wahl der Ratsmitglieder geheim oder offen erfolgen?
- Soll es eine Mindestanzahl an Stimmen geben, die ein mögliches Ratsmitglied erreichen muss, damit es in den Rat gewählt ist?
- Falls ja: Wäre es dann wünschenswert, dass die zahlenmäßig kleinste Siedler-Gruppe (Gruppe „Lebenskunst“) dann vielleicht gar nicht im Rat vertreten ist?
- Nach welchem Abstimmungsverfahren soll der Rat Entscheidungen treffen?

Alle Siedler entscheiden.

Entscheidungen werden von allen Siedlern auf einer monatlich stattfindenden Seastead-Versammlung getroffen. Jede Siedler-Gruppe kann vorab Anliegen, Ideen und Vorschläge zur Entscheidung einbringen. Folgende Fragen müssten dann u. a. vorab geklärt werden:

- Soll grundsätzlich einstimmig entschieden werden?
- Wenn keine Einigkeit herrscht: Sollen trotzdem zumindest diejenigen Anliegen, Ideen und Vorschläge umgesetzt werden, für die sich im Rahmen der Seastead-Versammlungen eine (deutliche) Mehrheit ausspricht?
- Oder werden die im Rahmen der Seastead-Versammlungen vorgebrachten Anliegen, Ideen und Vorschläge verworfen, sobald auch nur ein einziger Siedler einen Einwand dagegen vorbringt?

Ein Einzelner entscheidet.

Entscheidungen werden von einer Person (oder einer sehr kleinen Personengruppe) getroffen, die aus bestimmten Gründen das alleinige Recht dazu haben sollte oder dafür besonders geeignet zu sein scheint. Folgende Frage muss dann u. a. vorab geklärt werden:

- (Wie) Kann verhindert werden, dass die Person (oder die Personengruppe) nicht nur eigene Interessen verfolgt, sondern für die gesamte Gemeinschaft handelt?

Mögliche Abstimmungsverfahren:

Prinzipien bei Abstimmungen

Prinzip der Einstimmigkeit:
Alle stimmen zu.

Prinzip der absoluten Mehrheit:
Ein Vorschlag erhält mehr als die Hälfte aller möglichen Stimmen.

Prinzip der einfachen Mehrheit:
Ein Vorschlag erhält mehr als die Hälfte der gültigen Stimmen (ungültige Stimmen und Stimmenthaltungen werden nicht mitgezählt; = absolute Mehrheit der abgegebenen gültigen Stimmen).

Prinzip der relativen Mehrheit:
Ein Vorschlag erhält mindestens eine Stimme mehr als ein anderer Vorschlag.

Prinzip der qualifizierten Mehrheit:
Vorab vereinbarte Anzahl an Stimmen, die erforderlich sind, damit ein Vorschlag angenommen wird (z. B. Zweidrittelmehrheit).

Experiment Phase 2 – für wen sollen welche Rechte gelten?

Die Siedler haben sich nach langen Diskussionen dafür entschieden, dass ein von allen Siedlern gewählter Rat, der die unterschiedlichen Siedler-Gruppen vertritt, für die gesamte Gemeinschaft Entscheidungen treffen soll. Verschiedene Gruppierungen von Ratsmitgliedern, die zwischenzeitlich in den Rat gewählt wurden, schlagen folgende **Rechte** vor:

Recht 1: Jeder Siedler ist frei.
Recht 2: Jeder Siedler hat ein Recht auf Leben und körperliche Unversehrtheit.
Recht 3: Jeder Siedler darf seine Meinung frei äußern.

Aufgaben

1. Erläutert, welchen Sinn die drei Rechte jeweils für das Zusammenleben der Gemeinschaft auf dem Seastead haben.
2. Überprüft, ob es unter bestimmten Umständen sinnvoll sein kann, ein Recht für bestimmte Siedler einzuschränken.

Die Ratsmitglieder schlagen außerdem vor, **die drei Rechte** unter folgenden Bedingungen **einzuschränken**:

Einschränkung von Recht 1

- Das Recht auf Freiheit kann eingeschränkt werden, wenn jemand gegen die geltenden Gesetze verstößt. Bei einem Gesetzesverstoß ist es der Siedlergemeinschaft erlaubt, Zwangsmaßnahmen gegen Straftäter zu ergreifen. Details regeln gesonderte Gesetze.
- Das Recht auf Freiheit kann eingeschränkt werden, wenn jemand keinen Beitrag für die Gemeinschaft leistet, obwohl er dazu in der Lage wäre. Siedler, die nicht arbeiten, können zur Arbeit gezwungen werden. Details regeln gesonderte Gesetze.

Einschränkung von Recht 2

- Das Recht auf Leben und körperliche Unversehrtheit kann eingeschränkt werden, wenn jemand eine große Gefahr für die Gemeinschaft darstellt. Die Siedlergemeinschaft ist dann befugt, gegen denjenigen auch mit Gewalt vorzugehen und ihn ggf. zu töten. Details regeln gesonderte Gesetze.
- Das Recht auf Leben und körperliche Unversehrtheit gilt ausdrücklich nicht für „Festländer“. Festländer, die den Seastead unbefugt betreten, können mit Gewalt daran gehindert werden. Piraten dürfen getötet werden.

Einschränkung von Recht 3

- Siedler, die mit ihrer Meinungsäußerung anderen Siedlern schaden, z. B. durch üble Nachrede, Mobbing oder verletzende Äußerungen, können ihr Recht auf freie Meinungsäußerung verlieren.
- Siedlern, die mit ihrer Meinungsäußerung die Gemeinschaft grundsätzlich infrage stellen oder das Zusammenleben z. B. durch gezielte Hetzkampagnen gefährden, kann ihr Recht auf freie Meinungsäußerung entzogen werden.

Geht nun arbeitsteilig auf die **Vorschläge zur Einschränkung der Rechte** ein:

a) Fasst die Vorschläge mit eigenen Worten zusammen und erklärt, was der jeweilige Vorschlag bezwecken soll.
b) Erläutert die möglichen Risiken des jeweiligen Vorschlags.
c) Formuliert ein Zwischenfazit zu allen drei Vorschlägen: Welche Funktionen haben Rechte sowie Einschränkungen von Rechten für eine Gemeinschaft? Was muss bei der Einschränkung von Rechten beachtet werden?
d) Die drei von den Ratsmitgliedern vorgeschlagenen Rechte sollen nur für Siedler gelten. Wie steht ihr dazu? Begründet eure Meinungen.
e) Sollte es Rechte geben, die für alle Menschen (Siedler, Festländer, Rechtsbrecher, Piraten etc.) gelten und nicht eingeschränkt werden können? Diskutiert diese Frage. Falls es eurer Ansicht nach solche Rechte geben sollte: Begründet, welche Rechte dies sein sollten.

F Mithilfe welchen Abstimmungsverfahrens (→ S. 19) sollte der Rat über die drei vorgeschlagenen Rechte und deren mögliche Einschränkungen entscheiden? Entwickelt eine begründete Empfehlung für die Ratsmitglieder.

Optional zur Vertiefung:
Experiment Phase 3 – welches Gesetz zur Besteuerung soll eingeführt werden?

Um u. a. die Infrastruktur auf dem Seastead weiter ausbauen zu können, muss entschieden werden, ob dies über die Erhebung von Steuern finanziert werden soll. Falls dem so sein sollte, muss weiter entschieden werden, welche Siedler diese bezahlen müssen und wie hoch die Steuern sein sollen. Drei Gruppierungen von Ratsmitgliedern reichen daher folgende unterschiedliche Vorschläge ein:

Steuern
→ S. 75 f.

Vorschlag der Ratsmitglieder aus der Gruppe „Arbeit und Familie“: Hohe Steuerabgaben für die Reichen, niedrige für die Normalverdiener!

Die Arbeiter können nicht einfach so zwischen Festland und Seastead hin und her pendeln. Sie können auch nicht mehr aufs Festland zurückkehren – ihre Ersparnisse haben sie unter anderem für die teure Schifffahrt zum Seastead geopfert – daher werden sie mit ihren Kindern dauerhaft auf dem Seastead leben. Viele von ihnen haben auch ihre alten Eltern mitgebracht, die gar nicht mehr arbeiten. Natürlich braucht die Gemeinschaft viel Geld, also hohe Steuereinnahmen, damit für alle gesorgt werden kann! Was passiert bspw. mit denjenigen, die zeitweise oder dauerhaft nicht mehr arbeiten können? Wie sollen Kindergärten, Schulen, ein Gesundheitswesen oder die Versorgung der alten Menschen sonst finanziert werden? Aus diesen Gründen sollen die reichen Siedler innerhalb der Gemeinschaft auf dem Seastead hoch und die Normalverdiener – also auch die Mitglieder der Gruppe „Arbeit und Familie“ – niedrig besteuert werden.

Vorschlag der Ratsmitglieder aus der Gruppe „Seasteading-Investments“: Niedrige Steuersätze für alle!

Die Investoren haben bereits viel Geld in den Bau des Seasteads investiert. Zudem überlegen die Siedler der „Seasteading-Investments“-Gruppe, ob sie den Bau einer von der „Gründer“-Gruppe geplanten Recycling-Anlage finanziell unterstützen und dafür von dieser Gruppe an den Gewinnen beteiligt werden sollten. Dass sie mit ihrem Kapital die Entwicklung des Seasteads vorantreiben, lohnt sich für sie aber nur dann, wenn sie auf dem Seastead niedrigere Steuern als auf dem Festland zahlen. Deswegen haben sie ja auch überhaupt so viel Geld in das Seastead-Projekt investiert! Sollte sich der Rat für eine hohe Besteuerung entscheiden, würden einige Investoren wahrscheinlich wieder auf das Festland umsiedeln. Die meisten pendeln ohnehin zwischen Festland und Seastead hin und her, weil sie zwei Wohnsitze haben. Die restlichen Siedler dürften dann gerne alleine schauen, wo sie das Geld für wichtige Projekte herbekommen. Kindergärten, Schulen, das Gesundheitswesen etc. sollten im Übrigen nicht aus Steuergeldern finanziert werden. Diejenigen, die diese Angebote benötigen, sollten diese auch selber bezahlen. Dafür hätten sie – bei der Einführung einer Niedrigsteuer – schließlich auch noch genug Geld übrig. Außerdem: Warum sollen eigentlich alle für etwas zahlen, das gar nicht alle in Anspruch nehmen? Ein niedriger Steuersatz ist für die Wirtschaft am besten und sicherlich auch im Sinne der „Gründer“.

Vorschlag der Ratsmitglieder aus der Gruppe „Lebenskunst“: Hohe Steuern für die Reichen und Steuerfreiheit für die Armen!

Gerecht wäre ein Steuersystem, in dem die Reichen sehr hohe Steuern zahlen müssten und die ärmeren Siedler von der Steuer komplett befreit würden. Zu diesen gehören einige Arbeiter aus der Gruppe „Arbeit und Familie“, aber auch Siedler aus der Gruppe „Lebenskunst“. Viele Aquafarm-Arbeiter, Musiker und Künstler können ihren Lebensunterhalt mit ihrer Arbeit nur schwer bestreiten. Und es gibt auch einige „Lebenskünstler“, die auf dem Seastead wahrscheinlich niemals arbeiten werden, da das, was sie in der „alten Welt“ gearbeitet haben, auf dem Seastead gar nicht gebraucht wird. Sie alle sind aber trotzdem für die Gemeinschaft wichtig. Es liegt daher auf der Hand, dass die Steuern der Reichen für Kindergärten, Schulen, das Gesundheitswesen, die Altenpflege, aber auch für die Unterstützung derjenigen gebraucht werden, die wenig oder gar kein Geld verdienen.

Bearbeitet folgende Arbeitsaufträge zu den Vorschlägen in Gruppenarbeit:

a) Fasst die jeweiligen Gesetzesvorschläge zur Besteuerung knapp zusammen: Wer macht den Vorschlag, worin besteht er und wofür sollen die Steuern verwendet werden?

b) Arbeitet die Begründungen der jeweiligen Gesetzesvorschläge zur Besteuerung heraus.

c) Setzt die drei Gesetzesvorschläge zur Besteuerung miteinander in Beziehung. Angenommen, die Zusammensetzung des Rates bildet die Einkommens- und Vermögensverteilung der Siedler ungefähr ab:

PROZENTUALE VERTEILUNG DES EINKOMMENS (LOHN FÜR GELEISTETE TÄTIGKEIT) UND VERMÖGENS (GELDWERT DES GESAMTEN EIGENTUMS) DER SIEDLERINNEN UND SIEDLER
20 % der Siedlerinnen und Siedler verfügen über ein hohes Einkommen und ein großes Vermögen.
50 % der Siedlerinnen und Siedler verfügen über ein mittleres Einkommen und ein geringes oder gar kein Vermögen.
20 % der Siedlerinnen und Siedler verfügen über ein geringes Einkommen und kein Vermögen.
10 % der Siedlerinnen und Siedler verfügen weder über ein Einkommen noch über ein Vermögen (Kinder, Jugendliche und alte Menschen sind hier nicht mitgezählt).

Würde es dann einen mehrheitsfähigen (bei relativer Mehrheit) Vorschlag geben?

d) Diskutiert die jeweiligen Gesetzesvorschläge zur Besteuerung: Was sind mögliche Vor- und Nachteile? Was würdet ihr dem Rat empfehlen?

e) Entwickelt einen eigenen, mehrheitsfähigen (bei einfacher Mehrheit) Gesetzesvorschlag zur Besteuerung und begründet diesen: Was sind eure Ziele? Welche Werte sind euch wichtig?

Bearbeiterin

Weitere Computeranimation „eures" entwickelten Seasteads

1.1.2 Verschiedene Definitionen von Politik

Zum Thema: Bei der Durchführung des „Seastead-Experiments" musstet ihr Fragen beantworten, die sich bei der Organisation eines Gemeinwesens stellen – u. a.: Wie sollen Entscheidungen für die Gemeinschaft getroffen werden? Für wen sollen welche Regeln gelten? Dadurch habt ihr bereits einen ersten Eindruck davon gewinnen können, worum es bei „Politik" eigentlich konkret geht.

Gemeinwesen
Vom griechischen Philosophen Aristoteles (384-322 v. Chr.) stammt die Feststellung: Zur Natur des Menschen gehört es, dass er in einem Gemeinwesen (Polis) lebt, er ist ein „politisches Wesen".

M4 Was hat euer „Seastead-Experiment" mit Politik zu tun?

1

Politik heißt Macht und Konflikt. Jeder versucht seine eigenen Interessen durchzusetzen.

Bearbeiterin

2

Politik ist Problemlösen. Politik beschäftigt sich mit Problemen, die viele Menschen betreffen und für die eine einheitliche Regelung gefunden werden muss.

Bearbeiterin

3

Politik ist jenes menschliche Handeln, das auf die Herstellung und Durchsetzung allgemeinverbindlicher Regelungen und Entscheidungen (d. h. von „allgemeiner Verbindlichkeit") in und zwischen Gruppen von Menschen abzielt.

Werner J. Patzelt, Einführung in die Politikwissenschaft: Grundriss des Faches und studiumbegleitende Orientierung, 4., überarb. u. wes. erw. Aufl., 2001, S. 23

Verbindlichkeit
Gültigkeit

4

Politik heißt, sich in die eigenen Angelegenheiten einzumischen.

Bearbeiterin

5

Politik ist das gemeinsame Streben nach einer gerechten Lösung.

Bearbeiterin

AUFGABEN

1. Beschreibt die Dynamik der Gruppenarbeitsphasen und Diskussionen bei der Durchführung eures „Seastead-Experiments" in der Klasse (**Methode**): Bei welchen Aspekten konntet ihr euch schnell einigen, bei welchen war es eher schwierig?
2. Erläutert ausgehend von den Erfahrungen aus den Gruppenarbeitsphasen (**Methode**) die Herausforderungen, vor denen die Siedlerinnen und Siedler bei der Besiedelung des Seasteads bzw. der Organisation des Zusammenlebens auf dem Seastead vermutlich stehen werden.
3. War das, was auf dem Seastead stattgefunden hat (**Methode**), „Politik"? – Begründet eure Einschätzung mithilfe der Politikdefinitionen aus **M4**.
4. Verfasst auf Basis dessen, was ihr beim „Seastead-Experiment" (**Methode**) erarbeiten konntet, eine eigene Definition von Politik.

Was ist Politik? (··→ Methode, M4)

Dort wo unterschiedliche Menschen aufeinander treffen, existieren verschiedene Ansichten, Interessen und Meinungen. Man kann daher sagen, dass **Politik überall dort stattfindet, wo ein Einzelner, eine oder mehrere Gruppe(n) Entscheidungen für die gesamte Gemeinschaft vorbereiten und treffen**.

Die drei Dimensionen von Politik (··→ Methode, M4)

Da sehr viele unterschiedliche Themen „irgendwie" mit Politik zu tun haben, existieren auch **zahlreiche Definitionen von „Politik"**, die wiederum verschiedene Aspekte von Politik berücksichtigen. Um zu ordnen und zu analysieren, was man alles unter Politik verstehen kann, bedient sich die Politikwissenschaft der englischen Sprache, denn dort gibt es drei verschiedene Bezeichnungen für das Wort „Politik": polity, policy und politics. Alle Begriffe werden im Deutschen mit „Politik" übersetzt, doch meinen sie jeweils **verschiedene „Dimensionen" von Politik**:

Policy steht für die **Inhalte von Politik**. Der Begriff policy beschreibt, was eine Gruppe (z. B. eine Partei) erreichen oder tun will, es geht um das Programm. So lassen sich bspw. die inhaltlichen Vorschläge zur Besteuerung aus eurem „Seastead-Experiment" der policy-Dimension zuordnen. Untersucht man ein bestimmtes Politikfeld, z. B. die Steuerpolitik auf eurem Seastead, dann spricht man von **policy-Analyse**.

Den Prozess der Meinungs- und Entscheidungsfindung bezeichnet man als **politics**. Er ist durch unterschiedliche Interessen und Akteure geprägt. Wer sich in diesem Prozess durchsetzen kann, entscheidet über die inhaltliche Ausgestaltung der Politik. Dabei geht es um Mehrheiten, Kompromisse und auch um die Macht, seine Meinung durchsetzen zu können. Übertragen auf euer „Seastead-Experiment" bedeutet dies bspw., dass diejenige Gruppe den Prozess innerhalb der politics-Dimension bestimmt, die sich mit ihrem Gesetzesvorschlag zur Besteuerung im Rat gegen die anderen Gruppen durchsetzt.

Der Rahmen, in dem dieser Prozess der Entscheidungsfindung stattfindet, wird als **polity** bezeichnet. Politische Entscheidungen werden in Institutionen getroffen, die nach bestimmten Regeln arbeiten. In eurem „Seastead-Experiment" bildet demzufolge der gewählte Rat den Rahmen, der mithilfe von festgelegten Abstimmungs- und Entscheidungsverfahren verbindliche Entscheidungen trifft. Es geht also u. a. um Gesetze, Werte und Verfahren. Der Gestaltungsspielraum der Politik ist deshalb nicht unbegrenzt, da auch sie sich an geltende Gesetze halten muss.

Was kennzeichnet Politik? (··→ Methode, M4)

Bei **Politik** geht es darum, **für Anliegen, die für eine Gemeinschaft wichtig sind, Lösungen zu finden, die in einer Entscheidung (z. B. Gesetz) münden**. Dabei existieren i. d. R. Zielkonflikte, da im politischen Prozess verschiedene Gruppen versuchen, ihre unterschiedlichen Interessen durchzusetzen. Typisch für Politik ist auch, dass der „Wettstreit" um die Durchsetzung politischer Ziele gewaltfrei ausgetragen und so das friedliche Zusammenleben der Menschen des Gemeinwesens nicht gefährdet wird.

Die Utopie oder die Geschäftsidee von der Staatsgründung auf künstlichen Inseln

Die Idee von Patri Friedman, neue Staaten auf Seasteads zu gründen, wird in der Realität sehr kontrovers diskutiert. Der Journalist Florian Rötzer äußert sich dazu wie folgt:

Utopie
Wunschtraum

imaginieren
sich vorstellen, ausdenken, einbilden

Klassengesellschaft
Modell, das davon ausgeht, dass die Gesellschaft aus einem armen, „arbeitenden" Bevölkerungsteil und einem reichen, „mit Vermögen ausgestattetem" Bevölkerungsteil besteht, die in einem Über- bzw. Unterordnungsverhältnis zueinander stehen.

Telearbeit
von zu Hause aus arbeiten

Chancengleichheit
hier: Chance für den armen Bevölkerungsanteil, bspw. durch eigene Arbeit in den reichen Bevölkerungsteil aufzusteigen.

demokratisch
hier: mit abstimmen lassen; auf deren Meinung Rücksicht nehmen

Florian Rötzer (geb. 1953), deutscher Journalist und Chefredakteur des Online-Magazins Telepolis

Die imaginierte neue Gesellschaft [...] ist von vorneherein eine Klassengesellschaft. Es gibt die Reichen und Flexiblen, die sich einkaufen und beispielsweise ihr Geld über Telearbeit verdienen können, oder die nur zeitweise oder als Besucher hier leben, und es gibt das Personal, das zum Betrieb der künstlichen Insel notwendig ist. Und es sollen zwar die Regeln des Gesellschaftsspiels erst gemeinsam geschaffen werden, es gibt allerdings keine Chancengleichheit, sodass damit zu rechnen ist, dass sich hier Reiche zusammenfinden werden, die dann ihre Bediensteten oder Angestellten bezahlen, aber demokratisch nicht beteiligen, oder sich ähnliche Ungleichheiten ausbilden und verstärken werden, wie sie die Staaten auch in unserer Welt kennzeichnen.

Florian Rötzer, www.heise.de, Die Utopie oder die Geschäftsidee von der Staatsgründung auf künstlichen Inseln, 18.08.2011

AUFGABEN

1. Fasst die Kritik von Florian Rötzer mit eigenen Worten zusammen.
2. Florian Rötzer befürchtet, dass Siedler, die weniger wohlhabend sind, von den politischen Entscheidungsprozessen auf der Insel ausgeschlossen sein werden. Erklärt seine Befürchtung unter Einbeziehung eures Vorwissens sowie des Materials.
3. Stellt die Chancen und Risiken der Seasteading-Idee knapp und zusammenfassend in einer Tabelle gegenüber.
4. Überprüft die dargestellten Chancen und Risiken. Welche erscheinen euch plausibel und bedenkenswert? Bezieht bei euren Begründungen auch eure Vorkenntnisse mit ein.

1.2 Wie kann das Schulleben mitgestaltet werden?

1.2.1 Was sind die Aufgaben von Klassensprecherinnen und Klassensprechern und welche weiteren Formen der Schülermitwirkung gibt es?

Zum Thema: In den ersten vier Wochen des Schuljahres muss die Klassensprecherwahl durchgeführt werden. Doch wie findet die Klassensprecherwahl eigentlich genau statt? Welche Aufgaben haben Klassensprecherinnen und Klassensprecher und gibt es noch weitere Formen der Schülermitwirkung? Die Antworten auf diese Fragen erhaltet ihr im folgenden Unterkapitel.

M1 Die Klassensprecherwahl – wie läuft sie ab?

Pünktlich zum Schuljahresbeginn möchte die Klassenlehrerin Frau Siemer in der Klasse 8.3 die Klassensprecherwahlen durchführen. Sie fragt die Schülerinnen und Schüler, wer dieses Schuljahr für das Klassensprecheramt kandidieren möchte. Die ehemalige Klassensprecherin Anna-Lena und ihr Stellvertreter Emre treten dieses Schuljahr nicht mehr zur Wahl an. Somit muss die Klasse neue Kandidaten zur Wahl vorschlagen. Mit Paula, Zoe, Can und Finn werden aus den Reihen der Schülerinnen und Schüler auch umgehend vier Kandidaten zur Wahl vorgeschlagen, die sich gut vorstellen könnten, das Amt der Klassensprecherin bzw. des Klassensprechers zu übernehmen. Die Klassensprecherwahl beginnt, indem Frau Siemer die Namen der vier Kandidaten an die Tafel schreibt und Wahlzettel verteilt. Auf diesen soll jede Schülerin bzw. jeder Schüler seinen eigenen Namen und die seiner beiden favorisierten Kandidaten – es muss je ein Mädchen und ein Junge aufgeführt sein, andernfalls zählt der Wahlzettel als ungültig – notiert werden. Noch während die Wahlzettel in der Klasse verteilt werden, wirft Mia ein, dass der neue Klassenkamerad nicht mitwählen dürfe. Immerhin ist er erst seit wenigen Tagen in der Klasse und kenne die Kandidaten doch noch kaum. Wie soll er da überhaupt einschätzen können, wer für das Amt des Klassensprechers geeignet ist? Paula, die unbedingt zur Klassensprecherin gewählt werden möchte und Angst davor hat, nicht ausreichend Stimmen zu erhalten, setzt ihre Freundin Amelie unter Druck. Sie steckt ihr einen Zettel zu, auf dem steht: „Amelie, denk dran. Ich feiere nächsten Samstag meinen Geburtstag. Ich zähle auf deine Stimme. Wenn du mich nicht wählst, will ich dich auf meiner Party nicht sehen!" Amelie kommt daraufhin ins Grübeln. Paula ist zwar ihre Freundin, aber für das Amt der Klassensprecherin hält Amelie sie nicht geeignet. Sie wollte eigentlich Zoe und Finn wählen. Frau Siemer stellt fest, dass Vladimir heute fehlt. Sein Freund Tim schlägt deswegen vor, dass er für Vladimir dessen Stimme abgibt. Immerhin kennt er die Ansichten seines Freundes ganz gut. Anschließend entscheidet die Klasse auch noch im Konsens: Sollte

Konsens
gemeinsam,
im Einvernehmen

es zu Stimmengleichheit kommen, dann wird die Stimme des Klassenbuchführers doppelt gewertet. Als alle Schülerinnen und Schüler die Namen ihrer beiden favorisierten Kandidaten notiert haben, sammelt der Wahlleiter die Wahlzettel ein und beginnt mit der Auszählung. Für jede Stimme wird hinter dem Namen an der Tafel ein Strich gemacht. Das Ergebnis: Zoe hat sechzehn Stimmen erhalten, Can fünfzehn, Paula zwölf und Finn elf. Damit wurde Zoe zur Klassensprecherin gewählt, Can zu ihrem Stellvertreter.

Bearbeiterin

M2 Wahlgrundsätze bei Klassensprecherwahlen

Grundgesetz
Verfassung (→ S. 39) der Bundesrepublik Deutschland

Wahlen folgen bestimmten Grundsätzen. Die Artikel 28 und 38 des Grundgesetzes beschreiben die für Deutschland – also auch für Klassensprecherwahlen – gültigen Wahlgrundsätze. Wahlen müssen demnach sein:

Allgemein

Alle Mitglieder der Gemeinschaft (Klasse, Schule, Bundesland etc.) sind wahlberechtigt, wenn sie die Voraussetzungen (z. B. Wohnsitz, Alter) erfüllen. Niemand darf aus sozialen, politischen oder wirtschaftlichen Gründen ausgeschlossen werden.

Frei

Niemand darf zu einer bestimmten Wahlentscheidung gezwungen oder gedrängt werden. Nach der Wahl darf niemand wegen seiner Entscheidung benachteiligt werden. Jeder hat das Recht, auf seine Stimmabgabe zu verzichten.

Unmittelbar

Die Wählerinnen und Wähler geben ihre Stimme direkt für die Kandidatinnen und Kandidaten oder Parteien ab. Es darf niemand dazwischen eingesetzt werden, z. B. Lehrkräfte oder „Wahlmänner", die dann deine Stimme für dich weitergeben.

Gleich

Alle Wahlberechtigten haben gleich viele Stimmen.
Jede Stimme zählt gleich viel.

Geheim

Jeder muss seine Stimme so abgeben können, dass niemand anderes feststellen kann, wie er gewählt hat.

Bearbeiterin

M3 Welche Aufgaben haben Klassensprecherinnen und Klassensprecher?

Die Klassensprecherin/der Klassensprecher…

1 nimmt die Interessen der Klasse wahr.

2 setzt sich in Klassenkonferenzen für Mitschülerinnen und Mitschüler ein.

3 nimmt an Sitzungen des Schülerrats teil und kümmert sich um den Informationsfluss zwischen dem Schülerrat oder der Schülersprecherin bzw. dem Schülersprecher und der Klasse.

4 gibt Informationen von der Schulleitung an die Klasse weiter.

5 nimmt auf Einladung an Elternabenden teil und informiert anschließend die Klasse.

6 nimmt auf Einladung an Zeugniskonferenzen teil.

7 leitet Kritik an die Lehrerinnen und Lehrer oder die Schulleitung weiter.

Nach: Klaus-Jürgen Beer/Gabi Boll/Hartmut Häger/Adalbert Kirchhoff/Manfred Klages, Niedersächsisches Landesinstitut für Schulentwicklung und Bildung (NLI), www.nibis.de, nli-Beiträge 72 – SV-Beratung Materialien, S. 44, Abruf am: 13.11.2018

M4 Gremien der Schülermitwirkung

§ 72 Allgemeines

(1) Schülerinnen und Schüler wirken in der Schule mit durch:

1. Klassenschülerschaften sowie Klassensprecherinnen und Klassensprecher,
2. den Schülerrat sowie Schülersprecherinnen und Schülersprecher,
3. Vertreterinnen und Vertreter in Konferenzen, Ausschüssen und im Schulvorstand [→ S. 30].

§ 73 Klassenschülerschaft

In jeder Klasse vom 5. Schuljahrgang an (Klassenschülerschaft) werden eine Klassensprecherin oder ein Klassensprecher (Klassenvertretung), deren oder dessen Stellvertreterin oder Stellvertreter sowie die Vertreterinnen oder Vertreter in der Klassenkonferenz und deren Ausschuss […] gewählt. […]

§ 74 Schülerrat

(1) Die Klassenvertretungen bilden den Schülerrat der Schule. Dieser wählt die Schülersprecherin oder den Schülersprecher und eine Stellvertreterin oder einen Stellvertreter oder mehrere Stellvertreterinnen oder Stellvertreter aus seiner Mitte sowie die Vertreterinnen oder Vertreter in der Gesamtkonferenz, in den Teilkonferenzen […] und in den entsprechenden Ausschüssen.

Niedersächsisches Schulgesetz (NSchG), www.nds-voris.de, Abruf am: 06.11.2018

Paragraf (§)
Übergeordnete Abschnitte eines Gesetzes nennt man Paragrafen. Sie beginnen mit einem Paragrafenzeichen (§), sind fortlaufend nummeriert und haben eine Überschrift. Die Gliederung innerhalb der einzelnen Paragrafen erfolgt durch Absätze, zu erkennen an den Ziffern in runden Klammern. Manchmal sind auch die einzelnen Sätze innerhalb der Absätze noch zusätzlich nummeriert.

Schulvorstand
Dem Schulvorstand gehören die Schulleiterin oder der Schulleiter, weitere Lehrerinnen und Lehrer, Eltern und Schülerinnen und Schüler an. Seine Mitgliederzahl hängt von der Schüleranzahl an der Schule ab.

Schülervertretung (SV)
Die SV besteht aus den Schülerinnen und Schülern, die vom Schülerrat als Schülersprecherin bzw. als Schülersprecher und deren bzw. dessen Stellvertreterin bzw. Stellvertreter gewählt wurden.

Zero Waste
Prinzip, welches das Ziel verfolgt, so wenig Müll wie nur möglich zu produzieren.

M5 Ideen für die Schülervertretung (SV)

1 eine Schülerzeitung ins Leben rufen

2 eine Chinesisch-AG beantragen

3 Kontakte zu Partnerschulen im In- und Ausland herstellen

4 die Schülerschaft regelmäßig über die SV-Arbeit informieren

5 ein Zero Waste-Pausencafé gründen

6 eine Fahrradwerkstadt gründen

7 sich für Produkte lokaler Landwirte in der Mensa einsetzen

Bearbeiterin

AUFGABEN

1. Fasst die Schwierigkeiten bei der Klassensprecherwahl zusammen (**M1**).
2. Begründet, was ihr beim Ablauf der Klassensprecherwahl problematisch findet (**M1**).
3. Analysiert die Probleme der Klassensprecherwahl in **M1** mithilfe der Wahlgrundsätze aus **M2**.
4. Erläutert, wie die Einhaltung der einzelnen Wahlgrundsätze bei der nächsten Klassensprecherwahl garantiert werden könnten (**M1**, **M2**).
5. Welche Aufgaben sind für Klassensprecherinnen und Klassensprecher wichtig?
   a) Erstellt ausgehend von **M3** eine Rangfolge mit Eigenschaften, die eine Klassensprecherin bzw. ein Klassensprecher eurer Meinung nach haben sollte.
   b) Begründet anschließend die von euch persönlich erstellte Rangfolge.
6. Visualisiert die Gremien zur Mitwirkung an der Schule von der Klassenschülerschaft bis zum Schülerrat und darüber hinaus (**M4**) in Form eines Wandplakats (→ Methodenglossar).
7. „Die Klassensprecherin bzw. der Klassensprecher vertritt die Interessen der Klasse."
   a) Überlegt zuerst jeweils für euch allein, was ihr euch persönlich für das Schulleben wünscht. Findet euch anschließend in Vierergruppen zusammen und erstellt ausgehend von der voranstehenden Aussage und den in **M5** genannten möglichen Projekten eine Liste mit Themen, die eure Klassensprecherin bzw. euer Klassensprecher mit in die nächste SV-Sitzung nehmen kann, um dort eure Interessen zu vertreten.
   b) Präsentiert eure Gruppenergebnisse anschließend in Form eines Kurzvortrags (→ Methodenglossar) vor der gesamten Klasse und begründet dabei auch die von euch ausgewählten Themen.

1.2.2 Wie können Interessengegensätze in der Klasse und der Schule gelöst werden?

Zum Thema: Interessengegensätze entstehen dort, wo unterschiedliche Personen zusammenkommen – also auch in eurer Klasse und eurer Schule. Doch wie können Interessengegensätze in eurer Klasse und eurer Schule gelöst werden? Dies erfahrt ihr im folgenden Unterkapitel.

M6 Welche Lösungsmöglichkeiten gibt es für folgende fünf Situationen?

1 Die Mitglieder des Schülerrats wollen sich in der Schule treffen, um über die geplante Projektwoche zu sprechen. Sie fragen den Hausmeister, ob er ihnen am Nachmittag einen Raum zur Verfügung stellt. Dieser lehnt ab.

2 Zoe, die Klassensprecherin der 8.3, will im Unterricht von Frau Siemer über die Sitzung des Schülerrats berichten. Frau Siemer ist dagegen, weil sie in der nächsten Stunde eine Klassenarbeit schreiben lässt und jede Minute des Unterrichts benötigt, um die letzten Schülerfragen zu beantworten.

3 Die Schülersprecherin möchte mit dem Schulleiter über die vom Schülerrat geplante Projektwoche sprechen. Der Schulleiter sagt, dass dieses Jahr keine Projektwoche stattfinden werde. Eine Erklärung gibt er der Schülersprecherin nicht.

4 Der Schülerrat würde gerne eine Lehrkraft als Beraterin, eine sogenannte Vertrauenslehrkraft, wählen. Gerade für die Idee mit der Projektwoche braucht die Schülerschaft Unterstützung. Nun möchten aber auch Schülerinnen und Schüler, die gar nicht im Schülerrat sind, die beratende Lehrkraft mitwählen. Der Schülerrat spricht sich dagegen aus.

5 Die Klassensprecherin der 9.2, Elif, ist sehr besorgt, weil sich die Eltern ihres besten Freundes Ben scheiden lassen wollen. Als Ben nicht zum Unterricht erscheint, schlägt Elif vor, die Problematik in einer SV-Stunde zu erörtern. Jerome wendet ein, dies sei nicht erlaubt.

Bearbeiterin

Worüber entscheidet der Schulvorstand (§ 38 a NSchG)?

(3) Der Schulvorstand entscheidet über
1. die Inanspruchnahme der den Schulen im Hinblick auf ihre Eigenverantwortlichkeit vom [Kultusministerium] eingeräumten Entscheidungsspielräume, [...]
7. die Vorschläge an die Schulbehörde zur Besetzung der Stelle der Schulleiterin oder des Schulleiters, der ständigen Vertreterin oder des ständigen Vertreters sowie anderer Beförderungsstellen, [...]
11. Schulpartnerschaften, [...]
15. Grundsätze für [...] die Durchführung von Projektwochen, [...] die Werbung und das Sponsoring in der Schule.

M7 Was „sagt" das Schulgesetz zu den Mitwirkungsmöglichkeiten an Schulen? – § 80 Mitwirkung in der Schule

(1) Von den Klassenschülerschaften und dem Schülerrat sowie in Schülerversammlungen der Schule [...] können alle schulischen Fragen erörtert werden. Private Angelegenheiten von Lehrkräften sowie von Schülerinnen und Schülern dürfen nicht behandelt werden. An den Schülerversammlungen der Schule nehmen nur die Schülerinnen und Schüler vom 5. Schuljahrgang an teil [...].

(2) Die Vertreterinnen und Vertreter im Schulvorstand, in den Konferenzen und Ausschüssen berichten dem Schülerrat oder der jeweiligen Klassenschülerschaft regelmäßig über ihre Tätigkeit. [...] Der Schülerrat kann den Schülerinnen und Schülern der Schule über seine Tätigkeit berichten.

(3) Schülerrat und Klassenschülerschaften sind von der Schulleitung, dem Schulvorstand, der zuständigen Konferenz oder den Bildungsgangs- und Fachgruppen vor grundsätzlichen Entscheidungen, vor allem über die Organisation der Schule und die Leistungsbewertung, zu hören. Inhalt, Planung und Gestaltung des Unterrichts sind mit den Klassenschülerschaften zu erörtern.

(4) Schulleitung und Lehrkräfte haben dem Schülerrat und den Klassenschülerschaften die erforderlichen Auskünfte zu erteilen.

(5) Die Sprecherinnen und Sprecher vertreten die Schülerinnen und Schüler gegenüber Lehrkräften, Konferenzen, Schulvorstand, Schulleitung und Schulbehörden. Alle Schülervertreterinnen und Schülervertreter können von den Schülerinnen und Schülern mit der Wahrnehmung ihrer Interessen beauftragt werden.

(6) Der Schülerrat kann sich unter den Lehrkräften der Schule Beraterinnen und Berater wählen. Der Schülerrat kann beschließen, dass stattdessen diese Wahl von den Schülerinnen und Schülern der Schule unmittelbar durchgeführt wird.

(7) Die Benutzung der Schulanlagen ist für die Versammlungen nach den Absätzen 1 bis 3 sowie für die Beratungen der Schülervertreterinnen und Schülervertreter gestattet.

(8) Für Versammlungen und Beratungen ist im Stundenplan der Schulen wöchentlich eine Stunde, im Stundenplan der Teilzeitschulen monatlich eine Stunde, innerhalb der regelmäßigen Unterrichtszeit freizuhalten. Während der Unterrichtszeit dürfen jährlich je vier zweistündige Schülerversammlungen und Schülerratssitzungen stattfinden; weitere Sitzungen während der Unterrichtszeit bedürfen der Zustimmung der Schulleitung. Im Übrigen finden Versammlungen und Beratungen in der unterrichtsfreien Zeit statt.

Niedersächsisches Schulgesetz (NSchG), www.nds-voris.de, Abruf am: 06.11.2018

Veranstaltungen und Arbeitsgemeinschaften (§ 81 NSchG)
(1) Schülerrat und Klassenschülerschaft können eigene Veranstaltungen durchführen und Schülerarbeitsgemeinschaften einrichten. Ihnen kann mit ihrer Zustimmung auch die Verwaltung schulischer Einrichtungen übertragen werden.

Schülergruppen (§ 86 NSchG)
(2) Schülergruppen, deren Mitglieder das 14. Lebensjahr vollendet haben, können in der Schule für eine bestimmte politische, religiöse oder weltanschauliche Richtung eintreten.

Schülerzeitungen (§ 86 NSchG)
(1) Schülerzeitungen und Flugblätter, die von Schülerinnen oder Schülern einer oder mehrerer Schulen für deren Schülerschaft herausgegeben werden, dürfen auf dem Schulgrundstück verbreitet werden.

M8 Wünsche der Schülerschaft – Grenzen des Schülerrats

Mithilfe einer Umfrage hat der Schülerrat die Wünsche der Schülerschaft ermittelt. Die ausgewertete Umfrage hängt am schwarzen Brett aus:

Exkurs: Wozu sind Streitschlichter und Klassenrat da?

Mediencode: 71070-01

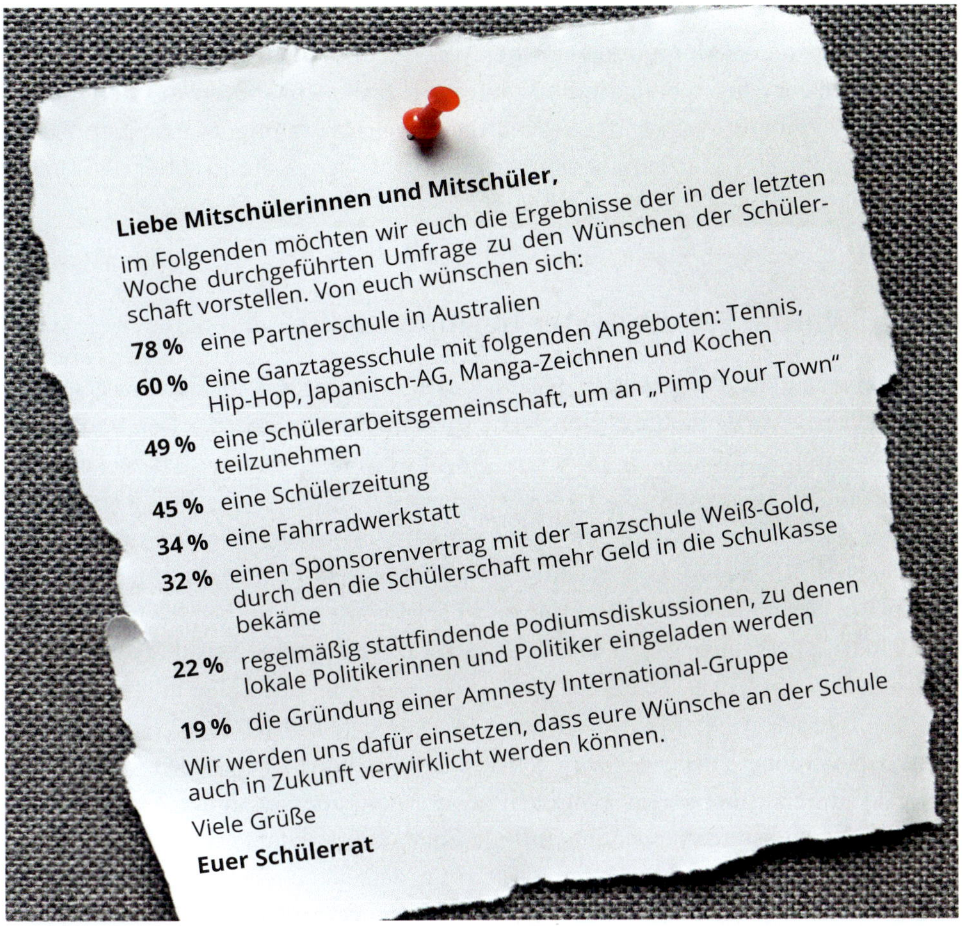

Liebe Mitschülerinnen und Mitschüler,

im Folgenden möchten wir euch die Ergebnisse der in der letzten Woche durchgeführten Umfrage zu den Wünschen der Schülerschaft vorstellen. Von euch wünschen sich:

78 % eine Partnerschule in Australien

60 % eine Ganztagesschule mit folgenden Angeboten: Tennis, Hip-Hop, Japanisch-AG, Manga-Zeichnen und Kochen

49 % eine Schülerarbeitsgemeinschaft, um an „Pimp Your Town“ teilzunehmen

45 % eine Schülerzeitung

34 % eine Fahrradwerkstatt

32 % einen Sponsorenvertrag mit der Tanzschule Weiß-Gold, durch den die Schülerschaft mehr Geld in die Schulkasse bekäme

22 % regelmäßig stattfindende Podiumsdiskussionen, zu denen lokale Politikerinnen und Politiker eingeladen werden

19 % die Gründung einer Amnesty International-Gruppe

Wir werden uns dafür einsetzen, dass eure Wünsche an der Schule auch in Zukunft verwirklicht werden können.

Viele Grüße

Euer Schülerrat

Bearbeiterin

„Pimp Your Town“
Planspiel, durch das Schülerinnen und Schüler spielerisch in die Grundlagen der Kommunalpolitik eingeführt werden sollen.

Amnesty International
Organisation, die sich für die Einhaltung der Menschenrechte einsetzt.

AUFGABEN

1. Tauscht euch über eure eigenen Erfahrungen aus: Welche typischen schulischen Interessengegensätze kennt ihr? (Wie) Sind diese gelöst worden?
2. Erklärt mithilfe der Auszüge aus dem Niedersächsischen Schulgesetz in **M7**, welche Lösungsmöglichkeiten es für die verschiedenen Interessengegensätze aus **M6** gibt.
3. Welche der durch die Umfrage ermittelten Wünsche der Schülerschaft kann der Schülerrat in der Schule durchsetzen (**M8**)? Erläutert eure Antworten mithilfe der Randspalte neben **M6** und **M7**. Klärt hierzu zunächst einmal mithilfe von **M7**, über welche Rechte der Schülerrat genau verfügt bzw. in welchen Bereichen er nicht mitzubestimmen hat.

F Recherchiert, wie sich der Schulvorstand an eurer Schule konkret zusammensetzt. Findet heraus, welche Themen auf der Tagesordnung der letzten Sitzung standen. Begründet, welche der behandelten Themen ihr für wichtig, welche eher für weniger wichtig haltet.

1.2.3 Ein Beispiel für Entscheidungsprozesse in der Schule: Um wie viel Uhr soll der Unterricht beginnen?

Zum Thema: Jeden Morgen klingelt der Wecker und viele von euch fragen sich wahrscheinlich: Warum beginnt die Schule eigentlich nicht später? Auf den folgenden Seiten könnt ihr euch damit beschäftigen, welche Argumente für einen früheren oder späteren Unterrichtsbeginn sprechen und wer eigentlich über den Unterrichtsbeginn an eurer Schule entscheidet.

Schulvorstand
Das oberste Gremium einer Schule. Er besteht zur Hälfte aus Lehrkräften einschließlich der Schulleiterin bzw. des Schulleiters und jeweils einem Viertel Eltern und Schülerinnen und Schülern. Jedes Mitglied hat eine Stimme. Bei Stimmengleichheit entscheidet die Stimme der Schulleiterin bzw. des Schulleiters. Die Anzahl der Schulvorstandsmitglieder ist abhängig von der Anzahl der Vollzeitlehrkräfte an der jeweiligen Schule, wobei die Höchstzahl an Mitgliedern auf höchstens 16 begrenzt ist. Da der Schulvorstand die Eigenverantwortlichkeit der Schulen stärken soll, kann er über viele Angelegenheiten, die die Schule betreffen, entscheiden. Bspw. über die Verwendung der zur Verfügung stehenden finanziellen Mittel, Schulpartnerschaften, die Durchführung von Projektwochen, die Einführung neuer Fächer oder Grundsätze zu Werbung und Sponsoring in der Schule.

M9 Warum Schule später beginnen sollte

Vor allem männliche Jugendliche belastet der Unterrichtsbeginn um 8 Uhr, sagt Horst-Werner Korf, Direktor des Senckenbergischen Chronomedizinischen [Medizinisches Fachgebiet, das sich mit „körpereigenen Rhythmen" beschäftigt.] Instituts in Frankfurt am Main. Grundschulkinder kämen hingegen in der Regel sehr gut mit dem frühen Schulstart klar. Der Mediziner Korf hat sich der Wissenschaft von der inneren Uhr verschrieben. Die tickt nicht nur bei jedem Menschen anders, sondern kann sich auch im Laufe des Lebens verändern. Häufig passiert das in der Pubertät: „Kleine Kinder sind fast immer Lerchen", sagt Korf. „In der Pubertät werden dann viele zu Eulen." Lerchen stehen früh auf, Eulen bleiben lang wach. Und daran kann man nichts ändern: „Keiner kann auf Dauer gegen seine biologische Uhr leben." Der traditionell frühe Schulbeginn kommt Lerchen entgegen, ist für Eulen aber „absolut kontraproduktiv", sagt Korf. Wenn sie um 8 Uhr in der Schule sitzen müssen, bringen sie ein Schlafdefizit mit. „Aber Schlaf ist wichtig für die kognitive Leistung und das Gedächtnis." Bei den Eulen unter den Schülern sei der „Biorhythmus gegenüber dem Sozialrhythmus verschoben". Da besonders postpubertäre Jungs häufig zu den Eulen zählen, könnte das auch ein Grund sein, dass deren schulische Leistungen oft schlechter sind. Chronobiologen fordern schon lange einen späteren Schulstart, „aber es passiert nix", bedauert Korf.

dpa, www.heise.de, Chronobiologe empfiehlt: Prüfungen in der Schule besser um 10 Uhr, 17.08.2017

M10 Wer entscheidet über den Unterrichtsbeginn?

Im Niedersächsischen Schulgesetz ist nicht ausdrücklich geregelt, wer genau über den Unterrichtsbeginn an den Schulen entscheidet. In einem Erlass des Kultusministeriums aus dem Jahre 2013 findet sich lediglich die Formulierung, dass „die Unterrichtszeiten mit dem Träger der Schülerbeförderung abzustimmen sind. Vor der Festlegung der Unterrichtszeiten müssen die zuständigen Eltern- und Schülervertretungen rechtzeitig gehört werden". Es ist daher anzunehmen, dass die meisten Schulen eine solche Abstimmung im Schulvorstand durchführen würden.

Bearbeiterin

M11 Sitzung des Schulvorstands – Thema: ein möglicher späterer Schulbeginn

Heute tagt der Schulvorstand, um über einen möglichen späteren Schulbeginn an eurer Schule zu diskutieren. Anwesend sind Schüler-, Eltern- und Lehrervertreter, die Schulleiterin sowie in diesem Fall auch ein Vertreter des Landkreises bzw. der Stadt.

Schulleiterin: In vielen Vorgesprächen hast du dir eine Meinung zum Unterrichtsbeginn an eurer Schule gebildet. Während der Sitzung des Schulvorstands hältst du dich mit deiner Meinung erst einmal zurück, denn deine Hauptaufgabe besteht darin, durch die Sitzung zu führen und Lösungswege zu finden, die die Mehrheit im Schulvorstand mittragen kann. Außerdem bist du für die korrekte Einhaltung des Abstimmungsverfahrens verantwortlich. Ein Ablauf der Sitzung könnte sein:

1. Begrüßung der Anwesenden
2. Vorstellung des Ablaufs der Sitzung
3. Bestimmung des Protokollanten
4. Kurze Zusammenfassung des Themas
5. Vorstellung der Positionen der Vertreter des Schulvorstands: Schülerinnen und Schüler – Lehrkräfte – Eltern
6. Diskussion über das Thema (Leitung durch die Schulleiterin)
7. Formulierung des Antrags
8. Abstimmung

Schülervertreterin I: Im Schülerrat habt ihr schon häufig über das Thema Unterrichtsbeginn an der Schule diskutiert und dabei festgestellt, dass die Meinungen auseinandergehen. Wie die anderen „Lerchen" bist du entschieden gegen einen späteren Schulbeginn. Mit dem jetzigen Beginn um 8 Uhr habt ihr nämlich keine Probleme. Durch Gespräche mit anderen „Lerchen" hast du viele Argumente für die Beibehaltung des frühen Unterrichtsbeginns gesammelt. Wie die anderen „Lerchen" siehst auch du Probleme darin, dass ein späterer Schulbeginn automatisch zu einem späteren Unterrichtsende führt. Und dies hat Konsequenzen auf die gesamte Freizeitgestaltung des Nachmittags.

Schülervertreter II: Im Schülerrat habt ihr schon häufig über das Thema Unterrichtsbeginn an der Schule diskutiert und dabei festgestellt, dass die Meinungen auseinandergehen. Wie den anderen „Eulen" fällt auch dir das frühe Aufstehen schwer. Stellvertretend für alle „Eulen" setzt du dich daher entschieden für einen späteren Unterrichtsbeginn ein. Durch Gespräche mit anderen „Eulen" hast du viele Argumente für einen späteren Unterrichtsbeginn gesammelt. Du denkst auch an die Schülerinnen und Schüler, die einen weiten Anfahrtsweg haben und dadurch noch früher als du aufstehen müssen.

Elternvertreterin I: Im Schulelternrat habt ihr schon häufig über das Thema Unterrichtsbeginn an der Schule diskutiert und dabei festgestellt, dass die Meinungen auseinandergehen. Wie viele andere Eltern bist auch du entschieden gegen einen späteren Schulbeginn. Mit dem jetzigen Beginn um 8 Uhr habt ihr nämlich keine Probleme. Durch Gespräche mit anderen Eltern hast du viele Argumente für die Beibehaltung des frühen Unterrichtsbeginns gesammelt. Du sprichst auch für viele berufstätige Eltern mit mehreren Kindern, die Organisationsprobleme durch einen späteren Schulbeginn befürchten.

Elternvertreter II: Im Schulelternrat habt ihr schon häufig über das Thema Unterrichtsbeginn an der Schule diskutiert und dabei festgestellt, dass die Meinungen auseinandergehen. Wie viele andere Eltern bist auch du entschieden für einen späteren Schulbeginn. Durch Gespräche mit anderen Eltern hast du viele Argumente für einen späteren Schulbeginn gesammelt. Ihr seid „Eulen", und das habt ihr anscheinend an eure Kinder vererbt.

Gesamtkonferenz
umfasst alle Lehrkräfte sowie die Eltern- und Schülervertreter der Schule

Lehrervertreterin I: In der Gesamtkonferenz habt ihr schon häufig über das Thema Unterrichtsbeginn an der Schule diskutiert und dabei festgestellt, dass die Meinungen auseinandergehen. Wie einige deiner Kolleginnen und Kollegen bist auch du entschieden gegen einen späteren Schulbeginn. Durch Gespräche im Kollegium hast du viele Argumente gegen einen späteren Schulbeginn gesammelt.

Lehrervertreter II: In der Gesamtkonferenz habt ihr schon häufig über das Thema Unterrichtsbeginn an der Schule diskutiert und dabei festgestellt, dass die Meinungen auseinandergehen. Wie einige deiner Kolleginnen und Kollegen bist auch du entschieden für einen späteren Schulbeginn. Durch Gespräche im Kollegium hast du viele Argumente für einen späteren Schulbeginn gesammelt.

Vertreter des Landkreises/der Stadt
Der Vertreter wurde zu dieser Sitzung des Schulvorstandes eingeladen, da er für die Schülerbeförderung zuständig ist. Er kann sich in die Diskussion bzw. das Rollenspiel mit einbringen. Da er kein ordentliches Mitglied des Schulvorstands ist, verfügt er allerdings nicht über ein Stimmrecht.

Vertreter des Landkreises/der Stadt: Der Landkreis bzw. die Stadt organisiert die Schülerbeförderung. Deswegen ist in einem großen Flächenstaat wie Niedersachsen mit vielen ländlichen Regionen auch deine Sicht auf das Thema wichtig. Der Landkreis ist bei der Schülerbeförderung auf lokale Busunternehmen angewiesen. Diese möchten ihre Busse nach 8 Uhr jedoch für andere Aufträge einsetzen. Einige Busunternehmen bestehen auf einem landkreiseinheitlichen bzw. stadtweit gleichen Schulbeginn, da sie Schülerinnen und Schüler mehrerer Schulen befördern und unterschiedliche Beförderungszeiten einen großen organisatorischen Aufwand mit sich bringen würden.

Bearbeiterin

AUFGABEN

1. Fasst die in **M9** genannte Problematik stichpunktartig zusammen.
2. Beschreibt die Zusammensetzung und die Aufgaben des Schulvorstands (**Randspalte** neben **M9** und **M10**).
3. Erklärt die Bedeutung des Schulvorstands bei der Regelung des Unterrichtsbeginns (**M10**, **Randspalte** neben **M9** und **M10**).
4. Führt – ausgehend von euren Kenntnissen aus **M9-M11** – in Form eines Rollenspiels (→ Methodenglossar) eine Schulvorstandssitzung zum Thema „späterer Schulbeginn" durch.
5. Begründet, welche Vor- und Nachteile sich für Schülerinnen und Schüler ergeben könnten, die Mitglied im Schulvorstand sind.

F zu Aufgabe 4
Informiert nach Durchführung des Rollenspiels die Schülerinnen und Schüler eurer Schule über das Sitzungsergebnis des Schulvorstands. Verfasst dazu einen Artikel für die Schülerzeitung.

Aufgaben von Klassensprecherinnen und Klassensprechern und die Klassensprecherwahl (→ M1-M4)

Zu Beginn des Schuljahres werden innerhalb der ersten vier Wochen von jeder Klasse eine Klassensprecherin bzw. ein Klassensprecher und deren bzw. dessen Stellvertreterin bzw. Stellvertreter gewählt. Wie bei allen Wahlen in Deutschland sind auch bei der **Klassensprecherwahl** die im Grundgesetz verankerten **Wahlgrundsätze allgemein, unmittelbar, frei, geheim und gleich** einzuhalten. Mit der Einhaltung dieser Wahlgrundsätze wird gesichert, dass das Ergebnis der Wahl dem Willen der Gemeinschaft (Klasse, Bevölkerung etc.) entspricht. Die Aufgaben einer Klassensprecherin bzw. eines Klassensprechers sind im Niedersächsischen Schulgesetz (NschG) festgehalten: Klassensprecherinnen und Klassensprecher vertreten die Interessen der Klasse gegenüber den Lehrkräften, der Schulleitung, der Schulbehörde und der Elternvertretung, nehmen an Sitzungen des Schülerrats und des Schulvorstands teil und berichten der Klasse regelmäßig von den dort geführten Diskussionen oder den getroffenen Entscheidungen. Klassensprecherinnen und Klassensprecher müssen keine „Superstars" sein, sie sollten aber ausgleichend auftreten, ihre Meinung gut vertreten können und sich für die Interessen der Mitschülerinnen und Mitschüler einsetzen.

Mitwirkung an der Schule (→ M4, M7, M9-M11)

Alle Klassensprecherinnen und Klassensprecher bilden den **Schülerrat** der Schule. Aus seiner Mitte werden die Schülersprecherin bzw. der Schülersprecher und deren bzw. dessen Stellvertreterin bzw. Stellvertreter sowie die Vertreter für den Schulvorstand und die Gesamtkonferenz gewählt. Der **Schulvorstand** kann bspw. über die Zusammenarbeit mit anderen Schulen, Schulpartnerschaften, die Verwendung von Geldern oder die Durchführung von Projektwochen entscheiden. Zudem kann er der Gesamtkonferenz Vorschläge für das Schulprogramm und die Schulordnung unterbreiten, die dann über die Vorschläge berät und entscheidet. Der Schulvorstand besteht zur Hälfte aus Lehrkräften einschließlich der Schulleiterin bzw. des Schulleiters und jeweils einem Viertel aus Eltern- und Schülervertretern. Die **Gesamtkonferenz** umfasst alle Lehrkräfte sowie alle Eltern- und Schülervertreter der Schule.

Interessensgegensätze und Konfliktlösung (→ M6-M8, Exkurs)

Im Schulleben kommt es immer wieder zu Interessensgegensätzen und Konflikten: Mobbing, körperliche Gewalt oder psychische Belastungen sind nur einige Beispiele dafür. Einige dieser Konflikte lassen sich klar und verbindlich lösen, auch weil es dafür rechtliche Grundlagen wie das Schulgesetz oder in der Schulordnung festgelegte Regeln gibt. Vielfach ist es jedoch sinnvoll, neben oder statt der rechtlich bestimmten Verfahren, in der Schule weitere Verfahren zu haben. Damit kann das Entstehen schwieriger Konflikte in der Schule verhindert werden, oder wenn es dann doch zu diesen Konflikten kommt, können diese so besser gelöst werden. Das Vorhandensein **neutraler Mediatoren** an der Schule, die **Einrichtung eines Klassenrats** oder das Hinzuziehen der Klassen- oder Vertrauenslehrerin bzw. des Klassen- oder Vertrauenslehrers sind solche Möglichkeiten.

1.3 Welche Aufgaben hat die Gemeinde?

1.3.1 (Wie) Kann die Gemeinde den Interessen all ihrer Bürgerinnen und Bürger gerecht werden?

Gemeinde
Jeder von uns wohnt in einer Gemeinde (man sagt auch „Kommune"). Das kann ein Dorf sein oder, wenn es mehr als 10.000 Einwohner/innen sind, eine Stadt. Im Grundgesetz steht in Artikel 28, dass die Gemeinden alle Angelegenheiten der Gemeinschaft, also der Menschen, die dort leben, selbst regeln dürfen.
Gerd Schneider/Christiane Toyka-Seid: Das junge Politik-Lexikon von www.hanisauland.de, Bonn: Bundeszentrale für politische Bildung 2018

Pestizid
Schädlingsbekämpfungsmittel

Zum Thema: Beispiele dafür, vor welchen Schwierigkeiten „die Politik" steht, lassen sich auch innerhalb der Gemeinden finden. Müssen die Gemeinden doch den unterschiedlichen Interessen ihrer Bürgerinnen und Bürger gerecht werden. Welche Probleme daraus resultieren können, erfahrt ihr im folgenden Unterkapitel.

M1 Was erwarten Bürgerinnen und Bürger von ihrer Gemeinde?

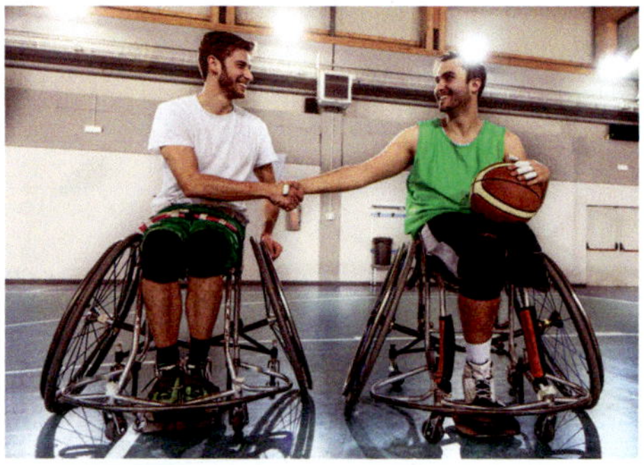

Sport- und Freizeitangebote

öffentlicher Personennahverkehr

saubere Umwelt

Bibliotheken und Büchereien

Kinderbetreuung

Energieversorgung

M2 Welche Ziele soll Politik verfolgen?

Fragt man Menschen, welche Ziele Politik verfolgen soll, werden oft allgemeine Belange wie Wohlstand, **Gerechtigkeit**, Frieden, Sicherheit oder Umweltschutz genannt – Ideale, die vermutlich allen Gesellschaftsmitgliedern wichtig sind. Der Begriff „**Gemeinwohl**" (lat. bonum commune) bezeichnet die „gemeinsam erwünschten Ziele und **Werte**" eines politischen Gemeinwesens, also das, was allgemein für alle am besten ist oder den größten Nutzen bringt. In Deutschland gibt es wichtige **Werte**, die in der Verfassung festgeschrieben sind, z. B. dass jeder Mensch ein Recht auf ein würdevolles Leben (eine Wohnung, eine gesicherte Versorgung usw.) haben soll. Wie dies aber konkret umgesetzt werden kann, und was – mit Blick auf andere Gemeinwohlbelange – sinnvoll ist, ist politisch oft sehr umstritten. In der politischen Praxis herrscht in einer **Demokratie** i. d. R. Uneinigkeit darüber, wie das **Gemeinwohl** am besten zu erreichen ist und wie es überhaupt genau ausgestaltet sein soll. Hinzu kommt: Das **Gemeinwohl** umfasst **Werte** und **Interessen**, die einander entgegenstehen können. Denn verschiedene Menschen haben natürlich auch verschiedene **Interessen**, die sich zum Teil auch widersprechen. In einem politischen Gemeinwesen gibt es verschiedene Interessengruppen. Diese wollen, dass ihre Ziele in der Politik umgesetzt werden. Da die jeweiligen **Interessen** aber oft nicht mit den **Interessen** anderer Bürgerinnen und Bürger übereinstimmen, sondern nur einen Teil der Gesellschaft repräsentieren, nennt man diese „Partikularinteressen" (von lat. pars, „Teil"). Partikularinteressen können – je nach Sichtweise – manchmal auch Gemeinwohlinteressen sein: Wenn z. B. gefordert wird, Ganztagsschulen auszubauen und besser auszustatten, ist dies vor allem ein Partikularinteresse von berufstätigen Eltern. Da aber die gesamte Gesellschaft davon profitiert, wenn Eltern Familie und Beruf besser vereinbaren können und Jugendliche (mit Blick auf Chancengerechtigkeit) in der Schule unterstützt und gefördert werden, ist der Ausbau von Ganztagsschulen unter Umständen auch im Sinne des **Gemeinwohls**.

Bearbeiterin

politisches Gemeinwesen
Bezeichnung für eine politische Organisationsform menschlichen Zusammenlebens. In Deutschland sind die Gemeinden (= Kommunen) die kleinsten politischen Gemeinwesen.

Verfassung
Verfassungen enthalten die grundlegenden Rechtsregeln, an die sich sowohl staatliche Stellen als auch die Bürgerinnen und Bürger verpflichtend halten müssen.
Die Bezeichnung für die Verfassung der Bundesrepublik Deutschland lautet „Grundgesetz".

Demokratie (griech.: „Herrschaft des Volkes")
Herrschaftsform, bei der alle wesentlichen politischen Entscheidungen durch das Volk getroffen werden (z. B. durch das regelmäßige Stattfinden von Wahlen).

repräsentieren
vertreten

M3 Wird das Jugendzentrum in Kleefeld geschlossen?

Die Frage, ob die Stadt das Geld der Bürger für die richtigen Projekte ausgibt, sorgt des Öfteren für hitzige Diskussionen […] – wie kürzlich bei einer Sitzung des Bezirksrats Buchholz-Kleefeld. Auf der Tagesordnung stand die zum Jahresende geplante Schließung des einzigen Jugendzentrums in Kleefeld. Gut ein Dutzend Jugendlicher war erschienen, um sich für den Erhalt des Treffpunkts einzusetzen. Am Ende mussten die jungen Besucher lernen, dass es […] Dinge gibt, die noch wichtiger sind als ein Jugendzentrum. […] Die […] SPD-Politikerin Belgin Zaman […] bedauerte, dass auf die Schnelle kein zusätzliches Geld im städtischen Haushalt locker zu machen sei. Erst im Herbst 2018 stünden die nächsten Beratungen an. […] Was hoffnungsvoll klingen sollte, kam bei den Jugendlichen nicht so recht an.

Gabi Stief, Hannoversche Allgemeine Zeitung, Viel Geld für „Grünzeug", kein Geld für die Jugend, 24.08.2017

Jugendzentrum
Kommunale Einrichtung, zur Gestaltung der Freizeit von Kindern und Jugendlichen. Freizeitangebote können bspw. sein: Spiel und Sportangebote, Ferienprogramme, Beratung bei jugendtypischen Problemen etc.

Bezirksrat
→ S. 61

M4 Schließung des Jugendzentrums in der Kritik

Kerstin Schmidt, eine der beiden Mitarbeiterinnen im Kleefelder Jugendzentrum, bedauert den Beschluss des Stadtkirchenverbands [...].
189 Jugendliche, überwiegend im Alter von zwölf bis 14 Jahren, haben in den vergangenen sechs Monaten das Zentrum besucht, viele regelmäßig. Die meisten haben ausländische Wurzeln, kommen aus weniger begüterten Elternhäusern und suchen Ansprechpartner für ihre Alltagsprobleme. Nach der Schließung stünden sie wieder auf der Straße, bedauert Diakonin Schmidt. „Sie brauchen jemanden zum Reden und einen Ort zum Treffen." [...]
Eine Arbeitsgruppe, die sich einige Jahre lang mit der Neuorganisation der Kinder- und Jugendarbeit beschäftigte, stellte in ihrem Bericht 2015 fest, dass im Stadtbezirk Buchholz-Kleefeld mehr Familien leben als im stadtweiten Durchschnitt. Die Kinderarmut sei doppelt so hoch wie im gesamten Stadtgebiet.

Gabi Stief, Hannoversche Allgemeine Zeitung, Jugendzentrum vor dem Aus, 06.07.2017

AUFGABEN

1. Was erwartet ihr von eurer Gemeinde? – Erstellt in Kleingruppen ausgehend von **M1** ein begründetes Ranking mit den fünf Aufgaben, die ihr am wichtigsten findet.
2. Präsentiert und erklärt euer Ranking im Plenum.
3. Wertet die Ergebnisse in der Klasse aus:
   - Wo gibt es Gemeinsamkeiten oder Unterschiede?
   - Welche Begründungen findet ihr besonders überzeugend?
   - Welche Kriterien sind für viele von euch wichtig?
   - Vor welchen realen Problemen könnte eine Gemeinde stehen, wenn sie die Aufgaben umsetzen möchte?
4. Fasst mit eigenen Worten die Bedeutung von „Gemeinwohl" und „Partikularinteresse" zusammen (**M2**).
5. Begründet, welche Erwartungen an die Gemeinde (**M1**) aus eurer Sicht eher dem Gemeinwohl, welche eher Partikularinteressen (**M2**) entsprechen.
6. Erschließt den Konflikt um die Schließung des Kleefelder Jugendzentrums: Welche Interessen haben die Jugendlichen, die Mitarbeiterin Kerstin Schmidt sowie die Stadt Hannover (vertreten durch die SPD-Politikerin Belgin Zaman) (**M3**, **M4**)?
7. „Partikularinteressen können – je nach Sichtweise – manchmal auch Gemeinwohlinteressen sein." (**M2**, **Z. 40 ff.**) – Erläutert diesen Satz anhand der Argumentation von Kerstin Schmidt in **M4**.
8. Nehmt unter Einbeziehung mehrerer Kriterien Stellung (→ URTEILSKOMPETENZ) dazu, wie ihr persönlich zur Schließung des Kleefelder Jugendzentrums steht.

Kriterium
Bezeichnung für ein Merkmal, das bei einer Auswahl wichtig für die Entscheidung ist.

H zu Aufgabe 6
→ S. 166

Bei einem überzeugenden Urteil bedenkt ihr mehrere Kriterien!

I. Worum geht es?

Bei der Bewertung und Beurteilung politischer Probleme und deren Lösungen spielen häufig unterschiedliche Gesichtspunkte eine Rolle: Eine mögliche Lösung des Problems kann beispielsweise gegen den wichtigen gesellschaftlichen Wert „Gerechtigkeit" verstoßen. Oder die Lösung kostet auch in Zukunft eine Menge Geld. Eventuell ist sie zustande gekommen, ohne dass die Betroffenen mitreden konnten. Diese Gesichtspunkte nennt man – knapp zusammengefasst – auch „Kriterien".
Wenn ihr bei einer Stellungnahme diese Kriterien bedenkt, hat das vor allem zwei Vorteile:
a) Ihr könnt dadurch auf mehr Argumente kommen.
b) Ihr könnt eure Stellungnahme klar strukturieren.

II. Geht dabei so vor:

1. Schritt: Argumentensammlung

Sammelt Argumente für und gegen einen Lösungsvorschlag oder eine Entscheidung.

2. Schritt: Ordnet diese Argumente Oberbegriffen (Kriterien) zu.

Gebt ähnlichen Argumenten einen Oberbegriff, beispielsweise
- Gerechtigkeit
- finanzielle Folgen
- Beteiligung (Partizipation)

3. Schritt: Wenn ihr euer Urteil ausformuliert, ordnet es mithilfe dieser Oberbegriffe.

Stellt einführend kurz das Problem vor. Im Hauptteil könnt ihr dann beispielsweise pro Kriterium einen Absatz schreiben. Im ersten Satz eines Absatzes könnt ihr das Kriterium benennen und anschließend unter Rückgriff auf die gesammelten Argumente ausführen. Im Schlussteil könnt ihr dann betonen, welche Argumente für euch den Ausschlag geben.

Formulierungsbeispiele:
- Mit Blick auf die Gerechtigkeit führen Gegner an, dass...
- Zu bedenken sind zudem die finanziellen Folgen:...
- Darüber hinaus sind nicht alle Betroffenen bei der Entscheidung beteiligt worden:...

Bearbeiter

1.3.2 Zu welchen Aufgaben ist die Gemeinde gesetzlich verpflichtet?

Zum Thema: Im folgenden Unterkapitel erfahrt ihr sowohl welche Aufgaben die Gemeinden zwingend erbringen müssen, als auch in welchen Bereichen die Gemeinden Gestaltungsspielräume haben.

M5 Welche Aufgaben übernimmt die Gemeinde?

Straßenreinigung

Museum

Fuß- und Radweg

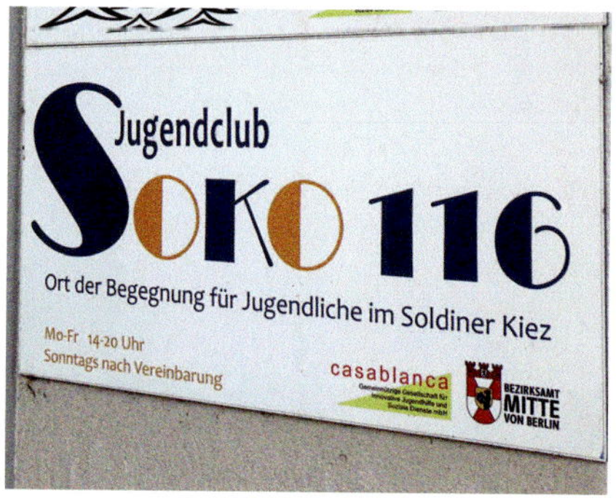

Jugendzentrum

städtisches Freibad

Reisepass

M6 Wofür ist die Gemeinde zuständig?

Die Gemeinde sorgt für Wasser und Energie, für Verkehrswege und deren Beleuchtung, kümmert sich um ein öffentliches Angebot für den Personennahverkehr; sie beseitigt Abwässer und Müll, baut Schulen, Kindergärten und Seniorenheime, unterhält Krankenhäuser und Friedhöfe, Gemeindehallen und Museen, Volkshochschulen und Theater. Sie bietet Freizeiteinrichtungen wie Parks und Schwimmbäder an. Die Gemeinde erschließt Gewerbegebiete und versucht, Betriebe zu gewinnen, die sich ansiedeln wollen. Auf diese Weise kümmert sie sich auch um Arbeitsplätze. Sie baut auch selbst Wohnungen. Einige dieser Aufgaben muss die Gemeinde erfüllen, bei anderen Aufgaben kann sie selbst entscheiden, ob sie dies möchte.

Die Gemeinde betrifft uns
Jeder lebt in einer Stadt oder Gemeinde („Kommune“) und nimmt täglich ihre Leistungen in Anspruch. Ob wir mit dem Bus fahren, zur Schule gehen, das Schwimmbad oder die Bibliothek besuchen – die Gemeinden regeln alle Angelegenheiten der örtlichen Gemeinschaft. So steht es im Grundgesetz (→ S. 39). Rechtlich werden Gemeinden als Gebietskörperschaften bezeichnet. Die Landtage erlassen die Gemeindeordnungen, in der die wichtigsten gesetzlichen Bestimmungen wie z. B. das kommunale Wahlrecht oder die Rechte der Gemeindevertretung festgelegt sind. Diese gelten auch für Städte. Nach dem Bund und den Ländern bilden die Gemeinden die kleinsten Verwaltungseinheiten.

ÜBERSICHT AUFGABENBEREICHE EINER GEMEINDE

Pflichtaufgaben		Freiwillige Aufgaben
Die Kommunen sind verpflichtet, die Grundversorgung der Bevölkerung mit öffentlichen Einrichtungen sicherzustellen. Zur Sicherstellung dieser Grundversorgung sind viele Aufgaben zu erledigen, die den Kommunen vom Bund oder dem Land gesetzlich auferlegt oder übertragen worden sind. Es gibt zwei **Arten von Pflichtaufgaben**:		Freiwillige Aufgaben sind Aufgaben, bei denen die Kommune selbst entscheidet, ob und in welcher Form sie tätig wird. Im Gegensatz zu den Pflichtaufgaben stellt sich die Kommune die freiwilligen Aufgaben selbst.
Die **„weisungsfreien Pflichtaufgaben“**, bei denen die Kommune nur darüber entscheiden kann, wie sie die Aufgaben erledigt.	Die Pflichtaufgaben zur **„Erfüllung nach Weisung“**, bei denen die Kommune keinen Entscheidungsspielraum hat, wie die Aufgaben erledigt werden sollen.	
z. B. Verkehrswege, öffentl. Nahverkehr, Energie- und Wasserversorgung, Müllentsorgung, Katastrophenschutz…	z. B. Einwohnermelde-, Ausweis- und Passwesen oder die Durchführung von Wahlen	z. B. Beratungsstellen, Museen, Bibliotheken, Jugendeinrichtungen, Sportplätze, Freibäder, Freizeitangebote, Tierparks und vieles mehr

Bearbeiterin

AUFGABEN

1. Fasst mithilfe der **Randspalte** und dem einführenden Text in **M6** knapp zusammen,
   a) wofür die Gemeinden zuständig sind sowie
   b) wer die Gesetze erlässt, an die sich die Gemeinden halten müssen.
2. Ordnet die Bilder aus **M5** einzelnen Aufgabenbereichen aus der Tabelle in **M6** begründet zu.
3. Begründet ausgehend von **M6**, ob es eurer Meinung nach sinnvoll ist, dass die Gemeinde bei den freiwilligen Aufgaben selbst entscheiden kann, ob und in welcher Form sie tätig wird.
4. a) Recherchiert im Internet (→ Methodenglossar), welche Angebote es in euren Gemeinden für Kinder und Jugendliche gibt – bspw. ein Jugendzentrum.
   b) Erstellt in Gruppen anschließend Porträts von euren Gemeinden in Form eines Wandplakats (→ Methodenglossar).
5. Entwickelt einen 5-Punkte-Plan, was in eurer Gemeinde für Jugendliche noch verbessert werden kann.

WAS WIR WISSEN

Ziele von Politik zwischen Gemeinwohl und Partikularinteressen (→ M2-M4)

In Artikel 28 des Grundgesetzes ist geregelt, dass die **Gemeinden alle Angelegenheiten der örtlichen Gemeinschaft**, also aller Menschen, die dort leben, im Rahmen vorgegebener Gesetze selbstständig regeln dürfen.
Die Kommunalpolitikerinnen und -politiker (→ Kapitel 1.4.3) werden von den Bürgerinnen und Bürgern der Gemeinden in ihre Ämter gewählt (→ Kapitel 1.7.3) und sollten daher im Sinne des Gemeinwohls handeln: Sie sollen politische Entscheidungen treffen, von denen alle Mitglieder der Kommune profitieren. Die begrenzten finanziellen Mittel (→ Kapitel 1.6) der Gemeinden schränken dabei den politischen Gestaltungsspielraum ein. Weiter müssen politische Entscheidungen darüber getroffen werden, welche Gemeinwohlbelange besonders wichtig und welche weniger wichtig sind. Diese Entscheidungen werden im Laufe des politischen Prozesses, z. B. im Rahmen von Bezirksratsversammlungen (→ Kapitel 1.4.3), ausgehandelt. Die getroffenen Entscheidungen können zu Unzufriedenheit oder auch zu Konflikten unter den Bürgerinnen und Bürgern führen, weil nicht allen einzelnen Interessen entsprochen werden kann.
Grundsätzlich kann man festhalten, dass das Gemeinwohl an bestimmte Werte gebunden ist, die für die Gemeinschaft wichtig sind. Dies kann z. B. Solidarität oder die Idee der Menschenwürde sein: So sollen alle Mitglieder der Kommune ein lebenswertes Leben führen können, also z. B. ausreichend gut versorgt sein. Aber auch, dass eine Kommune nicht verschwenderisch mit ihren finanziellen Mitteln umgeht, sondern vorausschauend plant, ist im Sinne des Gemeinwohls.
Die **Einzelinteressen** bestimmter Gruppen nennt man **Partikularinteressen**. Da die Interessen einzelner Gruppen nicht immer auch das Gemeinwohl abbilden, steht das Gemeinwohl oft im Widerspruch zu **Partikularinteressen**.
Es gibt aber auch **Partikularinteressen**, die unter Umständen im Interesse des Gemeinwohls sein können – beispielsweise das Interesse nach guten Betreuungsmöglichkeiten für Kinder oder entsprechenden Angeboten für Jugendliche, da die gesamte Gesellschaft davon profitiert, wenn Eltern Familie und Beruf besser miteinander vereinbaren können.

Die Aufgaben der Gemeinde (→ M6)

Die Aufgaben einer Gemeinde sind umfassend und betreffen das tägliche Leben. Dazu gehören:

- **Pflichtaufgaben** (z. B. Trinkwasserversorgung, Energieversorgung, Abfallentsorgung, Unterhalt von Straßen...) und
- **freiwillige Aufgaben** (z. B. Freibäder, Sporthallen, Theater, Bibliotheken...).

Im Auftrag von Bund und Land muss die Gemeinde darüber hinaus als untere Verwaltungsbehörde staatliche Aufgaben erfüllen (Pass und Meldewesen, Gesundheitsämter, Katastrophenschutz, Durchführung von Wahlen...).

1.4 Surfen in der Stadt? – Wie gestalten Bürgerinnen und Bürger Politik?

1.4.1 Die „Leinewelle" – eine Idee wird politisch

Zum Thema: Oft heißt es: „Politik? – da kommt doch sowieso nichts bei raus!" Bürgerinnen und Bürger sind manches Mal enttäuscht, weil sie meinen, dass ihre Interessen nicht angemessen berücksichtigt werden und es oftmals lange dauert, bis ein politisches Vorhaben umgesetzt wird. In diesem Unterkapitel erfahrt ihr, inwiefern Bürgerinnen und Bürger ihre Ideen in die Politik einbringen können, und warum politische Prozesse in einer Demokratie manchmal so ihre Zeit brauchen.

M1 Leine soll zum Surfspot werden

Computeranimation zur „Leinewelle" in Hannover

[Es ist möglich,] die Kraft des Wassers, das am Landtag gut zwei Meter hinabstürzt, zum Formen künstlicher Wellen [zu] nutzen. Dazu werden Barrieren in den Boden gebaut. Wenn dort schnell fließendes Wasser von oben auf das bereits vorhandene langsam fließende Wasser stößt, bilden sich sogenannte stehende Wellen. Auf diesen können Surfer gleiten.

Conrad von Meding, Hannoversche Allgemeine Zeitung, Surferspot am Landtag – So soll die Leinewelle aussehen, 06.06.2014

Leine
Fluss, der durch Niedersachsens Landeshauptstadt Hannover fließt. Das Gebäude des Niedersächsischen Landtages liegt ebenfalls an der Leine, in der Nähe des geplanten Surfspots.

Filmausschnitt zur „Leinewelle"

Mediencode: 71070-02

H zur Auswertung des Filmausschnitts
→ S. 166

Initiator
Person, die eine Initiative oder ein Projekt ins Leben ruft

M2 Eine neue Touristenattraktion für Hannover?

Es klingt erst einmal verrückt: In Hannovers City, genau hinter dem Landtag vor dem Leinewehr, soll eine „stehende Welle" künftig Surfer locken. Initiator Heiko Heybey [ein hannoverscher Gastronom] [...] verspricht Hannover damit eine Touristenattraktion: „So etwas lockt Sportler und Zuschauer von überall." Heybey und ein Unterstützerteam aus Prominenten und Unternehmern setzen bei der Finanzierung auf die Stadt und Sponsoren. Maximal rund 400.000 Euro soll es kosten, die Leine an der Stelle zu einem sicheren Surfspot auszubauen, hat der studierte Architekt Heybey ausgerechnet. Und so soll es funktionieren: Der Flusslauf vor dem Wehr wird auf zehn Meter verengt, dadurch und durch das bestehende Gefälle entsteht die nötige Fließgeschwindigkeit, die eine stehende Welle ermöglicht. Nach Planungen des passionierten Hobbysurfers soll in Hannover sogar eine „Doppelwelle" entstehen – das wäre weltweit einzigartig. „Die Leinewelle könnte Profis und Einsteiger gleichermaßen locken." Eine ähnliche stehende Welle gibt es seit Langem auf dem Eisbach in München.

so/frs, Hannoversche Allgemeine, Projekt „Leinewelle" – Leine soll zum Surfspot werden, 27.06.2013

M3 „Leinewelle" – Initiative zum Bau einer künstlichen Welle

WER WIR SIND

Motiviert durch die vielen Flusswellenprojekte haben im Sommer 2012 Surfer aus Hannover unabhängig voneinander entlang der Leine nach Möglichkeiten gesucht. Erst im Januar 2013 [...] hat sich eine Gruppe von Unterstützern aus der Stadtgesellschaft herauskristallisiert, die nicht nur aus Surfern, sondern auch aus anderweitig Interessierten besteht. [...] Am 27.6. haben wir in einer Pressekonferenz mit der grundsätzlichen Idee die Öffentlichkeit gesucht, um über die folgende Debatte und die Diskussion der Fakten in der Sache weiter zu kommen.

WAS IST GEPLANT

Wir wollen im Verlauf der Leine [...] zwei stehende Wellen für Surfer realisieren – eine für Anfänger, eine für Fortgeschrittene. [...] Wir haben uns zur Veröffentlichung einen sehr zentralen und touristisch spannenden, aber auch mit starken Herausforderungen verbundenen Standort direkt im Zentrum neben dem Landtag und Rathaus ausgesucht. [...].

WAS BISHER GESCHAH

Am 27.6.2013 haben wir mit einer Pressekonferenz vor Ort einen großen öffentlichen Aufschlag gemacht. Dafür wurde die grundsätzliche Idee „mediengerecht" visualisiert. Die Folge: Titelseiten, drei Tage hintereinander Artikel in den drei großen Tageszeitungen der Stadt (HAZ, NP, BILD), Lokalfernsehen (NDR), DPA-Meldung und entsprechende Verbreitung inklusive. In (nicht repräsentativen) Umfragen der „Hannoverschen Allgemeinen Zeitung" und der „NEUEN PRESSE" wurde eine Zustimmung in der Bevölkerung von nahezu 80 % ermittelt, die Facebook Seite ist in einer Woche auf über 6.000 Fans gewachsen, über 300 „Aktivisten" haben sich bisher auf unserer Website mit Namen, Adresse und E-Mail registriert. [...]

WO WIR UNTERSTÜTZUNG BRAUCHEN KÖNNEN

Im Grunde bei allem ;-) [...] Besonders wichtig sind die rechtlichen, sicherheitsrelevanten und betrieblichen Rahmenbedingungen, da hierzu in den zuständigen Behörden eine große Unsicherheit herrscht.

© Bayerische Ingenieurekammer-Bau, 1. Forum Flusswellen Entstehung und künstliche Schaffung von Flusswellen zum Zwecke des Surf- und Kajaksportes, September 2013, S. 28

M4 Was sagen die Bürgerinnen und Bürger zur „Leinewelle"?

a) In Anlehnung an Original-Aussagen einer Umfrage der Hannoverschen Allgemeinen Zeitung aus dem Jahr 2013

1

„Man sollte das Geld besser in andere Projekte investieren. Es gibt immer noch viele kaputte Straßen in Hannover. Die Welle interessiert doch sowieso niemanden."

Stephanie I. (45)

2

„Zwar sind wir selbst keine Wassersportler, aber anschauen würden uns das Treiben auf der Welle ganz bestimmt. Wenn es vor Ort noch was zu essen und trinken gäbe, wäre das klasse."

Alexander Z. (17), Janika F. (18)

3

„Wenn die Welle kommt, haben die Abgeordneten im Landtag was zu sehen. Allerdings sollte dieser Abschnitt des Flusses so bleiben wie er ist."

Erna K. (67), Franz E. (74)

b) In Anlehnung an Original-Facebook-Kommentare aus dem Jahr 2013

1

Carla D. Es kribbelt schon überall... Wann kann ich endlich lossurfen?!

2

2

Ines M. Wir besuchen sehr gerne den Münchener Eisbach und freuen uns über den Trubel dort. Es wäre toll, wenn Hannover auch so eine Attraktion bekäme! 1

3
Heiner K. Gibt es nichts Wichtigeres als eine Welle für ein paar Surfer?! 1

4
Thomas B. Hannover hätte endlich auch mal etwas ganz Besonderes zu bieten. Würde sogar ein paar Stunden Fahrt auf mich nehmen, wenn ich dafür eine Atmosphäre wie am Münchener Eisbach erleben könnte. 1

5
Matthias F. Wieso redet niemand über die Kosten, die so ein Projekt mit sich bringt? Es geht um Wartung, Kläranlagen, Personal... Ganz zu schweigen von den eigentlichen Baukosten. Am Leineufer würden mehrere Millionen gebraucht werden. Volles Risiko, aber wer übernimmt die Verantwortung? Kann sein, dass es doch kein Erfolg wird. Schade, tolle Idee. Aber wenn man drüber nachdenkt, wird klar: das kann nicht funktionieren! 1

6
Jan S. Wenn Hannover eine Welle bekommt, werde ich auch Surfer!! Was kann schöner sein als in der eigenen Stadt zu surfen?? 1

Bearbeiterin

M5 Braucht Hannover die „Leinewelle"?

a) PRO: Die Welle macht der Ödnis ein Ende

Im vergangenen Sommer erschien im Nachrichtenmagazin „Spiegel" ein Schmäh-Artikel über Hannovers Klubszene. Der Titel: „Bier trinken, Rauchen. Fertig." [Der „Spiegel" kam] zu dem Schluss, dass Hannover wenig für junge Menschen zu bieten hat – außer „freundliche Eigenschaftslosigkeit". [...] Dass Hannover ein Imageproblem hat, ist nicht neu. [...] Es gibt zwar den Zoo für Familien und jetzt auch eine Schlossattrappe. Aber jüngere, sportlich begeisterte Menschen lockt beides nicht.

Nun ist ein findiger Netzwerker auf die Idee gekommen, an einer schönen, aber toten Ecke mitten in der City eine Welle für Surfer zu erzeugen. Dass so eine Welle schnell zum Magnet und international bekannt wird, beweist der Münchener Eisbach schon lange. Es sind dort eben nicht nur ein paar langhaarige Surfertypen, die ihrem Nischenhobby nachgehen. Zuschauer säumen das Ufer, Touristen zücken begeistert ihre Kameras und fotografieren das Spektakel. Menschen sitzen daneben auf dem Rasen, genießen die Sonne und die Show. [...] In Hannover sollen sich durch eine kleinere zweite Welle sogar Anfänger aufs Brett wagen können, für Schulklassen wäre das nicht nur ein Spaß – der Sport ist auch ausgezeichnet für Motorik und Gleichgewicht. In Hannover sind bauliche oder ökologische Probleme weitgehend überschaubar, und 400.000 Euro sind für ein solches Projekt auch nicht wirklich viel Geld. [...] Vielleicht gelingt Hannover [bald] der Sprung vom öden Ort zur coolen City.

Sonja Fröhlich, Hannoversche Allgemeine Zeitung, Pro und Kontra – Braucht Hannover die „Leinewelle"?, 27.06.2013

b) KONTRA: Charmant, aber naiv

Selten klafften der Charme einer Idee und die Naivität des Vortrags so weit auseinander wie bei der Leinewelle.

Da stellen sich also tatsächlich ein paar Surfbegeisterte ans Ufer der Altstadtleine, zeigen bunte Computerutopien und fordern die Umsetzung des Plans. Finanzierungsidee? Fehlanzeige. Die Stadt soll für den Freizeitspaß zahlen. Der OB-Kandidat der SPD, Stefan Schostok, gibt sich als Unterstützer her und lässt sich freudestrahlend mit Cocktailglas ablichten. Na, Prost!

360.000 Euro soll das Projekt (angeblich nur) kosten. Immerhin sind die Initiatoren, so hieß es bei der Vorstellung, fast großzügig bereit, ein bisschen auch nach Sponsoren zu gucken. Da reiben sich Tausende Sportler in Hannover erstaunt die Augen, die unter dem Mangel an Sporthallenkapazitäten leiden. Und es sei auch daran erinnert: Das Lindener Fössebad konnte vergangenen Sommer nicht öffnen, weil die Stadt 300.000 Euro für nötige neue Filter nicht aufbringt. Aber für den Surfspaß einiger Weniger soll plötzlich Geld da sein? – Vielleicht geht es um etwas ganz anderes. Initiator Heiko Heybey [... ist] im Hauptberuf [...] Gastronom, übrigens einer mit richtig guten Ideen. [...] Ist es da eigentlich abwegig, zu fragen, ob die neueste Idee einer Attraktion an der Altstadtleine vielleicht ursächlich mit dem Wunsch nach einem neuen Gastrostandort zusammenhängt?

Conrad von Meding, Hannoversche Allgemeine Zeitung, Pro und Kontra – Braucht Hannover die „Leinewelle"?, 27.06.2013

AUFGABEN

1. „Surfen in der Stadt?" – Wie steht ihr spontan zu dieser Aussage (**M1**)?
2. Beschreibt die Idee des Projekts „Leinewelle" (**M1**, **M2**).
3. a) Erklärt, wie die Initiatoren der „Leinewelle" versuchen, aus ihrem Vorhaben ein politisches Anliegen zu machen (**M2**, **M3**).
   b) Erläutert, inwiefern verschiedene Medien dazu beitragen, dass das Vorhaben in das Bewusstsein der Öffentlichkeit rückt (**M2-M5**).
   c) Arbeitet heraus, welche Anliegen die „Leinewellen"-Initiatoren an die Politikerinnen und Politiker der Stadt Hannover richten (**M1-M5**).
4. Stellt auf Basis der Zitate aus **M4** die ersten Reaktionen auf das Projekt gegenüber: Welche Hoffnungen oder Sorgen werden geäußert? Welche Argumente werden vorgebracht?
5. Führt ein Streitgespräch (→ Methodenglossar) durch, in dem ihr die Befürworter und die Gegner des Projekts „Leinewelle" zu Wort kommen und miteinander diskutieren lasst.
6. a) Nehmt zum Projekt „Leinewelle" begründet Stellung (→ URTEILSKOMPETENZ).
   b) Vergleicht eure Begründungen mit euren Spontanurteilen aus Aufgabe 1. Hat sich an diesen etwas verändert oder nicht? Falls ja, warum?

H **zu Aufgabe 2**
→ S. 166

F Werden die „Leinewelle"-Initiatoren ihr Vorhaben umsetzen können? Begründet eure Antworten auf diese Frage.

URTEILSKOMPETENZ

Bei einem überzeugenden Urteil bedenkt ihr mehrere Sichtweisen (Perspektiven)!

I. Worum geht es?

Innerhalb von politischen Prozessen finden oftmals Auseinandersetzungen darüber statt, wie ein bestimmtes Problem am besten gelöst werden kann. Bei solch einem „Wettstreit" um die beste Lösung des Problems sind meist mehrere Beteiligte mit unterschiedlichen Interessen involviert. Das jeweilige Problem und die möglichen Lösungen können dabei von den jeweiligen Beteiligten ganz unterschiedlich bewertet und beurteilt werden.

Wenn ihr in solch einer Auseinandersetzung Stellung bezieht und bei eurem Argument nur eine einzige Sichtweise beleuchtet, werdet ihr nur wenige der Beteiligten mit eurem Argument überzeugen können. Insbesondere diejenigen, deren Interessen nicht bedacht werden, fühlen sich von euch schnell übergangen. Euer Urteil wirkt dann zu einseitig. Daher solltet ihr bei eurer Stellungnahme immer mehrere Sichtweisen bedenken. Selbst wenn ihr euch am Ende der Auseinandersetzung klar auf die Seite einer der beteiligten Gruppen stellt: Ihr solltet immer die Interessen der anderen Gruppen mitbedacht haben. Ein überzeugendes Urteil muss dabei nicht unbedingt ein Kompromiss sein. Ihr könnt bestimmte Sichtweisen auch argumentativ entkräften.

II. Geht dabei so vor:

1. Schritt: Listet alle Betroffenen sowie die Beteiligten der Auseinandersetzung auf.

Haltet stichpunktartig fest: Wer ist von der Entscheidung betroffen – direkt, aber auch indirekt? Und wer ist an der Entscheidung beteiligt (z. B. die Gastronomen, Surfer, Steuerzahler...)?

2. Schritt: Haltet die unterschiedlichen Interessen und Sichtweisen aller Betroffenen schriftlich fest.

Notiert, wie die Beteiligten und Betroffenen zum Problem stehen und was sie wollen. Zudem könnt ihr festhalten, warum sie ihre Lösung favorisieren, welche Interessen also dahinter stehen könnten.

3. Schritt: Bindet die von euch gewonnenen Erkenntnisse in eure Stellungnahme ein.

Bedenkt eure Ergebnisse, wenn ihr Stellung nehmt. Verweist dabei auch direkt auf die Betroffenen und Beteiligten.

Formulierungsbeispiele für ein Argument:

- Befürworter des Projekts führen an, dass...
- Zu bedenken sind aber auch die Interessen anderer Sportler...

Bearbeiter

1.4.2 Wie beginnt der politische Entscheidungsprozess?

Zum Thema: Damit ein Anliegen oder Problem zu einem politischen Thema wird, muss die Interessengruppe – in diesem Fall die Initiatoren der „Leinewelle" – ihre Idee verbreiten und nach Unterstützern suchen. Aber auch wenn viele Menschen ein Projekt unterstützen und gerne umsetzen wollen, kann es einige Zeit dauern, bis dieses tatsächlich im Stadtrat verhandelt und darüber entschieden wird. Im Folgenden erfahrt ihr am Beispiel der „Leinewelle", warum dies so ist.

M6 Wie gestaltete sich der politische Prozess um die „Leinewelle" im zeitlichen Verlauf?

27.06.2013: Gastronom **Heiko Heybey** will in Hannover die **„Leinewelle"** errichten – geschätzte Kosten: 400.000 €

28./29.06.2013: Viele **Freizeitsportler**, Tausende **HAZ-Leser** und **Ratspolitikerinnen und -politiker** aller Fraktionen begrüßen den Vorschlag. **Natur-, Denkmalschützer** und **Wissenschaftler** melden Bedenken an.

Die These der Initiatoren um den Gastronomen Heiko Heybey, dass [lediglich **400.000 € an Kosten** für das Projekt anfallen], findet [Hochschuldozent für „wasserorientierte Stadtentwicklung" Heiner] Haass geradezu absurd. „Wenn das Projekt funktioniert, ist es mit gelegentlichem Harken und Müllwegräumen nicht getan." Wenn man ernsthaft über die Idee diskutieren wolle, müssten Pläne zur Nutzung der Fläche mit Gastronomie, Sanitäranlagen, Sicherheitszugängen für Rettungskräfte und Parkplätzen her. [...] Initiator Heybey teilte [...] mit, dass sich bereits **200 Aktivisten** gemeldet hätten, die das Projekt [...] freiwillig mit ihrer Arbeitskraft unterstützen wollten. **„Ihr seid die Welle, auf der wir bis zur Realisierung reiten"**, heißt es in dem Schreiben. Und weiter: **„Lasst nicht nach, verbreitet den Traum weiter."**

Conrad von Meding, Hannoversche Allgemeine Zeitung, „400.000 Euro werden nicht reichen", 27.06.2013

04.07.2013: Die **Stadtverwaltung Hannover** will sich das Projekt „Leinewelle" von Heiko Heybey genau erklären lassen.

11.11.2013: Die **Stadtverwaltung** fordert eine Reihe von **Daten und Informationen** zum Projekt „Leinewelle". **Wasserbau-Experten** sowie das **Ingenieurbüro** „Stadt Land Fluss" sagen Heybey ihre Hilfe zu.
Inzwischen hat Heybey bereits 400 aktive Helfer, darunter auch eine Reihe **prominenter Botschafter**, z. B. den Ex-Hannover 96-Kapitän Steven Cherundolo.

11.02.2014: **SPD** und **Grüne** wollen die „Leinewelle" unterstützen.

Initiatoren gründen einen Verein

Das Team um [...] Heiko Heybey [...] hat einen eigenen **Verein** gegründet. Dieser will nun eine **Machbarkeitsstudie** bei der Stadt einreichen. [Es gebe] bereits mehr als **650 Aktivisten**, die dem Verein beitreten möchten. Zuvor sollten aber die Reaktionen von Stadt, Region und Land auf die Studie abgewartet werden.

Juliane Kaune, Hannoversche Allgemeine Zeitung, Team der Leinewelle gründet Verein, 29.04.2014

MACHBARKEITSSTUDIE

Heiko Heybey/Sebastian Stern, Leinewelle e. V., Leinewelle Machbarkeitsstudie, Mai 2014, S. 3

01.05.2014:
Vereinsgründung; Initiatoren kündigen **„Machbarkeitsstudie"** an.

04.06.2014:
Die Ergebnisse der **Machbarkeitsstudie** liegen vor. Die dafür zuständigen Behörden der Stadt Hannover beginnen nun damit, die Ergebnisse der Machbarkeitsstudie intensiv zu prüfen.

So soll die „Leinewelle" aussehen

Das Projekt einer künstlichen Surferwelle mitten in Hannover nimmt Form an – zumindest auf dem Papier. [...] Statt bisher geschätzter 400.000 Euro reden die Unterstützer jetzt von **1,2 bis 1,8 Millionen Euro** – weil die Planung komplett umgekrempelt wurde. [...] Das Geld [soll] zur Hälfte von der öffentlichen Hand bezahlt werden [...]. **Die Initiatoren haben fast ein Jahr lang mit Ingenieuren, Juristen und Gestaltern diskutiert – und der Rathausspitze gestern eine dicke Studie vorgelegt.** [...] Das Fazit von Ideengeber Heiko Heybey: Alle technischen und finanziellen Fragen seien lösbar. [...] Stadtbaurat Uwe Bodemann [...] versprach eine umfassende Prüfung. [...] Wann die Prüfung abgeschlossen sein wird, könne er jetzt noch nicht sagen. „Vielleicht zum Jahresende, vielleicht etwas später", sagt Bodemann. Mehrere Behörden seien an der Vorprüfung zu beteiligen, es seien sehr unterschiedliche Fragen zu bewerten, etwa des Denkmalschutzes, des Naturschutzes oder der Stadtgestaltung.

Conrad von Meding, Hannoversche Allgemeine Zeitung, Die Leinewelle ist machbar, 04.06.2014

Viele Fragen offen

Ist eine Fischtreppe nötig? Wie ist es später beim Betrieb mit Aufsicht und Versicherung? „Alle Fragen sind lösbar", sagt Heybey. Wenn die **Behörden** das Projekt geprüft haben, müsse es ein Bekenntnis der Politik aus Stadt, Region und Land geben.

Conrad von Meding, Schaumburger Nachrichten, Surferparadies am Leineschloss – „Die Leinewelle ist machbar", 04.06.2014

29.07.2014:
200 Paddler werben auf der Leine für das Projekt.

Heybey war am Ende zufrieden mit dem Auftritt [der Paddler]. „Wir zeigen eindrucksvoll, wie schön es wäre. Wenn wir die Leinewelle jetzt nicht gebaut kriegen, dann weiß ich auch nicht...", sprach er in sein Megafon. Ganz so weit ist es noch nicht. **Bevor Hannover eine Welle zum Surfen bekommt, wird mit Sicherheit einiges Wasser die Leine hinunterfließen.**

Bernd Haase, Hannoversche Allgemeine Zeitung, Werbung für die „Leinewelle" – 200 Surfer paddeln durch die Leine, 29.07.2014

05.09.2014:
Die Bedenken gegen die „Leinewelle" wachsen.

In Hannover mehren sich Zweifel an der Idee, die Leine in Höhe des Landtags zu einem Surfparadies umzubauen. **Mehrere Behörden sind derzeit damit beschäftigt, das Projekt „Leinewelle" unter die Lupe zu nehmen**. Mit Ergebnissen wird erst im Oktober gerechnet, wenn die Ratspolitik zu einer **Expertenanhörung** einlädt. [...] Auf **1,2 bis 1,8 Millionen Euro** veranschlagt Heybey die Kosten. **Die Hälfte soll die öffentliche Hand zahlen, den Rest Sponsoren.** Im **Rathaus** glaubt man, dass die Ausgaben deutlich steigen und am Ende bei etwa 2,5 Millionen Euro liegen. [...] In der Ratspolitik haben sich die Grünen bereits entschieden. „Wir unterstützen die ‚Leinewelle'. **Aber das Projekt muss ohne städtisches Geld realisiert werden"**, sagt Grünen-Umweltpolitiker Patrick Drenske. Die SPD will die Anhörung im Oktober abwarten, um sich ein Bild zu machen.

Andreas Schinkel, Hannoversche Allgemeine Zeitung, Bedenken gegen Surfparadies wachsen, 03.09.2014

03.10.2014:
Die Bedenken gegen die „Leinewelle" werden größer.

„Leinewelle" steht vor dem Aus
Inzwischen gehen auch Oberbürgermeister Stefan Schostok (SPD) und Teile der SPD-Ratsfraktion auf Abstand zu dem Projekt. Schostok sagte in seiner Rede [...], dass er sich wünschen würde, Vorhaben wie die Leinewelle mit öffentlichem Geld zu unterstützen – aber das sei **„nach derzeitiger Finanzlage schwierig"**.

Andreas Schinkel, Hannoversche Allgemeine Zeitung, Kein Zuschuss – Leinewelle steht vor dem Aus, 03.10.2014

16.11.2014:
Die „Leinewellen"-Initiatoren wollen den Bau mithilfe von Sponsoren nun alleine finanzieren. Das Projekt hat inzwischen 10.000 Facebook-Freunde und wird von 7.000 Aktivisten unterstützt. Heybey und seine Unterstützer rechnen damit, dass sie die Kosten für den Betrieb über **Mitgliederbeiträge** decken könnten.

Wem gehört Hannovers Wasser?

Angler und Naturschützer [sorgen sich] um das Wohl der Fische: Freizeitspaß gegen Naturschutz. Die Konflikte sind programmiert. [...] Inzwischen scheint festzustehen, dass solch ein Projekt ohne eine sogenannte Fischtreppe, mit deren Hilfe Fische gegen die Strömung des Wassers durch den Fluss wandern können, keine Chance hat.

Ohne Autor, Göttinger Tageblatt, Angler befürchten Konflikte – Wem gehört Hannovers Wasser?, 19.04.2015

19.04.2015:
Der **Anglerverein** meldet Bedenken gegen die „Leinewelle" an und fordert den Bau einer Fischtreppe.

?

Wie geht es weiter mit der „Leinewelle"?

29.06.2015:
Sitzung des **Stadtentwicklungsausschusses**

Der politische Prozess rund um die „Leinewelle" geht noch weiter. Aber ein wichtiger Schritt ist erreicht: Die **Ausschüsse der Stadt Hannover** beschäftigen sich nun **nach mehrmonatiger intensiver Prüfung der Machbarkeitsstudie** durch die Verwaltung damit, ob sie dem Verein unter bestimmten Bedingungen Flächen für das Surfprojekt zur Verfügung stellen und ob es eine finanzielle Beteiligung der Stadt geben soll. Wie in einem solchen Ausschuss gearbeitet wird und Ergebnisse erreicht werden, erfahrt ihr im folgenden Unterkapitel 1.4.3.

AUFGABEN

H zu Aufgabe 1
→ S. 166

1. Analysiert, wie es mit dem Projekt „Leinewelle" bis 2015 weiterging (**M6**).
2. Erklärt das folgende Zitat aus der Hannoverschen Allgemeinen Zeitung vom 29.07.2014: „Bevor Hannover eine Welle zum Surfen bekommt, wird mit Sicherheit einiges Wasser die Leine hinunterfließen" (**M6**).
3. Der politische Prozess rund um die „Leinewelle" dauert nun schon mehrere Jahre. Nehmt zu folgenden Fragen begründet Stellung (→ URTEILSKOMPETENZ):
   a) Inwiefern ist diese lange Dauer sinnvoll und berechtigt?
   b) Inwiefern ist diese lange Dauer vielleicht aber auch problematisch?
4. Ordnet das Projekt „Leinewelle" (**M6**) mithilfe der folgenden Methode (→ S. 55) begründet in die Phasen des Politikzyklus ein.

Der Politikzyklus – einen politischen Prozess analysieren

I. Worum geht es?

Modelle dienen in den Wissenschaften dazu, die komplexe Wirklichkeit vereinfacht abzubilden und zu erschließen – so auch in der Politikwissenschaft.
Der Politikzyklus ist ein Analysemodell, mit dem politische Prozesse, die in einer Demokratie oft lange dauern, veranschaulicht werden. Dazu wird der Prozess in mehrere idealtypische Phasen eingeteilt, die jeweils besondere Aspekte in den Mittelpunkt der Betrachtung rücken. Zum einen wird so der (chronologische) Ablauf eines politischen Prozesses deutlich, zum anderen kann man die politischen Zusammenhänge besser erkennen, weil sie etwas reduziert und damit auch vereinfacht dargestellt werden.

II. Geht dabei so vor:

Anlass/Problem

- Was ist der Anlass?
- Was ist das Problem?

Auseinandersetzung/Debatte

- Welche Interessen werden von welchen Akteuren vertreten?
- Über welche Machtmittel verfügen die Akteure?
- Was sind die rechtlichen Grundlagen, auf die sich die/einige Akteure berufen?

Gesetzgebungsprozess

- Welche politischen Institutionen treffen eine Entscheidung?
- Welche Abläufe sind hierbei wichtig?

Entscheidung/Beschlussfassung

Welche Entscheidung wurde mit welcher Begründung getroffen?

Umsetzung der Entscheidung

- Welche Akteure sind an der Umsetzung beteiligt?
- Welche Probleme können sich ergeben?

Reaktionen/Bewertungen

- Welche Interessengruppen/Einzelpersonen reagieren wie?
- Welche Folgen sind zu erwarten?

Bearbeiterin

1.4.3 Wie funktioniert die Gemeinde?

Zum Thema: In Hannover soll die „Leinewelle" entstehen – das wünschen sich zumindest die Initiatoren und ihre Unterstützer. Aber wie geht es nun weiter? Welche politischen Organe beschäftigen sich mit diesem Thema und wer hat hier was zu sagen? In diesem Kapitel erfahrt Ihr, wie das Zusammenspiel der politischen Organe in einer Gemeinde auf der Grundlage des Niedersächsischen Kommunalverfassungsgesetzes (NKomVG) funktioniert.

Antrag
Um einen Beschluss der Gemeindevertretung zu einem kommunalpolitischen Sachverhalt herbeizuführen, stellen die Fraktionen [→ S. 59] oder einzelne Mitglieder [des Rates] Anträge. Sie sind das wichtigste Instrument, um politische Initiativen zu ergreifen. [Über Anträge] wird zunächst im zuständigen Ausschuss, danach gegebenenfalls abschließend in der Gemeindevertretung beraten und abgestimmt. Neben einer bestimmten Forderung enthalten die Anträge meist eine ausführliche Begründung, um für den Antrag zu werben. Findet der Antrag in der Abstimmung der Gemeindevertretung eine Mehrheit, wird er zum Beschluss, den die Verwaltung ausführen muss. Häufig werden Anträge einer Fraktion durch Änderungs- oder Zusatzanträge anderer Fraktionen variiert. Über diese Variationen wird zuerst abgestimmt, danach erfolgt die Abstimmung über den ursprünglichen Antrag, der geändert oder ergänzt werden soll.

Elena Frank/Jens Hildebrandt/Beatrice Pardon/Ralf Vandamme, Was ist Verwaltung? In: IzpB 333 Kommunalpolitik, Bonn 2017, S. 42

M7 Antrag der SPD-Fraktion und der Fraktion Bündnis 90/Die Grünen zur „Leinewelle"

SPD-Fraktion und der Fraktion Bündnis 90/Die Grünen
(Antrag Nr. 1610/2015)
Eingereicht am 29.06.2015 um 14:34 Uhr.
Sportausschuss, Stadtentwicklungs- und Bauausschuss, Ausschuss für Umweltschutz und Grünflächen, Verwaltungsausschuss, Ratsversammlung

Antrag der SPD-Fraktion und der Fraktion Bündnis 90/Die Grünen zur „Leinewelle"

Antrag zu beschließen:
Die Verwaltung wird beauftragt,
1. Mit den Initiatoren der „Leinewelle" einen Gestattungsvertrag über die Errichtung, den Betrieb und die Unterhaltung der Anlage zu entwerfen und bereits jetzt zu klären, dass mit der Projektrealisierung im Falle der Machbarkeit ein Einverständnis zur Bebauung und Nutzung der städtischen Flächen besteht und diese Vereinbarung den Ratsgremien zum Beschluss vorzulegen. Die Projektrealisierung ist von der Initiative zu finanzieren. Die erforderliche Zustimmung anderer Anrainer [= Grundstücksnachbarn] wie z. B. dem Landtag zum Projekt ist vor Abschluss der Vereinbarung von den Initiatoren der „Leinewelle" einzuholen.
2. Sämtliche planerischen Vorarbeiten bis hin zur Erarbeitung der Planfeststellungsunterlagen sind von den Initiatoren auf eigene Kosten zu erarbeiten. Alle mit der Durchführung des Vertrages verbundenen Kosten tragen die Initiatoren. [...]

Begründung
Das Projekt „Leinewelle" ist seit dem Beschluss des Begleitantrages zum Haushalt 2014, indem die Verwaltung zur konstruktiven Begleitung des Vorhabens aufgefordert wurde, weiter vorangeschritten. [...] **Die Verwaltung hat die Überprüfung der Machbarkeitsstudie durchgeführt** und sich gegenüber den Initiatoren der „Leinewelle" dazu geäußert.
Um das Projekt weiter voranzutreiben, haben die Initiatoren bereits finanzielle Mittel für die Bauplanung gesammelt. Bevor sie jedoch weitere finanzielle Verpflichtun-

gen eingehen, soll zur Absicherung der Verwirklichung des Projektes mit der Stadtverwaltung eine grundsätzliche Zustimmung zur Realisierung geschlossen werden. Mit der Vereinbarung verpflichtet sich die Stadtverwaltung, die Vorhabendurchführung zuzulassen für den Fall, dass eine Realisierung rechtlich durchführbar ist und die Initiatoren dazu finanziell in der Lage sind.

Christine Kastning
Fraktionsvorsitzende

Freya Markowis
Fraktionsvorsitzende

Hannover/30.06.2015

© Landeshauptstadt Hannover, https://e-government.hannover-stadt.de, Antrag Nr. 1610/2015: Antrag der SPD-Fraktion und der Fraktion Bündnis 90/Die Grünen zur „Leinewelle", Abruf am: 29.11.2018

M8 Die Organe der Gemeinde

a) Der Rat – das Parlament der Gemeinde

Der Rat ist die gewählte Volksvertretung einer Gemeinde. Die Mitglieder des Rats – die Ratsfrauen und Ratsherren – werden für fünf Jahre gewählt. Die Ratsmitglieder sind ehrenamtlich tätig. […] [Das NKomVG] bezeichnet den Rat ausdrücklich als „Hauptorgan der Gemeinde". Der Rat wird hiermit im Verhältnis zu den beiden anderen Organen – Bürgermeister und Verwaltungsausschuss – hervorgehoben. Wie das Parlament auf staatlicher Ebene ist der Rat das „Rechtsetzungsorgan" auf der Gemeindeebene, d. h. alle Satzungen – die „Gesetze" der Gemeinde – werden von ihm beschlossen. Wie das Parlament das Haushaltsgesetz, so beschließt der Rat die Haushaltssatzung. Er legt auch die gemeindlichen Abgaben, d. h. die Gebühren, Beiträge und Steuern, fest. Darüber hinaus beschließt er in Wirtschaftsangelegenheiten, z. B. über die Aufnahme von Krediten. Ähnlich einem Parlament besetzt der Rat auch als Wahlorgan wichtige Positionen: Er wählt z. B. die – in den Verwaltungen der größeren Gemeinden vorgesehenen – leitenden Beamten auf Zeit.

Nach: Joachim Detjen, Demokratie in der Gemeinde, Bürgerbeteiligung an der Kommunalpolitik in Niedersachsen, Hannover 2000, S. 25 ff.

Ratssitzungen
Diese sind i. d. R. öffentlich und können von allen Einwohnerinnen und Einwohnern besucht werden. Die Besucherinnen und Besucher können in jeder Sitzung Fragen stellen und Anregungen oder Kritik äußern.

b) Die Fachausschüsse – hier wird debattiert

In den Fachausschüssen werden die verschiedenen politischen Anliegen geordnet nach Sachthemen ausführlich beraten. So gibt es meist einen Umweltausschuss, einen Schulausschuss, einen Finanzausschuss und einige mehr. In den Ausschüssen sitzen Ratsmitglieder, die sich auf das jeweilige Themengebiet spezialisiert haben und hier werden oft auch die entscheidenden politischen Debatten geführt. Die Fachausschüsse haben großen Einfluss: In den meisten Fällen folgt der Rat bei seinen Entscheidungen den Empfehlungen der einzelnen Ausschüsse. Die Zusammensetzung

Ablauf einer Ausschusssitzung
Ausschusssitzungen finden wie Ratssitzungen (→ S. 57) meist öffentlich statt. Das Rederecht steht i. d. R. aber nur den Ausschussmitgliedern, der Verwaltung und ggf. extra geladenen Fachleuten zu. Abstimmen dürfen ausschließlich die ordentlichen Ausschussmitglieder. Eine Sitzung wird vom Vorsitzenden (aus den Reihen der Ausschussmitglieder) geleitet und beginnt mit einer Einwohnerfragestunde. Nur zu diesem Zeitpunkt können sich Einwohnerinnen und Einwohner oder Pressevertreter zu Themen von der Tagesordnung zu Wort melden. Zu jedem Thema der Tagesordnung wird ein Antrag oder eine Vorlage der Verwaltung beraten. Der Antragsteller stellt das Anliegen zunächst vor, dann haben die übrigen Ausschussmitglieder das Wort und tauschen Argumente aus. Manchmal wird dann auch ein Änderungsantrag formuliert und diskutiert. Diese Debatten sind auf kommunaler Ebene sehr häufig vom Bestreben geprägt, zu einem für alle Beteiligten akzeptablen Kompromiss zu kommen. Es kann aber auch zu Kampfabstimmungen kommen, bei der die Mehrheit der auf ja oder nein lautenden Stimmen letztlich den Beschluss bestimmt.

dieser Gremien spiegelt dabei grob die Mehrheitsverhältnisse im Rat wider. Genau wie die Ratssitzungen sind auch die Ausschusssitzungen i. d. R. öffentlich und können von allen interessierten Bürgerinnen und Bürgern besucht werden. Außerdem nehmen immer auch Fachleute aus der Verwaltung teil, um Fragen zu beantworten und Sachverhalte zu erläutern. Bei besonders komplexen Themen werden häufig noch weitere Experten eingeladen. Eine Besonderheit in Niedersachsen ist der Verwaltungsausschuss: Hier werden alle Ratsbeschlüsse vor der Ratssitzung noch einmal besprochen. Bei sehr eiligen Fragen oder reinen Verwaltungsangelegenheiten bekommt der Verwaltungsausschuss vom Rat häufig die Entscheidungsbefugnis zugewiesen. Auch in diesen Ausschuss entsenden die im Rat vertretenen Parteien Vertreter. Den Vorsitz dieses Ausschusses hat immer der Bürgermeister inne.

Bearbeiterin

c) Der Bürgermeister – das Gemeindeoberhaupt

Der Bürgermeister wird von den Bürgerinnen und Bürgern der Gemeinde für fünf Jahre direkt gewählt. Er leitet und beaufsichtigt die Gemeindeverwaltung. Er hat im Rat kraft seines Amtes Antrags-, Rede- und Stimmrecht. Er ist Vorsitzender des Verwaltungsausschusses und nimmt an den Sitzungen der Ratsausschüsse teil. Seine Aufgabe im Verhältnis zum Rat, den Ratsausschüssen sowie zum Verwaltungsausschuss besteht darin, die Beschlüsse dieser Organe vorzubereiten sowie die gefassten Beschlüsse auszuführen. Der Bürgermeister unterrichtet die Einwohnerinnen und Einwohner in geeigneter Weise über wichtige Angelegenheiten der Stadt. Bei Planungen und Vorhaben soll er die Einwohnerinnen und Einwohner rechtzeitig und umfassend über die Grundlagen, Ziele, Zwecke und Auswirkungen informieren. Der Bürgermeister repräsentiert die Gemeinde nach außen. Angesichts der Fülle an Kompetenzen kann man den Bürgermeister als „Gemeindeoberhaupt" bezeichnen.

Bearbeiterin

d) Die Verwaltung – Ansprechpartner und Experten

Die vielen Mitarbeiterinnen und Mitarbeiter, die in den verschiedenen Ämtern einer Verwaltung arbeiten (z. B. im Bürgerbüro, dem Schulamt, der Kfz-Zulassungsstelle…), haben vielfältige Aufgaben: sie stehen einerseits den Bürgerinnen und Bürgern als Ansprechpartner bei alltäglichen Anliegen und Fragen zur Verfügung (z. B. wenn ein Reisepass beantragt werden soll) und sind andererseits dafür zuständig, dass die komplizierten und zahlreichen Abläufe in einer Kommune (wie die Müllabfuhr, die Einrichtung von neuen Kitas usw.) reibungslos funktionieren. Außerdem sind die Verwaltungsmitarbeiter Fachleute in ihren jeweiligen Sachgebieten und liefern in Form von Vorlagen oft Ideen und Vorschläge zur Weiterentwicklung der Gemeinde, über die die Ratsmitglieder dann entscheiden müssen.

Bearbeiterin

M9 Der Stadtentwicklungsausschuss hat das Wort

Heute findet die Sitzung des Stadtentwicklungsausschusses statt, in der darüber entschieden wird, ob das Projekt „Leinewelle" eine politische Zukunft hat. Anwesend sind die Ausschussmitglieder aus den verschiedenen Fraktionen und Vertreter der Verwaltung. Der Ausgang der Entscheidung ist offen: Auch wenn die Vertreter der Fraktionen zunächst eine vorgefasste Meinung haben, kann sich diese im Verlauf der Debatte noch ändern. Es ist möglich, eine kurze Unterbrechung der Sitzung zu beantragen, wenn sich die Ausschussmitglieder einer oder mehrerer Fraktionen noch einmal miteinander besprechen wollen.

Fraktion
Zusammenschluss von Abgeordneten innerhalb eines Parlamentes oder in einem politischen Gremium (i. d. R.) derselben Partei zur Durchsetzung gemeinsamer politischen Interessen und Ziele.

Ausschussvorsitzende: Du bist Ausschussvorsitzende und leitest die Sitzung. Als Mitglied der SPD hast du zwar eine klare Meinung zum Thema, hältst dich in der Debatte aber zugunsten deiner Moderation zurück. Du begrüßt zunächst die Anwesenden, stellst kurz den Ablauf der Sitzung vor und gibst den Einwohnerinnen und Einwohner die Möglichkeit, Fragen zu stellen. Dann bittest du einen Vertreter der SPD, den Antrag zur „Leinewelle" vorzustellen. Anschließend leitest du die Diskussion. Am Ende der Sitzung lässt du über die Anträge abstimmen. Dabei wird über den Änderungsantrag der CDU zuerst abgestimmt, dann folgt der ursprüngliche Antrag von SPD/Die Grünen.

Sitzverteilung und Mehrheitsverhältnisse im Rat Hannover zum Zeitpunkt der Stadtentwicklungsausschusssitzung

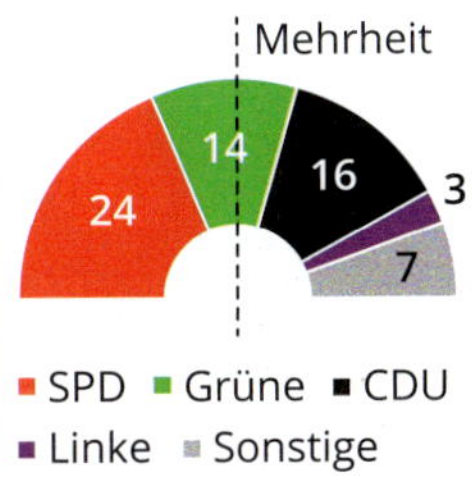

Eigene Darstellung und eigene Recherchen

SPD: Ihr seid die drei Vertreter der SPD-Fraktion. Euer Antrag (**M7**) zur Unterstützung der „Leinewelle" liegt allen Beteiligten vor und wird von euch noch einmal kurz vorgestellt und begründet. Ihr seht die Vorteile der „Leinewelle" vor allem in der Belebung des Leineufers und dem damit verbundenen Imagegewinn für die Stadt Hannover. Eine finanzielle Unterstützung durch die Kommune lehnt ihr ab – so etwas könne sich Hannover angesichts steigender Kosten, u. a. für Kitas und Schulen, nicht leisten.

CDU: Ihr seid die drei Vertreter der CDU-Fraktion und steht dem Projekt ebenfalls positiv gegenüber. Allerdings besteht ihr auf einer finanziellen Beteiligung in Form einer Bürgschaft durch die Stadt Hannover – dadurch wollt ihr der Kommunalpolitik die Möglichkeit der Einflussnahme auf die weitere Entwicklung sichern. Ihr formuliert noch in dieser Sitzung folgenden Änderungsantrag: ***Der Rat möge beschließen, dass die Initiatoren der „Leinewelle" mit einer Bürgschaft bei der Finanzierung des Projektes unterstützt werden.*** Über diesen Antrag wird als erstes abgestimmt.

Bürgschaft
hier: Durch Übernahme einer Bürgschaft würde sich die Stadt Hannover verpflichten, finanziell für die Initiatoren der „Leinewelle" einzustehen, falls diese in Zahlungsschwierigkeiten geraten und bspw. keine Kredite mehr zurückzahlen könnten.

Die Grünen: Du bist Mitglied der Fraktion Die Grünen und Teil der Mehrheitskoalition mit der SPD in Hannover. Ihr habt euch im Vorfeld mit der SPD auf den vorliegenden Antrag (**M7**) geeinigt und darauf geachtet, dass umweltpolitische Belange berücksichtigt werden.

Einwohner: Als interessierte Einwohner (2 – 3 Vertreter) könnt ihr Fragen zu allen Belangen stellen, die das Thema „Leinewelle" betreffen. Überlegt im Vorfeld, ob ihr in den Rollen des begeisterten Surfers, des besorgten Umweltschützers o. ä. auftreten wollt. Der Schwerpunkt der Sitzung liegt auf dem Finanzierungsaspekt, dennoch könnt ihr auch Fragen zu anderen Themen stellen.

Die Linke: Als Vertreter der Fraktion „Die Linke" wirfst du SPD und Grünen Desinteresse vor, weil sie engagierte Bürgerinnen und Bürger in Hannover nicht genug unterstützen. Du forderst, dass die Politik das Projekt „Leinewelle" finanziell bezuschusst.

Verwaltung: Ihr seid Experten für das Thema „Leinewelle" (1 – 2 Vertreter) und kennt euch gut in den fachlichen Detailfragen aus, die ggf. im Verlauf der Debatte thematisiert werden (z. B. Fischtreppe, U-Bahn, Finanzierung/Bürgschaft). Fragen von Bürgerinnen und Bürger müssen nicht sofort beantwortet werden – die Verwaltung kann auf die vorliegende Machbarkeitsstudie verweisen und eine schriftliche Antwort im Nachhinein zusagen.

Bearbeiterin

AUFGABEN

1. Erstellt ein übersichtliches Schaubild, aus denen die Aufgaben und das Zusammenwirken der wichtigsten Organe einer Gemeinde hervorgehen (**M8a-d**).
2. Fasst den Ablauf einer Ausschusssitzung sowie die zentralen Eckpunkte des Antrages stichpunktartig zusammen (**M7**, **Randspalten S. 56**, **S. 58**).
3. Simuliert eine Sitzung des Stadtentwicklungsausschusses in Hannover zum Tagesordnungspunkt „Leinewelle" (**M7**, **M9**):
   a) Teilt dazu die Rollen der Sitzungsteilnehmer in **M9** unter euch auf und erarbeitet eure jeweilige Position in Bezug auf den Antrag von SPD und Grünen (**M7**).
   b) Entscheidet anschließend, welche Gruppenmitglieder euch in der Sitzung vertreten (alle anderen sind Beobachter und protokollieren den Sitzungsverlauf).
   c) Führt nun die simulierte Sitzung in Form eines Rollenspiels (→ Methodenglossar) durch. Beachtet dabei, dass nur die Vertreter der Fraktionen stimmberechtigt sind.
4. Fasst den Verlauf und das Ergebnis eurer Simulation aus Aufgabe 2 in einem knappen, aber präzisen Artikel für die örtliche Presse zusammen.
5. Der Stadtentwicklungsausschuss ist in eurer Simulation zu einer Empfehlung bzgl. des Projekts „Leinewelle" gekommen. Wie würde der Rat in einer späteren Sitzung wohl darüber entscheiden? Begründet eure Vermutungen.

1.4.4 Wie hat der Stadtrat tatsächlich entschieden?

Zum Thema: Der politische Prozess zur Umsetzung der „Leinewelle" neigt sich nach fünf Jahren dem Ende zu. Wird Hannover tatsächlich eine künstliche Welle mitten in der Stadt bekommen? Dieses Kapitel widmet sich dem tatsächlichen Verlauf des Prozesses und soll dabei helfen, diesen abschließend zu analysieren und zu bewerten.

M10 Bürgschaft für die „Leinewelle" gescheitert

Die Mehrheit der Umweltpolitiker im Rat kann sich für eine stehende Surf-Welle auf der Leine erwärmen, doch öffentliches Geld soll nicht in das Projekt „Leinewelle" fließen. So erteilten SPD und Grüne Montag im Umweltausschuss den Forderungen von CDU und Linken eine Absage für eine Bürgschaft. Die Linke hatte durchsetzen wollen, dass die Stadt den Bau mit einer Bürgschaft unterstützt. „Dadurch wird es für die Initiatoren leichter, Kredite zu bekommen", sagte Linken-Fraktionschef Oliver Förste. Die CDU wünschte sich eine Anschubfinanzierung.

Andreas Schinkel, Hannoversche Allgemeine, Bürgschaft der „Leinewelle" gescheitert, 08.09.2015

M11 Bezirksrat einstimmig für „Leinewellen"-Vertrag

Entscheidend ist dieses Votum nicht. Wohl aber ein wichtiges politisches Signal: In seiner Sitzung am Montag hat der Bezirksrat Mitte einstimmig einem Vertrag zugestimmt, den die Stadt mit den Initiatoren der Leinewelle schließen will, die Surfen in der City etablieren wollen. Darin geht es im Kern darum, dass die Stadt die Flächen am und im Wasser dem Leinewellen-Verein kostenlos zur Verfügung stellt, so dass dieser zwischen Schlossstraße und Pferdestraße eine hydraulische Vorrichtung im Fluss bauen kann, mit dem sich Surfwellen erzeugen lassen. Dafür verpflichtet sich der Verein, sämtliche Haftungsrisiken zu übernehmen, so dass der Stadt keine Kosten durch das Projekt drohen.

Christian Bohnenkamp, Neue Presse, Wassersport – Bezirksrat einstimmig für Leinewellen-Vertrag, 19.06.2018

Bezirksrat
Stadtteilvertretungen größerer Städte, in denen die Angelegenheiten einzelner Stadtteile (Bezirke) geregelt oder vorbereitet werden. Kommunen haben für verschiedene Themen verschiedene Fachbereiche, die auf das jeweilige Themengebiet spezialisiert sind.

M12 Rat stimmt einmütig für „Leinewelle"

In einer Sondersitzung haben jetzt auch die wesentlichen Ratsausschüsse einmütig dafür gestimmt, das Surfprojekt Leinewelle in der Altstadt zu ermöglichen. Die Rede war von einem „sportlich-kulturellen Höhepunkt". Noch aber ist die letzte Hürde nicht genommen. […]

Die Stadt gestattet dem Verein Leinewelle, seine künstliche Surfwelle in den Altstadt-Flusslauf an der Brücke Schlossstraße zu installieren. Der Beschluss [in der Ratssitzung] fiel einstimmig, damit ist die Ratsmehrheit sicher. Die letzte Hürde ist damit aber noch nicht genommen.

Öffentliche Ratssitzung der Stadt Hannover

Der Verein Leinewelle um Initiator Heiko Heybey will ein dreiteiliges Unterwasserwehr installieren, das im Fluss eine sogenannte stehende Welle erzeugt, auf der es sich surfen lässt. Das Gelände gehört der Stadt, sie muss daher die Nutzung gestatten. Für den Vertrag, dem der Rat zustimmt, gab es viel Lob aus der Politik: Er zeuge von „einem fairen Umgang mit dem Verein", sagte SPD-Ratsherr Lars Kelich. [...] CDU-Ratsfrau Gabriele Jeschke nannte das Projekt einen „sportlich-kulturellen Höhepunkt" für Hannover. Zuvor hatte Stadtbaurat Uwe Bodemann gesagt, [mit] dem Bau von Treppenanlagen zum Wasser und der Aufwertung der Promenade komme man dem Ziel näher, das Areal für Bewohner und Stadtbesucher attraktiver zu machen. FDP-Fraktionschef Wilfried Engelke erkundigte sich nach Toiletten, man wolle ja keine Dixi-Klos dort. [...] AfD-Mann Reinhard Hirche [...] sagte [auch]: „Toiletten müssten schon sein." [...]

Angekündigt ist allerdings eine Klage des Fischereivereins und von anderen Naturschutzverbänden. Sie berufen sich darauf, dass nach Europarecht bei Eingriffen in Flüsse nie eine Verschlechterung für die Natur eintreten dürfe. Sie fordern, dass als Ausgleich für die Verschlechterung das große Wehr am Landtag endlich für Fische passierbar gemacht wird.

Conrad von Meding, Hannoversche Allgemeine Zeitung, Surfwellenprojekt – Rat stimmt einmütig für Leinewelle, 23.06.2018

AUFGABEN

H zu Aufgabe 1
→ S. 167

1. Vergleicht die Entscheidung aus eurer simulierten Stadtentwicklungsausschusssitzung (→ Kapitel 1.4.3) mit der Realität anhand der Materialien **M10–M12**.
2. Vervollständigt den Politikzyklus (→ S. 55) mithilfe eurer Ergebnisse aus Aufgabe 1. Beachtet dabei die noch fehlenden Stationen des Modells.
3. Ist der Politikzyklus zur „Leinewelle" nun beendet? Erläutert, welche Folgeprobleme sich ergeben könnten oder bereits bekannt sind.
4. Nehmt zum bisherigen Ergebnis rund um das Thema „Leinewelle" begründet Stellung (→ URTEILSKOMPETENZ):
   - Inwiefern wurde das angestrebte Ziel erreicht?
   - Inwiefern wurden die verschiedenen Interessen berücksichtigt?
   - Seid ihr persönlich mit dem Ergebnis zufrieden?

Mitgestaltung der Politik vor Ort (⟶ M2, M3)

Das Projekt „Leinewelle“ ist ein Beispiel dafür, dass Bürgerinnen und Bürger sich nicht nur durch die Stimmabgabe bei Wahlen oder die Übernahme eines politischen Amtes, sondern auch auf andere Art und Weise politisch beteiligen, ihre Ideen in den politischen Prozess einbringen können (Partizipation).

Ein Interesse wird „politisch“ (⟶ M1-M5)

Damit ein **Anliegen oder ein Problem politisch wird, muss in der Öffentlichkeit dafür ein Bewusstsein geschaffen werden**. Die Interessengruppe, die für ihr Anliegen eine politische Entscheidung herbeiführen möchte, braucht Unterstützer und muss Mehrheiten dafür sammeln. Die **Medien** spielen hierbei eine große Rolle, weil sie über das Anliegen oder Problem berichten und es dadurch bekannter machen.

Der politische Prozess (⟶ M6, M7, M9-M12)

In einer Demokratie, in der viele Interessengruppen auf ein politisches Vorhaben Einfluss nehmen wollen, kann der **politische Prozess** mitunter **sehr lange dauern**, was manchmal für Unmut in der Bevölkerung sorgt. Aber es gibt Gründe für diese Langwierigkeit:

- Oft gibt es **andere Interessensgruppen**, die mit der Idee nicht einverstanden sind und versuchen, diese zu verhindern. Diese Interessen können berechtigt sein und es ist daher aus demokratischer Perspektive legitim, dass diese in den politischen Prozess eingebracht werden.
- Auch **rechtliche Auflagen** müssen geprüft werden – im Fall der „Leinewelle“ z. B. umwelt- und denkmalschutzrechtliche Belange oder Sicherheitsvorschriften. Dies ist in der Regel im Sinne des Gemeinwohls.
- Die politischen Entscheider müssen ein Vorhaben auch in **finanzieller Hinsicht** prüfen: Lohnt sich eine Investition oder sind dann für andere wichtige Aufgaben nicht mehr genügend Mittel vorhanden?

Der Politikzyklus (⟶ METHODE)

Modelle sind wichtige Instrumente, mit denen wir die **politische Wirklichkeit vereinfacht abbilden** können, um sie besser zu verstehen. Im Modell wird nur das Wichtigste dargestellt. Der **Politikzyklus** ist ein solches Modell. Am Beginn des Politikzyklus steht ein Problem, mit dem sich die Politik beschäftigen muss. Es wird öffentlich darüber gestritten, was man tun soll. Dabei spielen auch die Medien eine ganz wichtige Rolle. Ist eine Entscheidung getroffen, dann wird diese in der Öffentlichkeit diskutiert und bewertet. Wenn das Problem damit beseitigt werden kann, dann wird der Politikzyklus nur einmal durchlaufen. Verändert sich das Problem oder sind die getroffenen Maßnahmen nicht wirksam, dann beginnt der Zyklus von vorn.

WAS WIR WISSEN

Der Rat der Gemeinde (··→ M8a)

Der **Gemeinderat** (in Städten: **Stadtrat**) ist das **Hauptorgan der Gemeinde**. Er entscheidet über wichtige Fragen, die die Gemeinde betreffen, z. B. über den Gemeindehaushalt oder die Höhe bestimmter Abgaben und Steuern. Die Ratsmitglieder sind ehrenamtlich tätig und werden von der wahlberechtigten Bevölkerung für die Dauer von fünf Jahren gewählt. Sie können durch Anträge eigene Ideen oder Forderungen in den politischen Prozess einbringen.

Die Ausschüsse (··→ M8b)

In den **Ausschüssen werden die Beschlüsse des Rates nach Thema geordnet vorbereitet** und ausführlich diskutiert. Die häufigsten Ausschüsse sind u. a. der Umweltausschuss, der Bauausschuss, der Schulausschuss und der Finanzausschuss. Eine Besonderheit in Niedersachen stellt der **Verwaltungsausschuss** dar: Hier werden alle Beschlüsse noch einmal abschließend beraten, bevor der Rat darüber abstimmt. Die Ausschussmitglieder sind diejenigen Ratsmitglieder, die sich auf das jeweilige Thema spezialisiert haben und von ihrer Fraktion entsendet wurden.

Die Bürgermeisterin/Der Bürgermeister (··→ M8c)

Die **Bürgermeisterin** oder der **Bürgermeister leitet die Gemeindeverwaltung** und ist für die Umsetzung der Ratsbeschlüsse verantwortlich. Die Bürgermeisterin oder der Bürgermeister repräsentiert die Gemeinde nach außen und hat dadurch eine herausgehobene Stellung. Die Bürgermeisterwahl ist eine Direktwahl, die alle fünf Jahre stattfindet.

Die Verwaltung (··→ M8d)

Die **Verwaltung ist für die Umsetzung der Ratsbeschlüsse zuständig** und dafür, dass die komplexen Abläufe in einer Gemeinde reibungslos funktionieren (z. B. Müllabfuhr, Instandhaltung öffentlicher Einrichtungen). Die Mitarbeiterinnen und Mitarbeiter der Verwaltung geben auch Impulse für neue Ideen oder Veränderungen mittels Vorlagen in die Ratspolitik, die dann darüber berät.

Zeitungsschlagzeilen

Initiative gegen Einsamkeit: Grüne wollen Nachbarschaften in Osnabrück stärken
Die Osnabrücker „Grünen" wollen, dass die Stadt mehr tut, um den ehrenamtlichen Einsatz in Nachbarschafts- und Stadtteilinitiativen zu stärken.
Sandra Dorn, Neue Osnabrücker Zeitung, 01.08.2018

Laut Prüfergebnissen [weisen] in Niedersachsen 156 [Brücken] deutliche Mängel [auf]
Auf die Kommunen in Niedersachsen kommen [...] steigende Kosten für die Sanierung maroder Brücken zu.
Nach: © BZV Medienhaus GmbH, www.braunschweiger-zeitung.de, 02.07.2018

Bakumer Grundschule soll erweitert werden
Ausschuss empfiehlt Erweiterung der Katharinenschule
Torben Siemer, Oldenburgische Volkszeitung, 08.05.2018

Vereine sollen sich Kunstrasenplatz teilen
Mitten in Ihlow soll ein Kunstrasenplatz entstehen, auf den die Fußballvereine bei schlechtem Wetter ausweichen können. Wie viel Geld die Gemeinde dafür bezahlen müsste, ist noch unklar.
Katrin Frauenlob, Ostfriesen-Zeitung, 03.08.2018

Politik stimmt zum zweiten Mal über Haushalt ab
In Ihlow müssen die Ortsräte in die Haushaltsberatungen einbezogen werden. Wie in vielen anderen Kommunen war das bislang nicht der Fall. Jetzt muss ein weiteres Mal über den Etat entschieden werden.
Katrin Frauenlob, Ostfriesen-Zeitung, 08.05.2018

Stadt Lehrte denkt über Ordnungsdienst nach
Oft bleibt Müll auf der Wiese liegen, obwohl Abfalleimer nur wenige Meter entfernt sind.
Oliver Kühn, Hannoversche Allgemeine Zeitung, 11.07.2018

AUFGABEN

1. Entscheidet, welche der in den Überschriften genannten Aufgaben zu den Pflichtaufgaben und welche zu den freiwilligen Aufgaben einer Kommune zählen.
2. Ordnet die Überschriften den verschiedenen Stationen des Politikzyklus (→ S. 55) begründet zu.

1.5 Welchen aktuellen Problemen müssen sich Gemeinden stellen?

1.5.1 Demografischer Wandel – sterben die Gemeinden aus?

Demografischer Wandel
Bezeichnung für die Veränderungen in der Bevölkerungszusammensetzung hinsichtlich Größe und Struktur (z. B. Altersaufbau)

Erklärfilm „demografischer Wandel"

Mediencode: 71070-03

Zum Thema: Die Bevölkerung wird insgesamt immer älter. Gleichzeitig möchten immer mehr junge Menschen in Großstädten leben. Welche Folgen dies für ländliche Regionen hat, vor welche Herausforderungen dies einige Kommunen stellt und was gegen die damit einhergehenden Probleme getan werden kann, erfahrt ihr im folgenden Unterkapitel.

M1 Wenn es im Dorf nicht mal mehr einen Geldautomaten gibt

Auf dem Land ist es wunderbar – aber um junge Leute dorthin zu locken, braucht es die Politik.

Mein Dorf war viele, viele Jahre für mich das Zentrum der Welt. Ich habe es geliebt und konnte Freunde, die mitten in der Stadt lebten, nie verstehen. Allein, weil man dort im Sommer nicht barfuß laufen konnte. [...]
In meinem Dorf gab es zwei Gaststätten, zwei kleine Supermärkte, zwei Banken, zwei Bäcker, zwei Metzger, eine Post, einen Friseur und eine Tankstelle. Eine Kirche, einen Kindergarten und eine Grundschule. Einen Hausarzt und einen Zahnarzt. Das alles für etwa 1.400 Einwohner. Mein Dorf heißt Nettlingen und liegt mitten in Niedersachsen. Es war alles da. Man konnte dort ganz wunderbar leben.

Doch das war einmal. Vor ein paar Wochen schloss die letzte der beiden Banken. Die Supermärkte sind längst nicht mehr da, die Bäcker ebenfalls zu und die Post sowieso. Die Tankstelle gibt es noch, immerhin. Denn: Wer wirklich etwas braucht, kommt nicht mehr drumherum, mit dem Auto loszufahren. Jetzt sogar, um sich Bargeld zu besorgen – denn die örtliche Volksbank ließ nach ihrer Schließung nicht einmal einen Geldautomaten da. [...]

Vermutlich hatte Nettlingen Glück, überhaupt so lange eine Geldversorgung direkt im Ort zu haben. In anderen Dörfern ist man schon lange gewohnt, für jede kleine Erledigung ins Auto steigen zu müssen. Oder, wenn man es irgendwann selbst nicht mehr kann, darauf zu hoffen, dass Nachbarn oder Angehörige das für einen erledigen. Das ist ja das Schöne am Leben auf dem Dorf – man hält zusammen und hilft sich. Irgendwie funktioniert das schon alles.

Doch es sollte anders laufen. Solange die Politik keine Schritte ergreift, das Leben auf dem Land auch infrastrukturell wieder lebenswert zu machen, werden sich in den Großstädten weiterhin lange Schlangen bei Wohnungsbesichtigungen bilden [...]. Denn wer zieht aus der Stadt in eine Region, in der er für alles permanent weit fahren muss oder auf andere angewiesen ist?

Wiebke Tomescheit, www.stern.de/NEON, Von wegen Landliebe – Wenn es im Dorf nicht mal mehr einen Geldautomaten gibt, 20.05.2018

infrastrukturell
hier: Schulen, Krankenhäuser, Sport- und Freizeitanlagen, Einkaufsstätten, kulturelle Einrichtungen, Energie- und Wasserversorgung, Verkehrswege, öffentlicher Personennahverkehr etc.

M2 Niedersachsen droht Entleerung ganzer Landstriche

Bis 2035 verlieren Gegenden wie der Landkreis Osterode am Harz laut Prognose fast jeden dritten Einwohner. Dagegen gewinnen die Großstädte teils im zweistelligen Prozentbereich hinzu. Zwischen Wachstum und Siechtum öffnet sich immer stärker eine Schere: Die Großen gewinnen, und zwar auf Kosten der Kleinen. [...] Das Ergebnis [einer Studie]: Bis 2035 verschwinden fast 400.000 Menschen. Die Berechnung hat wegen der langen Zeitspanne ihre Unsicherheiten. Doch [...] sicher scheint: Die Entvölkerung, wie groß sie nun auch ausfallen mag, läuft ausgerechnet an Orten, die es sich kaum leisten können. [...]
Jährlich sterben derzeit 25.000 Menschen mehr in Niedersachsen als geboren werden. 2035 werden es laut der Prognose schon mehr als doppelt so viele sein.

dpa, Neue Osnabrücker Zeitung, Zerreißprobe demografischer Wandel –Niedersachsen droht Entleerung ganzer Landstriche, 25.05.2015

M3 Breitband und Infrastruktur hält Jugendliche auf dem Dorf

Die Gründe, warum vor allem Jugendliche zwischen 18 und 22 Jahren ihre Heimat verlassen, sind vielfältig: Neben schlechten Ausbildungs- und Jobperspektiven sowie drohender Arbeitslosigkeit spielen auch die eingeschränkte Mobilität, verkrustete Strukturen in den Gemeinden, fehlende politische Mitspracherechte sowie die nicht vorhandene digitale Erreichbarkeit eine Rolle für die Landflucht.
Dabei erleben viele Landjugendliche ihre Heimat durchaus positiv: Sie schätzen den familiären Umgang in vertrauter Umgebung, lieben die Natur und fühlen sich sicherer als in der Stadt – allerdings nur, wenn das Gefühl von Benachteiligung und Enge nicht überwiegt. [...]
„Viele junge Menschen auf dem Land fühlen sich nicht ernst genommen, weil sich Freizeitangebote, Fahrpläne von Bussen und Zügen und die Möglichkeiten nach politischer Teilhabe an Älteren orientieren", so Frank Tillmann [Leiter des DJI-Projekts „Jugend im Blick – Regionale Bewältigung demografischer Entwicklungen" → S. 68]. Langfristig ließe sich die Lebensqualität deutlich verbessern, wenn Kommunen beispielsweise einen kostenlosen Breitband-Internet-Hotspot in Dorf und Schulbus zur Verfügung stellten, Fahrradwege ausbauten, Ganztagsschulen, Vereine und Kirchen ihre Räume für Jugendliche nach 17 Uhr öffneten und die interkulturelle Jugendarbeit gestärkt würde. Auch empfiehlt die Studie andere Formen jugendlicher Mitbestimmung. [...] Entscheidend sei es auch, Ausbildungs- und Berufsperspektiven zu verbessern, indem sich Kleinstbetriebe zu Ausbildungsverbünden zusammenschlössen, es eine mobile Bildungsberatung für Rückkehrwillige und transparentere Informationen über freie Lehrstellen und Jobs in der Region gäbe. Damit strukturschwache Regionen langfristig für junge Menschen attraktiv bleiben und werden, bedarf es einer langfristigen abgestimmten Unterstützung von Kommunen, Land [→ S. 68] und Bund [→ S. 68] – so ein zentrales Ergebnis der Studie.

Susanne John/Deutsches Jugendinstitut e. V. (DJI), https://idw-online.de, Landflucht: DJI-Studie zeigt, was Jugendlichen einen Verbleib in der Region erleichtern würde, 02.05.2016

Der Harz hält die Rote Laterne

Niedersachsens Einwohner werden einer Prognose [...] zufolge vor allem in ländlichen Regionen immer weniger. Die Liste mit den Gewinnern und Verlierern [bis 2035] aus der Vorausberechnung:

GEWINNER	
Hannover	114 %
Lüneburg	114 %
Braunschweig	113 %
Wolfsburg	112 %
Harburg	110 %
Oldenburg	108 %
Osnabrück	108 %
Vechta	107 %
Delmenhorst	101 %

VERLIERER	
Osterode am Harz	69 %
Holzminden	76 %
Goslar (Landkreis)	77 %
Northeim	77 %
Wilhelmshaven	80 %
Goslar (Stadt)	80 %
Cuxhaven	81 %
Hameln-Pyrmont	81 %
Lüchow-Dannenberg	82 %
Hildesheim	83 %
Schaumburg	83 %
Wesermarsch	83 %
Helmstedt	84 %
Nienburg (Weser)	84 %
Emsland	98 %
Kreis Leer	99 %
Kreis Aurich	93 %
Grafschaft Bentheim	93 %

dpa, Neue Osnabrücker Zeitung, Zerreißprobe demografischer Wandel – Niedersachsen droht Entleerung ganzer Landstriche, 25.05.2015

DJI-Projekt „Jugend im Blick – Regionale Bewältigung demografischer Entwicklungen“
Befragung von jungen Menschen auf dem Land sowie politischen Entscheidungsträgern durch das Deutsche Jugendinstitut e.V. (DJI)

Land
hier: das Bundesland Niedersachsen

Bund
hier: die Bundesebene der Bundesrepublik Deutschland (z. B. Bundesregierung)

proportional
im selben Verhältnis zueinander stehend

rentabel
lohnend, gewinnbringend

Fachkräftemangel
Zustand innerhalb der Wirtschaft, in dem eine hohe Anzahl von Arbeitsplätzen für Mitarbeiterinnen und Mitarbeiter mit bestimmten Fähigkeiten nicht besetzt werden kann, weil auf dem Arbeitsmarkt keine entsprechend qualifizierten Mitarbeiterinnen und Mitarbeiter (Fachkräfte) zur Verfügung stehen.

M4 Vor welchen Herausforderungen stehen die niedersächsischen Gemeinden?

[S]inkende Einwohnerzahlen in den Kommunen [machen] den Um- und Rückbau von Angeboten vor allem der Daseinsvorsorge (z. B. Versorgung mit Strom, Gas, Wasser oder Fernwärme sowie bei der Abwasser- und Abfallentsorgung, im Öffentlichen Personennahverkehr oder bei der Krankenhausversorgung) und in der Verwaltung der Kommunen selbst erforderlich. Zudem wird die kommunale Infrastruktur bei reduzierter Auslastung proportional teurer und weniger rentabel.

Wegen der Versorgungspflicht der Kommunen muss sie aber in vielen Bereichen trotzdem aufrechterhalten werden. Vielerorts müssen kommunale Angebote und Leistungen umgestellt werden, um dem steigenden Anteil älterer Menschen an der Bevölkerung gerecht zu werden. Dies betrifft beispielsweise den Ausbau der Pflegeinfrastruktur sowie die Umstellung von Freizeit- und Kulturangeboten.

Im ländlichen Bereich sehen sich Kommunen darüber hinaus mit Gebäudeleerständen, Fachkräftemangel und einer unzureichenden oder sich verschlechternden Ärzte- und Nahversorgung konfrontiert, z. B. im Lebensmitteleinzelhandel. [...] Sinkende Einwohnerzahlen wirken negativ auf die Entwicklung der Steuereinnahmen [...]. Die Auswirkungen [...] des demografischen Wandels stellen deshalb zahlreiche Kommunen vor große Herausforderungen.

Niedersächsischer Landtag – 16. Wahlperiode, Drucksache 16/5106, 09.08.2012

AUFGABEN

1. Beschreibt die Situation im Dorf Nettlingen (**M1**).
2. Erläutert die Probleme Nettlingens (**M1**) aus der Perspektive der Nettlinger Bürgerinnen und Bürger (Kinder und Jugendliche, Erwachsene, Ältere).
3. Analysiert die demografische Entwicklung Niedersachsens insgesamt sowie die eurer Region (**M2**, **Randspalte** neben **M2** und **M3**).
4. a) Sammelt Gründe dafür, warum junge Land- oder Dorfbewohnerinnen und Dorfbewohner nach ihrem Schulabschluss oft in eine größere Stadt ziehen.
   b) Diskutiert anschließend, was passieren müsste, damit es für junge Menschen wieder attraktiver wird, auf dem Land zu wohnen.
5. Vergleicht eure Ergebnisse aus den Aufgaben 4a-b mit denen der Studie des Deutschen Jugendinstituts (**M3**).
6. a) Arbeitet die sozialen und wirtschaftlichen Probleme heraus, die sich für die Gemeinden ergeben (**M4**).
   b) Ergänzt die sozialen Probleme um die euch bereits bekannten (**M1**, **M3**).
7. Begründet, welches Problem eurer Meinung nach das größte ist.

F Tauscht euch über eure eigenen Erfahrungen zu den Themen aus: Wohnt ihr auf dem Land und könnt Ähnliches berichten? Oder kennt ihr die Situation von Verwandten oder Freunden, die auf dem Land wohnen?

1.5.2 Ist ehrenamtliche Arbeit eine Lösung für die Probleme der Kommunen?

Zum Thema: In vielen Kommunen entwickeln Bürgerinnen und Bürger und Politikerinnen und Politiker Ideen und Projekte, um mit den Herausforderungen des demografischen Wandels umzugehen und die Kommunen zukunftsfähig zu gestalten. Im Folgenden könnt ihr euch mit vier Ideen aus ganz Deutschland auseinandersetzen, um im Anschluss daran zu überprüfen, ob diese einige der Probleme auch wirklich lösen.

M5 Innovative Ideen von Bürgerinnen und Bürgern und Kommunen

1

Vernetzte Mobilität

„Intelligente Mobilität und Nahversorgung für den Landkreis Freyung-Grafenau" heißt das „iMONA"-Forschungsprojekt [...]. Gemeinsam mit Wissenschaftlern [...] entwickelt der Landkreis [Freyung-Grafenau in Bayern] ein stabiles Verkehrs- und Versorgungsnetz, das unterschiedliche Mobilitätsangebote miteinander verknüpft und [online] abrufbar macht. Die Innovation dabei: Personentransport und Warenverkehr werden miteinander verbunden, öffentlicher Nahverkehr und privatgemeinschaftliche Mobilität ergänzen sich. Herzstück des Vorhabens ist die Einrichtung von Mobilitäts- und Versorgungsstationen an geeigneten Standorten in den Kommunen des Landkreises. Einerseits sind sie Haltestellen für Reisende, andererseits Lieferpunkte für Waren des persönlichen Bedarfs. [...] Die Belieferung von Kleinstbetrieben wie Dorfsupermärkten [...] ist ebenso möglich. [...] In „iMONA" einbezogen sind neben der Bevölkerung des Landkreises auch die betreffenden Unternehmen: Firmen des öffentlichen Personennahverkehrs, Taxiunternehmen, Unternehmen des Einzelhandels sowie auch private Fahrer und Car-Sharer. Das Mobilitätsnetz umfasst neben Bussen und Bahnen auch private Mitfahrangebote. So kann ein breites Angebot unterschiedlicher Fahrmöglichkeiten sichergestellt werden. Profitieren sollen von „iMONA" alle Akteure: Die Bevölkerung erhält ein zukunftsfähiges Mobilitäts- und Versorgungsnetz. Die Verkehrsunternehmen stärken ihre Wirtschaftlichkeit. Die Gemeinden kommen ihrer Daseinsvorsorgepflicht effizienter nach und erhöhen die regionale Lebensqualität. Für Erzeuger und Händler ergeben sich neue Absatzmärkte.

Deutsches Institut für Urbanistik gGmbH, https://kommunen-innovativ.de, Eine Region verknüpft Personenverkehr und Nahversorgung zu zukunftsfähiger Mobilität, Abruf am: 19.11.2018

2

Generationenübergreifende Dienstleistungsbörse

Mit einer Aktion unter dem Namen „Kleine Hilfen – Geben und Nehmen" soll in Hoetmar eine generationenübergreifende Dienstleistungsbörse entstehen. Menschen, die bereit sind, etwas Zeit für einen guten Zweck zu schenken und eine Aufgabe zu übernehmen, die nicht zu viel Zeit in Anspruch nimmt [...] unterstützen so andere Mitbürger, die Hilfe benötigen, ob es Kinderbetreuung für eine Stunde ist, die Besorgungen für ältere Mitmenschen, das Fahren zu einem Arzttermin [...], Zeit zum Zuhören oder Spazierengehen [...] oder die Möglichkeit als „Vorlese-Oma oder Opa" in den Kindergarten zu gehen.

Bereits umgesetzt hat der Arbeitskreis „Aktiv im Ruhestand", dass Senioren den Schülern der Dechant-Wessing-Grundschule im Unterricht Häkeln und Nähen beibringen, mit ihnen lernen oder sie bei den Hausaufgaben unterstützen.

© 2019 Heimatfreunde Dorf Hoetmar e. V., https://hoetmar.de, Generationenübergreifende Dienstleistungsbörse, Abruf am: 31.01.2019

3

Mobil durch Mitfahrbänke

Eine Bank und ein Aufkleber genügen, um Mitfahrgelegenheiten im Dorf zu ermöglichen – die Bank dient hierbei quasi als Haltestelle, die deutlich macht, dass jemand mitgenommen werden möchte. Aufkleber an Autos zeigen die Bereitschaft der Autofahrer an, jemanden mitzunehmen. Dieses Prinzip funktioniert schon an vielen Orten, wie zum Beispiel in Oberndorf mit der Aktion Roter Punkt oder in Elte und in Heimenkirch in Form von Mitfahrbänken. Mitmachen bedeutet immer einen Mehrwert für alle, nicht nur die Pro-Kopf-CO_2-Emission wird gesenkt, sondern auch die Gemeinschaft gestärkt. In Heimenkirch dürfen die Fahrgemeinschaften außerdem Premiumparkplätze im Zentrum nutzen.

WIR OBERNDORFER, www.doerfer-im-aufbruch.de, Mobil durch Mitfahrbänke, Abruf am: 19.11.2018

4

Werkstatt für lebenslanges Lernen in Qualitz

Ein fröhliches, belebtes Haus, dessen Türen für alle, inklusiv und generationenübergreifend, offen stehen: Das wollte der junge Verein „Allerhand e.V." für die Menschen in Qualitz schaffen. 2014 kaufte ein Landwirt den leerstehenden Hof im Dorf und holte den Verein als Mieter ins Haus. Ziel ist es, diese Werkstatt auf dem Land nachhaltig als Alternative zu weit entfernten Angeboten zu etablieren. Ebenso soll sie kulturelle Bildung für Menschen aus sogenannten bildungsfernen Schichten finanziell und örtlich erreichbar machen. Seitdem bieten Laien und Experten in der „Werkstatt für lebenslanges Lernen" fast täglich wechselnde Aktivitäten an: Montags tagt auf Wunsch der Schulkinder ein Mathekreis, Dienstags ist die neu eingerichtete Fahrradwerkstatt geöffnet, Mittwochs wird in der Holzwerkstatt gewerkelt und ein Chor aus Eltern und Kindern trifft sich zum Singen, Donnerstags wird gemeinsam gekocht und gegessen, Freitags finden oft Vorträge und Diskussionsrunden statt. Das „Aller", wie die Kinder es nennen, bereichert das Leben von über 100 Menschen.

Allerhand e.V., www.doerfer-im-aufbruch.de, Werkstatt für lebenslanges Lernen in Qualitz, Abruf am: 19.11.2018

MOTIVE FÜR EHRENAMTLICHES ENGAGEMENT

Spaß haben	80,0 %
Mit anderen Generationen zusammenkommen	60,9 %
Mit anderen Menschen zusammenkommen	59,5 %
Gesellschaft mitgestalten	57,2 %
Qualifikationen erwerben	33,5 %
Ansehen und Einfluss gewinnen	15,1 %
Beruflich vorankommen	14,9 %
Dazuverdienen	3,5 %

Bundesministerium für Familie, Senioren Frauen und Jugend (Hrsg.), Julia Simonson/Claudia Vogel/Clemens Tesch-Römer, Freiwilliges Engagement in Deutschland – Zusammenfassung zentraler Ergebnisse des Vierten Deutschen Freiwilligensurveys, Dezember 2016, S. 38

M6 Ehrenamt – Engagement für eine wichtige Sache

Ehrenamtlich engagierte Menschen wirken mit in Vereinen, sozialen Diensten, in der Kirche oder anderen Organisationen. Sie setzen sich für eine Sache ein, die ihnen besonders am Herzen liegt. Dies tun sie oft, um anderen Menschen zu helfen. So arbeiten zum Beispiel für den Deutschen Kinderschutzbund ungefähr 10.000 Ehrenamtliche und leisten damit einen sehr wichtigen Beitrag zur Arbeit des Kinderschutzbundes.

Menschen, die ein Ehrenamt bekleiden, erhalten keine Bezahlung für ihre Tätigkeit, manchmal werden ihnen ihre Kosten ersetzt. Gelegentlich gibt es aber besondere Anerkennungen für Menschen, die ein Ehrenamt ausüben. In vielen Gemeinden werden heute Ehrenamtskarten verliehen. Damit können Menschen, die sich besonders ehrenamtlich hervorgetan haben, zum Beispiel die städtischen Museen oder Freibäder zum halben Preis besuchen. Die meisten Ehrenämter werden freiwillig ausgeübt. Aber: Es gibt auch Ehrenämter, die nicht freiwillig sind, sondern die übernommen werden müssen. Wenn ein Gericht einen Bürger als Schöffen bestimmt, also als ehrenamtlichen Richter in einem Prozess, so muss derjenige das Amt übernehmen. Auch eine ehrenamtliche Tätigkeit als Wahlhelfer ist Pflicht, wenn die Gemeinde jemanden dazu bestimmt.

Gerd Schneider/Christiane Toyka-Seid, www.bpb.de, Das junge Politik-Lexikon von www.hanisauland.de, Bonn: Bundeszentrale für politische Bildung 2019

M7 Chancen und Risiken des Ehrenamts

a) Ehrenamtliches Engagement entlastet und bereichert die Kommunen

Viele große Herausforderungen unserer Zeit können nur dann bewältigt werden, wenn die Bürgerinnen und Bürger sich einbringen.

1. Ehrenamtliche Arbeit stärkt den gesellschaftlichen Zusammenhalt: Man denke nur an die vielen ehrenamtlichen Helfer während der Flüchtlingskrise 2015. Hier konnte man auch gut sehen, dass ehrenamtliche Arbeit nicht nur die staatlichen Institutionen entlastet, sondern auch die Solidarität und den Zusammenhalt in unserer Gesellschaft fördert: Viele Flüchtlingshelfer haben damals neue Freundschaften geschlossen – mit anderen Flüchtlingshelfern und mit Flüchtlingen. Wenn wir verhindern wollen, dass die Gesellschaft immer mehr auseinanderbricht, müssen wir den freiwilligen Einsatz für unsere Gesellschaft stärken. Wir können und sollten nicht alle sozialen Belange dem Staat überlassen.

2. Ehrenamtliche Arbeit ist für die Kommunen bereits jetzt eine Entlastung: Was wären z. B. viele Schulen und Büchereien ohne die Fördervereine? Und auch die Sportvereine, viele Hilfsorganisationen und die Freiwillige Feuerwehr sind auf ehrenamtliche Arbeit angewiesen.

3. In Zukunft werden wir aufgrund des demografischen Wandels noch mehr ehrenamtliches Engagement benötigen: Wenn der öffentliche Personennahverkehr nicht mehr jedes Dorf anfährt, ist es eine gute Lösung, wenn ein ehrenamtlicher Busfahrer drei Mal in der Woche Einkaufsfahrten vom Dorf in die Stadt durchführt. Alt und Jung werden mehr füreinander da sein müssen. Was spricht dagegen, dass die ältere Generation sich ehrenamtlich um Kinder kümmert und die jungen Erwachsenen auch den Alten mehr helfen?

4. Ehrenamtliche Arbeit ist wichtig für eine gelebte Demokratie: Durch ehrenamtliches Engagement können wir unsere Gesellschaft selbst mit gestalten und verändern – im Sinne einer gelebten Demokratie, die viel mehr umfasst als das Wählen von Politikerinnen und Politikern: Es sind die Menschen, die im Ehrenamt arbeiten, die auf die wichtigen gesellschaftlichen Themen aufmerksam werden und diese in den politischen Diskurs einbringen. Die aktuellen Diskussionen um die gemeinnützigen Tafeln, bei denen Bedürftige umsonst essen können, wurden durch die ehrenamtlichen Helfer vor Ort angestoßen, die direkt mit den Problemen einer neuen Armut konfrontiert sind. Es ist wichtig, dass auch wir Bürgerinnen und Bürger mehr Verantwortung übernehmen und zu besseren Lösungen beitragen. Die Kommune, in der wir uns engagieren, wird dadurch lebendiger und innovativer – viele gute Ideen werden durch die Bürgerinnen und Bürger angeregt.

5. Auch die Ehrenämtler profitieren von ehrenamtlicher Arbeit: Unser Lebenssinn besteht nicht in einem hohen Einkommen und dem fortwährenden Konsum von immer neuen Dingen, die wir vermeintlich brauchen. Vielmehr sind es der erfüllende Kontakt mit anderen Menschen und zwischenmenschliche Beziehungen, die uns glücklich machen. Studien haben sogar gezeigt, dass Menschen, die ehrenamtlich arbeiten, gesünder sind und länger leben.

Bearbeiterin

b) Ehrenamtliche Arbeit kann nicht alle Probleme lösen

Ehrenamtliches Engagement ist sicherlich in einigen Bereichen wichtig, aber man sollte auch folgende Punkte kritisch bedenken.

1. Die Angebote sollten verlässlich sein: Kinder- und Altenbetreuung oder auch öffentlicher Nahverkehr sind nicht nur auf qualifiziertes, dafür ausgebildetes Personal angewiesen, sondern auch darauf, dass sie verlässlich und kontinuierlich funktionieren. Ehrenamtliche Angebote können dies nicht immer leisten.

2. Man darf die Ehrenämtler nicht überfordern: Ehrenamtliche Arbeit ist bereits jetzt mit viel Verantwortung verbunden und ein Laie (= Person, die keine Fachkenntnisse besitzt) kann bestimmte Aufgaben nicht so gut erledigen, wie jemand, der darin ausgebildet ist. Es gibt in vielen Bereichen komplizierte gesetzliche Bestimmungen, die beachtet werden müssen. Man kann den Bürgerinnen und Bürgern nicht abverlangen, dass sie sich mit allem auskennen und alles richtig machen. Aber wer soll die Verantwortung übernehmen, wenn bestimmte Vorschriften nicht eingehalten wurden? Was passiert, wenn z. B. in der Kita, in der die Eltern ehrenamtlich kochen, die Kinder plötzlich eine Lebensmittelvergiftung haben, weil die Hygienevorschriften in der Küche nicht beachtet wurden?

3. Ein Ausbau des Ehrenamtes ist nicht immer demokratisch: Bei den Pflichtaufgaben, aber auch bei freiwilligen Leistungen entscheidet der Rat demokratisch, wie die Verwaltung die Aufgaben angehen soll. Ob jede ehrenamtliche Gruppe mit ihren eigenen Interessen das Wohl der Allgemeinheit im Blick hat, sollte man hinterfragen. Wenn sich die Kommune zu sehr darauf verlässt, dass die Bürgerinnen und Bürger bestimmte Aufgaben übernehmen, wird es bestimmte, wichtige Angebote vielleicht gar nicht mehr geben, weil sich niemand findet, der sich hier freiwillig einbringen möchte.

4. Der Ausbau des Ehrenamts kann die Probleme des demografischen Wandels nicht lösen: In den ländlichen Regionen, dort, wo das Ehrenamt am notwendigsten ist, sind auch die Probleme der Demografie wie Schrumpfung und Alterung am größten. Es werden immer weniger Menschen da sein, die sich überhaupt im Ehrenamt engagieren können.

5. Bestimmte Aufgaben sollten in der Verantwortung des Staates bleiben: Die Kommunen sollten sehr genau überlegen, welche Angebote in die Hand der Ehrenämter gehen und welche Risiken, z. B. in Bezug auf die Verlässlichkeit und den Inhalt der Angebote, damit verbunden sind. Bestimmte Aufgaben sollten in der Hand der Kommunen bleiben, auch wenn diese nach neuen Finanzierungsmöglichkeiten suchen müssen. Der Staat darf den Bürgerinnen und Bürgern nicht zu viel Verantwortung aufbürden und sich zu sehr zurückziehen.

Bearbeiterin

AUFGABEN

1. Bildet Gruppen und präsentiert eine innovative Idee aus **M5** in Form eines Kurzvortrags (→ Methodenglossar) vor der Klasse.
2. Zieht auf Basis der Präsentationen ein Fazit: Worin liegen insgesamt Chancen und Risiken der Projekte? Spielt es eine Rolle, ob das Projekt von den Bürgerinnen und Bürger oder der Kommune realisiert wird?
3. Erklärt zusammenfassend, welche Bedeutung ehrenamtliche Arbeit für die Kommunen hat (**M7**).
4. Begründet, ob ihr euch vorstellen könntet, ehrenamtlich tätig zu sein (**M6, Randspalte**).
5. Führt eine politische Debatte (→ Methodenglossar) zu folgender Frage durch: „Ist ehrenamtliche Arbeit eine Lösung für die Probleme der Kommunen?“ (**M7**). Bezieht dabei auch eure Vorkenntnisse aus den vorherigen Unterkapiteln mit ein.
6. Nehmt zur Debattenfrage abschließend begründet Stellung (→ URTEILS-KOMPETENZ).

H zu Aufgabe 1
→ S. 167

H zu Aufgabe 2
→ S. 167

H zu Aufgabe 6
→ S. 167

F Viele Projekte werden von den Bürgerinnen und Bürger organisiert und finanziert.
Erläutert, wie die Gemeinde solche Projekte unterstützen kann. Bezieht auch euer Vorwissen zur „Leinewelle“ in eure Überlegungen mit ein.

Probleme des demografischen Wandels (⟶ M1-M4)

„Demografischer Wandel" meint, wie sich die **Altersstruktur der Bevölkerung** eines Landes **verändert**. Einflussfaktoren dafür sind Zu- oder Abwanderung, die Geburtenrate und die Sterblichkeit. In Niedersachsen wird die **Bevölkerung insgesamt immer älter**. Insbesondere für die ländlichen Kommunen ist der demografische Wandel in mehrfacher Hinsicht problematisch:

- **Landflucht:** Die jüngeren Menschen ziehen in die Städte, zurück bleibt der ältere Teil der Bevölkerung. Es wohnen zunehmend mehr Menschen in den Städten; auf dem Land hingegen ist ein z. T. massiver **Bevölkerungsrückgang** zu verzeichnen.
- Für Unternehmen (Supermärkte usw.) lohnt es sich in einigen Dörfern nicht mehr, zu investieren. Den Menschen dort **fehlen** dann **wichtige Einrichtungen** für den täglichen Bedarf. Sie müssen lange Wege auf sich nehmen, um z. B. einzukaufen.
- Auch bestimmte **Angebote der Daseinsvorsorge**, z. B. öffentlicher Nahverkehr oder medizinische Einrichtungen, sind **nicht mehr ausgelastet** und **werden** unter Umständen **abgebaut**: Es fahren weniger Busse; das nächste Krankenhaus ist weit weg.
- Die **Kommunen** in den betroffenen ländlichen Regionen haben durch den Bevölkerungsrückgang **weniger Steuereinnahmen** und damit **weniger Mittel, um Pflicht- und freiwillige Aufgaben zu finanzieren**. Das verstärkt das eben genannte Problem.

Herausforderungen für die Kommunen (⟶ M4, M5)

Die betroffenen **Kommunen müssen Lösungen entwickeln**, um diesen Problemen etwas entgegenzusetzen, z. B.:

- Sie müssen ihre **Attraktivität für** junge **Familien, Jugendliche und Kinder steigern**, damit diese gerne dort wohnen und nicht wegziehen.
- Sie müssen ihre **Versorgungseinrichtungen und** ihre **Infrastruktur** auf die **Bedürfnisse älterer Menschen** umstellen und z. B. entsprechende Konzepte für Mobilität und Verkehr entwickeln.
- Sie müssen **sozialer Spaltung entgegenwirken**, da die Tendenz besteht, dass gut qualifizierte Menschen in die Städte ziehen, wo es auch teurer ist, und geringqualifizierte und/oder ärmere Menschen auf dem Land zurückbleiben.
- Sie müssen ggf. **neue Einnahmenquellen** erschließen.

Chancen und Risiken der Ausweitung des Ehrenamts (⟶ M7)

Da bestimmte Gemeinden vor großen Herausforderungen stehen, besteht eine Lösungsmöglichkeit darin, dass einige **kommunale Aufgaben durch das Ehrenamt übernommen werden.** Dies birgt einige Chancen, z. B. dass wichtige Angebote in der Kommune erhalten bleiben und Gemeinschaftssinn und Solidarität als wichtige Werte des Zusammenlebens Stärkung erfahren. Es gibt aber auch Risiken, weil fraglich ist, ob es im Sinne des Gemeinwohls immer richtig ist, wenn wichtige Aufgaben nicht mehr so verlässlich und kontinuierlich angeboten werden können. Auch für die Menschen, die ehrenamtlich arbeiten, kann eine Ausweitung des Ehrenamts unter Umständen eine Überforderung darstellen. Zu fragen ist, an welchen Stellen es wichtig ist, dass der Staat bzw. die Kommune die Verantwortung behält.

1.6 Wie finanziert sich eine Gemeinde?

1.6.1 Woher bekommt die Gemeinde ihr Geld?

Zum Thema: Wie ihr in den vorigen Unterkapiteln bereits erfahren habt, werden an eine Gemeinde die unterschiedlichsten Wünsche und Anforderungen gestellt. Die Gemeinde verfügt allerdings nicht über unendliche finanzielle Spielräume, diese sind hingegen begrenzt. Auf den nächsten Seiten erfahrt ihr, woher das Geld einer Gemeinde stammt und welche Probleme bei der Verteilung auftreten können.

M1 Wofür benötigt die Gemeinde Geld?

Der langersehnte Wunsch der Sportvereine geht endlich in Erfüllung: Die Gemeinde baut eine neue Leichtathletikanlage.

Die Gemeinde schafft modernere und umweltfreundlichere Busse an.

Die Gemeinde beteiligt sich an der Finanzierung der Grundsicherung für Arbeitssuchende.

Die Gemeinde modernisiert den Skaterpark.

Die Gemeinde bezuschusst den Betrieb des neuen Tiefwasserhafens.

Die Gemeinde erweitert das Angebot der örtlichen Jugendmusikschule.

M2 Die Einnahmequellen der Gemeinde

Gewerbesteuer
Diese bemisst sich am voraussichtlichen Gewinn der ortsansässigen Unternehmen. Dadurch unterliegt sie wirtschaftlichen Schwankungen.

Alles das, was in der Gemeinde gestaltet, gebaut und unterhalten werden soll, kostet selbstverständlich Geld. Aber woher nimmt die Gemeinde das Geld für die vielfältigen Aufgaben? Einen Großteil davon erhält sie durch Steuern. Steuern sind allgemeine Abgaben der Bürgerinnen und Bürger und Unternehmen, für die sie keine konkrete Gegenleistung erwarten können. Manche dieser Steuern erhebt die Gemeinde selbst, wie zum Beispiel die Gewerbesteuer für Unternehmen, die Grundsteuer für Hausbesitzer oder die Hundesteuer für Hundehalter. Von anderen Steuern, die das Land oder der Bund erheben, bekommt die Gemeinde einen Anteil. Außerdem bekommt die Gemeinde Zuschüsse von Bund und Land für konkrete Projekte. Wenn du ins

Schwimmbad gehst und dort Eintritt bezahlst, zählt das auch zu den Einnahmen einer Gemeinde. Genauso wie die Gebühren für die Abwasserentsorgung und die Müllabfuhr. Auch das Geld für Strafzettel fließt in die Gemeindekasse. Wenn die Gemeinde nicht genügend Geld hat, um alle Ausgaben zu finanzieren, kann sie auch einen Kredit aufnehmen, d. h., dass sie sich zusätzlich Geld z. B. von einer Bank leihen muss.

Bearbeiterin

Grundsteuer
wird von allen Grundstückseigentümern gezahlt

M3 Einnahmen und Ausgaben der Stadt Lehrte

Eine Kommune finanziert eigene Angebote und Einrichtungen durch Eintrittsgelder und Gebühren. Das Verhältnis zwischen Einnahmen und Ausgaben zeigen die folgenden Grafiken:

a) Anteil von Gebühren/Eintrittsgeldern an tatsächlichen Kosten

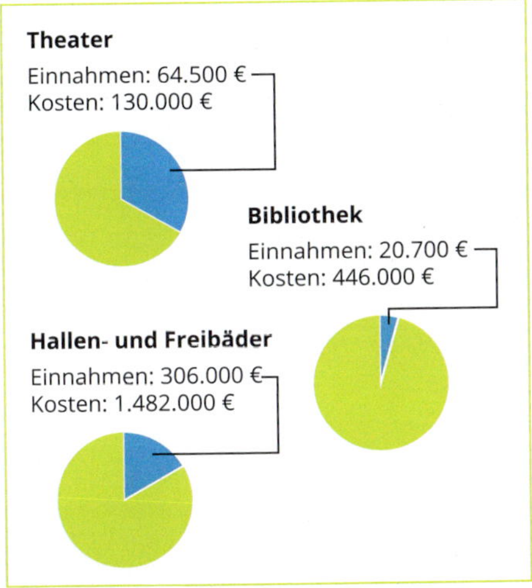

b) Anteil der verschiedenen Steuerarten am gesamten Steuerertrag der Stadt Lehrte (in 1.000 €)

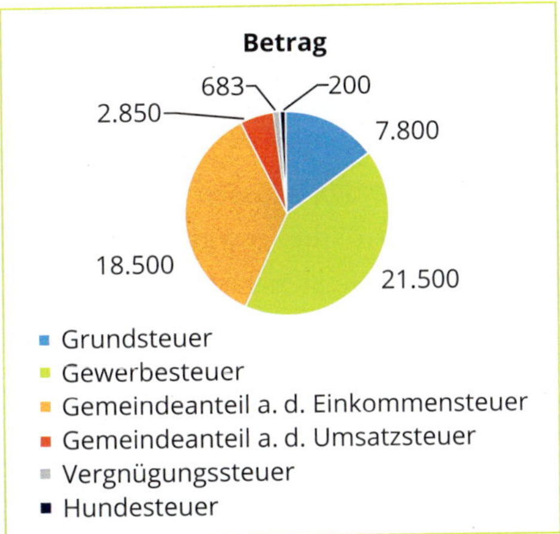

c) Der Ergebnishaushalt der Stadt Lehrte (in 1.000 €)

Erträge	Aufwendungen
Steuern 52.261	Personal 28.433
Zuweisungen 18.891	Sach- und Dienstleistungen 17.624
Öffentlich-rechtliche Entgelte 6.496	Abschreibungen 6.215
Privatrechtliche Entgelte 780	Zinsen 1.374
Zinsen 226	Transferaufwendungen 38.385

Stadt Lehrte, Haushaltsplan der Stadt Lehrte 2018 und 2019, www.lehrte.de, Abruf am: 17.12.2018

M4 Der Haushaltsplan

Eine der wichtigsten Aufgaben des Rates einer Gemeinde ist es, zu entscheiden, wofür die Gemeinde ihr Geld ausgeben soll. Dabei berücksichtigen die Ratsmitglieder, welche Aufgaben die Gemeinde zu erfüllen hat. Natürlich braucht die Gemeinde dafür Geld. Damit Einnahmen und Ausgaben übersichtlich dargestellt werden können, beschließt der Rat einen **Haushalt**. Den wichtigsten Teil stellt der sogenannte Ergebnishaushalt dar. Darin werden die Erträge, also die Einnahmen der Gemeinde, übersichtlich aufgezeigt. Gleichzeitig werden die Aufwendungen (also die Ausgaben) der Gemeinde dargestellt.

Zu den **Einnahmen oder Erträgen** einer Gemeine zählen u. a. **Steuern** wie etwa die Gewerbesteuer und die Grundsteuer, die direkt an die Gemeinden fließen. Sie erhalten aber auch einen Anteil an Steuern, die der Bund erhebt, so z. B. die Einkommensteuer.

Die Gemeinden erheben auch **Gebüh-**

Ertragszinsen
entstehen durch die Anlage von Eigenmitteln bei Banken

ren, um den eigenen Finanzbedarf zu decken. So müssen Eltern Gebühren entrichten, wenn ihre Kinder die Krippe oder den Hort besuchen (öffentlich-rechtliche Entgelte). Vermietet die Gemeinde Räume oder erhebt Eintrittsgebühren, z. B. für Museen (privatrechtliche Gebühren), dann fließen auch diese Beträge in den Gemeindehaushalt.

Den Einnahmen stehen natürlich auch jede Menge **Ausgaben oder Aufwendungen** gegenüber. Eine Gemeinde beschäftigt viele Menschen, die sich auf vielfältige Weise um die Angelegenheiten der Gemeinde kümmern. Sie arbeiten in der Verwaltung (also in den verschiedenen Ämtern), kümmern sich um die städtischen Gebäude (u. a. auch die Schulen) und Anlagen und vieles mehr. Diese Menschen arbeiten in Gebäuden, die geheizt werden müssen. Sie fahren mit Fahrzeugen, die gewartet werden müssen. Diese Kosten fasst man unter **Sach- und Dienstleistungen** zusammen. Kommunen haben auch Ausgaben in Form von sozialen Leistungen (Wohngeld, Leistungen zur Sicherung des Lebensunterhaltes/„Sozialhilfe"), die ihnen ganz oder teilweise vom Bund oder dem Bundesland erstattet werden (sog. „**Transferaufwendungen**").

Eine Besonderheit des Ergebnishaushaltes sind **die Abschreibungen**. Besitzt die Gemeinde z. B. ein Gebäude, dann wird dieses jedes Jahr ein Stück weit abgenutzt: Fußböden werden matt, Fenster werden undicht und die Fassade wird schmutzig. Dies wieder in Ordnung zu bringen, kostet Geld. Und dieses Geld, das zum Renovieren in Zukunft aufgebracht werden muss, bezeichnet man als Abschreibung. Der Ergebnishaushalt zeigt also auch, welche Kosten in Zukunft auf die Gemeinde zukommen.

Bearbeiterin

AUFGABEN

1. Nicht alle Wünsche lassen sich gleichzeitig von einer Gemeinde finanzieren. Welche der in M1 abgebildeten Vorhaben würdet ihr streichen? Begründet eure Antworten. Beachtet dabei auch die Unterscheidung zwischen „freiwilligen" und „Pflichtaufgaben" (→ S. 42 f.).
2. a) Erläutert, woher eine Gemeinde ihr Geld bekommt (**M2-M4**).
   b) Berechnet, welchen prozentualen Anteil der Kosten der jeweiligen Einrichtung die Gemeinde selbst trägt und bewertet anschließend das Ergebnis (**M3a**).
3. Berechnet mithilfe von **M3c**, ob die Gemeinde Lehrte im laufenden Haushaltsjahr Schulden macht oder ob sie einen Überschuss erwirtschaftet.
4. Ihr sollt als Sachverständige Vorschläge unterbreiten, mit welchen Maßnahmen die Stadt Lehrte ihre Einnahmen erhöhen oder ihre Kosten senken könnte. Stellt zwei bis drei Vorschläge vor, die aus eurer Sicht besonders wirkungsvoll wären. Bezieht dabei den Ergebnishaushalt und die Diagramme mit ein (**M3a-c**).

1.6.2 Wie kann die Gemeinde mit knappen Mitteln umgehen?

Zum Thema: Eine zentrale Aufgabe von Gemeinden ist es, ihre finanzielle Situation stabil zu halten und für einen Ausgleich von Einnahmen und Ausgaben zu sorgen. Oftmals gelingt dies aber nicht, sodass viele Kommunen heute mit einer starken Verschuldung zu kämpfen haben. Im Folgenden erfahrt ihr, wie Gemeinden versuchen, diese Aufgabe konkret zu bewältigen.

M5 Karikatur: leere Kassen im Stadtbad

Karikatur: Gerhard Mester/Baaske Cartoons

M6 Städte versinken im Schuldensumpf

Die Wirtschaft boomt, die Steuereinnahmen sprudeln und die Zahl der Arbeitslosen sinkt. Trotzdem sind die Großstädte hierzulande verschuldet wie noch nie zuvor in der Geschichte. Im vergangenen Jahr ist der Schuldenstand der deutschen Metropolen um ein Prozent auf den neuen Höchststand von 82,4 Milliarden Euro gestiegen. Von den 75 Städten mit mehr als 100.000 Einwohnern hierzulande mussten 43 im vergangenen Jahr zusätzliche Schulden machen. [...]
Wirtschaftlich starke Städte profitieren überproportional vom Aufschwung: Sie können dank hoher Steuereinnahmen Schulden zurückzahlen und so die Zinsbelastung senken und gleichzeitig Geld investieren, um attraktiver zu werden: In neue Straßenbahnen, Kulturzentren oder andere Infrastruktur.
Die ohnehin hoch verschuldeten Kommunen hingegen müssen Ausgaben streichen, um Zinsen zu finanzieren. Diese Kommunen schließen Schulen, Schwimmbäder, Bahnlinien und Bibliotheken, die Verwaltung wird durch Personalmangel ineffizienter und gleichzeitig steigen Steuern und Abgaben, weil die Stadt Geld braucht. „Solche Sparanstrengungen führen allerdings dazu,

Generationengerechtigkeit
Eine Vorstellung von Gerechtigkeit, die auf eine faire Aufteilung der Chancen für junge und alte Menschen abzielt. Viele Kritiker sehen in den hohen Schulden der Gemeinden einen Verstoß gegen dieses Gerechtigkeitsprinzip.

dass die Lebensqualität in der betroffenen Stadt weiter sinkt und die Lebensverhältnisse zwischen reichen und armen Städten immer weiter auseinandergehen, was erheblichen gesellschaftlichen Sprengstoff birgt" [...].

Oberhausen ist solch ein Fall; die Stadt hatte im vergangenen Jahr die höchsten Schulden pro Einwohner von allen deutschen Großstädten. Mit 9.680 Euro stand jeder Bürger der Stadt in der Kreide. Dahinter folgen Mühlheim an der Ruhr (9.163) und dann Saarbrücken (8.825) – allesamt Städte in wirtschaftlich schwachen Regionen, wie dem Ruhrgebiet und dem Saarland, wo das Ende der Kohle- und Stahl-Industrie für hohe Arbeitslosigkeit gesorgt hat. [...]

Mit hohen Pro-Kopf Schulden von mehr als 7.000 Euro pro Einwohner kämpfen auch Hagen, Ludwigshafen, Offenbach, Trier, Duisburg, Remscheid und Moers. [...]

Die Bilanzen der nur gering verschuldeten Städte wirken dagegen, als würden diese Orte auf einem anderen Stern liegen: In Braunschweig kommen auf jeden Einwohner nur 453 Euro Schulden, in Wolfsburg nur 910 Euro. Beide profitieren von der Nähe zu dem im vergangenen Jahr immer noch kraftstrotzenden Arbeitgeber und Gewerbesteuerzahler Volkswagen. Dahinter folgen Jena, Dresden, Düsseldorf, Stuttgart, Reutlingen, Paderborn, Oldenburg und Erfurt.

Tobias Kaiser, www.welt.de, Deutschland boomt, aber seine Städte versinken im Schuldensumpf, 15.11.2017

M7 Wie kann eine Gemeinde ihre finanzielle Situation verbessern?

1 Gewerbesteuer für die ortsansässigen Unternehmen erhöhen

2 Sanierung der Konzerthalle verschieben

3 Hundesteuer erhöhen

4 Rasensanierung des Sportplatzes aussetzen

5 Einsparungen bei den Personalaufwendungen (z. B. durch kürzere Öffnungszeiten in Museen und Bibliotheken)

Bearbeiterin

AUFGABEN

1. Beschreibt die finanzielle Situation vieler Kommunen anhand der Materialien **M5** und **M6**.
2. Welche Möglichkeiten erscheinen geeignet, um die Verschuldung von Kommunen zu reduzieren? Bildet Gruppen und beurteilt (→ URTEILSKOMPETENZ) die Vorschläge, die in **M7** aufgelistet sind. Berücksichtigt dabei, welche Bevölkerungsgruppen jeweils betroffen sind.
3. „Schulden gehen immer zu Lasten der jungen Generation." Überprüft diese Aussage.

F Recherchiert, ob eure Gemeinde bzw. Stadt Schulden macht.

H **zu Aufgabe 3**
→ S. 167

Die Finanzen der Gemeinde (→ M1, M2)

Um ihre **Aufgaben zu finanzieren, brauchen die Gemeinden Geld.** Sie sind berechtigt,

- **Steuern** (Grund- und Gewerbesteuern, Hundesteuer, Vergnügungssteuer u. a.),
- **Verwaltungsgebühren** (als Gegenleistung für Amtshandlungen wie z. B. die Ausstellung eines Reisepasses),
- **Benutzungsgebühren** (für die Inanspruchnahme öffentlicher Einrichtungen wie z. B. Abwasserbeseitigung, Bibliotheken oder Freibäder) sowie
- **Beiträge** (z. B. für Investitionen in die Infrastruktur)

zu erheben.
Zusätzlich erhalten sie **Anteile aus dem Steueraufkommen von Bund und Land und zweckgebundene Zuweisungen.**

Haushaltsplan (→ M3, M4)

Der **Haushalt einer Gemeinde stellt die Einnahmen und die Ausgaben einander gegenüber.** So kann jederzeit kontrolliert werden, ob eine Kommune mit dem ihr zur Verfügung stehenden Geld auskommt oder ob die Ausgaben die Einnahmen übersteigen. In diesem Fall muss entschieden werden, ob bestimmte Leistungen abgeschafft oder eingeschränkt werden sollen oder ob die Gemeinde einen Kredit aufnimmt, also Schulden macht. Die Höhe der Einnahmen begrenzt also den politischen Spielraum einer Gemeinde (Restriktion) und schafft zugleich Anreize, wirtschaftlich mit dem Geld umzugehen.

Verschuldung und Generationengerechtigkeit (→ M6)

Viele große Gemeinden und Städte in Deutschland kämpfen mit einer sehr hohen Verschuldung. Schulden entstehen, wenn die Gemeinden oder Städte dauerhaft mehr Geld ausgeben als sie einnehmen. Mit Schulden finanzieren die Gemeinden und Städte Bauprojekte, aber auch Ausgaben für soziale Dienste oder kommunale Leistungen wie Bibliotheken.
Kritiker dieser Politik sehen darin einen **Verstoß gegen das Prinzip der Generationengerechtigkeit**, da die Schulden von heute die Steuern von morgen seien. Dies betreffe v. a. die jungen Menschen, die in Zukunft höhere Steuern zahlen müssten.
Politikerinnen und Politiker, die die Verschuldung verteidigen, weisen darauf hin, dass es entscheidend sei, wofür das Geld ausgegeben werde. Werden z. B. Schulen und Kindergärten gefördert, dann würden die jungen Menschen durchaus von den Schulden profitieren. Auch **Investitionen in die Infrastruktur zahlen sich in Zukunft aus**, was jungen Menschen von heute mittel- und langfristig nützt.

1.7 Mitbestimmung in der Gemeinde

1.7.1 Wie können Jugendliche in ihrer Gemeinde mitwirken?

Zum Thema: In der Gemeinde werden sehr viele Angelegenheiten diskutiert und entschieden, die die Bürgerinnen und Bürger direkt betreffen – und damit auch direkt euch! Welche Rechte und Möglichkeiten ihr habt, um euch auf Gemeindeebene politisch einzubringen, erfahrt ihr in diesem Unterkapitel.

M1 Aussagen Jugendlicher an ihre Gemeinde

„Mich ärgert, dass die Skateranlage nicht repariert wird!"

„Wir wünschen uns eine Indoor-Soccer-halle!"

„Die Geh- und Radwege unserer Stadt sind ziemlich kaputt!"

„Für die Wünsche und Erwartungen von uns Jugendlichen wird viel zu wenig Geld ausgegeben!"

Bearbeiterin

M2 Politik: (k)ein Kinderspiel

a) Zu wenig Zeit, zu wenig Lust

Am Anfang steht eine Erfolgsgeschichte: Das Jugendparlament in Laatzen bei Hannover hält sich mehr als 17 Jahre. Es ist neben dem in Lingen das erste in Niedersachsen. 1997 entspringt die Idee dazu dem Rat der Stadt – in Schulen und in der Presse gibt es Aufrufe an Schüler, das Interesse ist groß. Auf Plakaten stellen sie sich mit Name, Alter, Wohnort und Zielen vor: Ein neues Schwimmbad, mehr Fahrradwege und ein saubereres Laatzen werden gefordert. Alle 12- bis 18-jährigen Laatzener dürfen wählen. Das erste Jugendparlament besteht aus 23 Abgeordneten, spätere Parlamente noch aus 17. Selbst einen Etat von 10.000 D-Mark, später von 5.000 Euro, darf das Parlament verwalten. Dank den Abgeordneten gibt es in Laatzen heute zum Beispiel Treffpunkte für Jugendliche, die zu alt für

Etat
die zur Verfügung stehenden Finanzmittel

Spielplätze sind. Als die Parlamentarier allerdings per Antrag Cannabis legalisieren wollen, muss Betreuer Ludger Oldeweme ihnen die Grenze ihrer politischen Teilhabe aufzeigen: „Die Jugendlichen aufzuklären, wie Dinge politisch sind, macht Spaß und ist auch gut für die Kids", sagt er. Doch danach ist auf einmal Schluss mit dem Jugendparlament. […]
Ende Juni 2014 lief die letzte Legislaturperiode aus, eine Neuwahl wurde nicht vorbereitet. „Es fiel schwerer, die Jugendlichen zu motivieren, sich über einen gewissen Zeitraum hinweg für ein nicht näher definiertes Projekt einzusetzen", erklärt Stadtsprecher Matthias Brinkmann. Durch soziale Medien und längere Schulzeiten hätten die Jugendlichen auch nicht mehr so viel Zeit wie früher. […] Das klassische Jugendparlament ist in Laatzen allerdings auch nicht mehr beliebt: Eine Umfrage aus dem Jahr 2015 zeigt, dass nur 16,1 Prozent der Jugendlichen gerne über diesen Weg mitreden würden.

§ 36 Niedersächsisches Kommunalverfassungsgesetz (NKomVG) Beteiligung von Kindern und Jugendlichen
Gemeinden […] sollen Kinder und Jugendliche bei Planungen und Vorhaben, die deren Interessen berühren, in angemessener Weise beteiligen.
Hierzu sollen Gemeinden […] über die in diesem Gesetz vorgesehene Beteiligung der Einwohnerinnen und Einwohner hinaus geeignete Verfahren entwickeln und durchführen.

b) Jugendforum in Braunschweig

In Braunschweig geht man einen anderen Weg. Hier trifft sich ein Jugendforum seit 2014 etwa zweimal im Jahr. 15 bis 20 Jugendliche aus der ganzen Stadt diskutieren dort Themen, über die zuvor im Internet abgestimmt werden konnte. Dank ihnen errichtete die Stadt schon einen Grillplatz in einem beliebten Park und die Kinderfahrkarten in Braunschweiger Bussen wurden etwas günstiger. Die Jugendlichen wollten sich anfangs nicht zu lange auf ein Projekt festlegen und sich auch nicht extra wählen lassen – das sprach gegen ein Jugendparlament.

c) In Oldenburg regieren probeweise die Kinder

Die Stadt Oldenburg befragt die Jugendlichen lieber direkt zu Projekten, die sie betreffen, etwa zur Gestaltung von Schulhöfen und Spielplätzen. Zudem können die jungen Leute auch an Stadtteil-Workshops teilnehmen und mitbestimmen, wie Oldenburg zukünftig aussehen soll. Das Kinder- und Jugendbüro richtet jeden Sommer die „Kinderstadt" aus, in der Kinder eine Stadt simulieren und auch einen Bürgermeister wählen. Im kommenden Jahr plant Oldenburg außerdem einen Jugendkongress, im Rahmen dessen auch der weitere Weg einer Mitbestimmung geklärt werden soll. […]

Bürgermeisterwahl im Rahmen der „Kinderstadt" Oldenburg

d) Vom Parlament zum Beirat – und wieder zurück?

Mittlerweile werden die Stimmen Jugendlicher auch in Laatzen wieder gehört – nur anders als früher. Mithilfe des Planspiels „Pimp Your Town" des Vereins „Politik zum Anfassen" ist ein dauerhafter Jugendbeirat entstanden.

„Pimp Your Town"
→ S. 33

Dieser ist etwas kleiner als das frühere Parlament und nicht demokratisch gewählt, aber auch funktionsfähig und stellt Anträge. Gerade diskutiert er darüber, ob nicht ein neues Jugendparlament für Laatzen geeignet wäre. Im Rat dürfte sich nicht nur das Ex-Jugendparlaments-Mitglied Paul Derabin von der CDU, sondern auch Luisa Oyen interessiert zeigen. Auch die Vorsitzende der Laatzener SPD war einst Abgeordnete des Jugendparlaments.

© Norddeutscher Rundfunk/Marcel Stober, www.ndr.de, 27.10.2017

M3 Wie können sich Jugendliche politisch einbringen?

1 einen Brief an die Bürgermeisterin bzw. den Bürgermeister oder die Gemeindevertretung schreiben

2 Unterschriften sammeln

3 an einer Bürgerinitiative mitwirken

4 an einer Demonstration teilnehmen

5 an einer Bürgerversammlung teilnehmen

6 ein Flugblatt verfassen

7 einen Infostand organisieren

8 wählen gehen

9 Bürgersprechstunden nutzen

10 einer Partei beitreten

11 ein Ehrenamt übernehmen

Bearbeiterin

Bürgerinitiative
Ein von Parteien und Verbänden meist unabhängiger Zusammenschluss von Bürgerinnen und Bürgern, die sich zu einer Aktionsgruppe zusammenfinden, um ein gemeinsames Ziel zu verfolgen. Oft richtet sich eine Bürgerinitiative gegen ein verkehrspolitisches Projekt (Bau einer Straße oder eines Flughafens) oder gegen die Bebauung von Naturschutzgebieten. Im Unterschied zu politischen Parteien versuchen sie nicht, über Wahlen politische Macht zu erlangen.

AUFGABEN

1. Sammelt ausgehend von den Aussagen in **M1** weitere Wünsche und Erwartungen, die ihr persönlich an eine „ideale Gemeinde" habt.
2. Die Idee zur „Leinewelle" in Hannover (→ Kap. 1.4) wurde von Bürgerinnen und Bürgern entwickelt und in die Politik getragen. Prüft, ob und inwieweit hier von einer „Bürgerinitiative" gesprochen werden kann (**Randspalte** neben **M3**).
3. Beurteilt (→ URTEILSKOMPETENZ), inwieweit ein Jugendparlament ein geeignetes Mittel der Jugendbeteiligung in eurer Gemeinde sein könnte (**M2**).
4. Prüft mithilfe von **M3**, was ihr unternehmen könntet, um eure Wünsche und Erwartungen aus Aufgabe 1 zu erreichen.
5. Welche Form der Jugendbeteiligung kommt für euch konkret infrage (**M3**)?
   a) Wählt die drei aus eurer Sicht attraktivsten Beispiele aus.
   b) Begründet anschließend, warum ihr euch vorstellen könntet, auf diese Weise Politik in der Gemeinde mitzugestalten.

H zu Aufgabe 3
→ S. 168

F zu Aufgabe 5
Sammelt weitere Möglichkeiten, wie sich Jugendliche politisch einbringen können.

Eine Online-Petition erstellen

I. Worum geht es?

Die Veröffentlichung einer Online-Petition ermöglicht es, ein für euch wichtiges Anliegen sachlich aufzubereiten, Unterstützer für eure Sache zu gewinnen und die Ergebnisse der Petition öffentlichkeitswirksam zu präsentieren.

Aufgabe

Die Erstellung einer Online-Petition stellt eine Möglichkeit dar, sich politisch einzubringen. Erstellt daher in Gruppen in einem von eurer Lehrkraft zu bestimmenden Zeitraum eine Online-Petition mit kommunalpolitischer Bedeutung.

II. Geht dabei so vor:

1. Schritt: Vorbereitung

Zunächst beschreibt ihr schriftlich das genaue Ziel und die Zielgruppe/-person der Online-Petition sowie die Forderung an die Zielgruppe/-person. Diese erste Verschriftlichung des Vorhabens kann anschließend auf die folgenden Kriterien hin überprüft werden:

- Thema von politischer, sozialer und wirtschaftlicher Bedeutung,
- klare Zielformulierung,
- prinzipiell umsetzbare Forderungen,
- passende Zielgruppe.

2. Schritt: Durchführung

Anschließend könnt ihr die Petition auf einer geeigneten Seite (z. B.: *www.openpetition.de*) einreichen. Damit möglichst viele Unterschriften erlangt werden, empfiehlt es sich, die Aktion öffentlichkeitswirksam zu präsentieren, z. B. indem in der Lokalzeitung darüber berichtet wird, ihr selbst Flugblätter verteilt und ein Elternbrief versendet wird. Auch die Adressaten der Petition sollten im Vorfeld von dem Vorhaben informiert werden. Denn nach Abschluss der Online-Petition gilt es, das Ergebnis auf geeigneten Kommunikationswegen zu präsentieren und auch die Adressaten erneut zu kontaktieren, um so eine Reaktion bzw. Stellungnahme zu erwirken.

Hinweis: Da der Text im Internet veröffentlicht werden soll, bietet es sich an, eure Lehrerin bzw. euren Lehrer einen abschließenden prüfenden Blick auf euer Ergebnis werfen zu lassen. So besteht für euch die Möglichkeit, möglicherweise unangemessene Beiträge noch einmal überarbeiten zu können. Auch die weiteren Schritte der Veröffentlichung und der Verbreitung der Petition sollten in Absprache mit eurer Lehrerin bzw. eurem Lehrer stattfinden.

Nach: Maria Aydin/Angela Gralla/Katharina Hempelmann/Sabine Kühmichel/Wolfgang Sander/Anna-Maria Scheibe, Bundeszentrale für politische Bildung, www.bpb.de, Partizipation 2.0 – Eine Online-Petition erstellen, 30.07.2013

1.7.2 Brauchen wir mehr direkte Demokratie in der Gemeinde?

Zum Thema: Immer wieder wird der Wunsch aus der Bevölkerung laut, über bestimmte – meist umstrittene – Themen direkt mit abstimmen zu dürfen. In Niedersachsen gibt es in manchen Fällen solche Möglichkeiten bereits. Welche dies genau sind, erfahrt ihr in diesem Unterkapitel.

M4 Wohnungen statt Kleingärten?

Die Frage „Wohnungen statt Kleingärten?" führte in Hannover zu einem Einwohnerantrag, über den der Rat debattieren musste.

Für die Mehrheit der Ratspolitiker sind Hannovers Kleingärten kein Thema mehr. Schließlich haben Kleingartenverband und Umweltdezernentin Sabine Tegtmeyer-Dette (Grüne) eine Einigung im Streit um die Bebauung der Parzellen erzielt: Die Anzahl der Gärten bleibt, aber die Fläche wird reduziert, um Platz für dringend benötigte Wohnungen zu schaffen. Dennoch muss sich der Rat noch einmal mit dem Thema beschäftigen, weil es die Bürger so wollen. Eine Gruppe von Kleingartenliebhabern empfand den Kompromiss als faul und sammelte Unterschriften für einen sogenannten Einwohnerantrag. 8.000 Unterzeichner waren nötig, um den Rat zu einer Debatte zu zwingen. Die Gruppe bekam im Dezember sogar mehr als 8.200 Unterschriften zusammen. Es war das erste Mal, dass ein solcher Antrag im Rathaus abgegeben wurde. Zwar haben die Bürger einen Sieg errungen, doch in seiner Entscheidung ist der Rat nicht an den Wunsch der Gruppe gebunden, die Kleingartenfläche zu erhalten.

asl/Gunnar Menkens, www.haz.de, Mehr Demokratie wagen?, 07.02.2015

M5 Formen der direkten Demokratie auf Gemeindeebene

EINWOHNERANTRAG – BÜRGERBEGEHREN – BÜRGERENTSCHEID – EINWOHNERBEFRAGUNG

Einwohnerantrag (§ 31 NKomVG)	Bürgerbegehren (§ 32 NKomVG)	Bürgerentscheid (§ 33 NKomVG)	Einwohnerbefragung (§ 35 NKomVG)
Durch Einwohneranträge können Einwohnerinnen und Einwohner einer Gemeinde, die mindestens 14 Jahre alt sind, beantragen, dass sich der Gemeinderat mit einem bestimmten Thema in einer öffentlichen Sitzung auseinandersetzt und zu diesem eine Entscheidung fällt. Der Antrag muss von einer bestimmten Mindestanzahl von Einwohnerinnen und Einwohnern unterschrieben werden. Diese Zahl ist abhängig von der gesamten Einwohnerzahl der Gemeinde.	Ein Bürgerbegehren ist der Antrag der Bürgerinnen und Bürger an die Gemeindevertretung, einen Bürgerentscheid durchzuführen. Das Begehren müssen mindestens zwischen 5 und 10 Prozent der Bürgerinnen und Bürger der Gemeinde unterstützen.	Ein Bürgerentscheid ist die Abstimmung der Bürgerinnen und Bürger über eine kommunale Sachfrage. Der Bürgerentscheid ist verbindlich für die Gemeinde, wenn mindestens 20 Prozent der Wahlberechtigten mit Ja stimmen.	Der Rat kann beschließen, die Einwohnerinnen und Einwohner ab 14 Jahren über eine Angelegenheit zu befragen.

Bearbeiterin

M6 Zwei Formen der Demokratie

Es gibt unterschiedliche Formen der Demokratie. Eine Form ist die **direkte Demokratie**, bei der das Volk (z. B. in Gestalt einer Volksversammlung) die Staatsgewalt unmittelbar (das heißt direkt) ausübt. Es entscheidet mit Volksabstimmungen („Plebiszit") über alle politisch wichtigen Anliegen, einschließlich der Wahl und Abwahl wichtiger Amtsträger in Staat und Gesellschaft. Im Gegensatz zur direkten Demokratie wird die Herrschaft in der **repräsentativen Demokratie** mittelbar (das heißt indirekt) über vom Volk gewählte „Abgeordnete" ausgeübt. Diese sind „Repräsentanten" des Volkes und sollen für dieses in eigener Verantwortung zeitlich befristet handeln, wobei ihr Auftrag sich in regelmäßig stattfindenden Wahlen bewähren muss und erneuert werden kann.

Bearbeiterin

Erklärfilm „Demokratie"

Mediencode: 71070-04

Erklärfilm „Volksentscheid"

Mediencode: 71070-05

M7 Kontrovers diskutiert: direkte Demokratie

1 Demokratie heißt Regierung durch das Volk und für das Volk. Das Volk sollte also auch entscheiden können, wo es lang geht.

2 Aktuelle Stimmungslagen beeinflussen das Ergebnis. Was ist, wenn in einer Volksabstimmung kurz nach dem Bekanntwerden eines schweren Verbrechens die Einführung der Todesstrafe beschlossen wird?

3 Viele Leute sind überfordert mit der Entscheidung politischer Fragen. Sie haben nicht die Zeit, sich ausreichend zu informieren.

4 Volksabstimmungen reduzieren die Gefahr, dass die Politikerinnen und Politiker abheben und sich zu weit von den Bürgerinnen und Bürgern entfernen.

5 Wenn Bürgerinnen und Bürger selbst entscheiden (müssen) und dadurch direkt in die Verantwortung genommen werden, sind sie eher bereit, eventuelle negative Folgen zu ertragen.

6 Politische Probleme sind kompliziert, sie lassen sich oft nicht einfach in eine Ja/Nein-Abstimmungsvorlage pressen.

Eva Rothfuß, www.jugendnetz.de, Abruf am: 12.06.2011

AUFGABEN

1. Beschreibt, wie die Bürgerinnen und Bürger in Hannover versucht haben, auf die Entscheidung des Rates Einfluss zu nehmen (**M4**).
2. Erläutert Gemeinsamkeiten und Unterschiede der verschiedenen Formen der direkten Demokratie (**M5**, **M6**).
3. Diskutiert, ob die Bürgerinnen und Bürger über mehr politische Fragen direkt abstimmen sollten (**M6**, **M7**).

H zu Aufgabe 3
→ S. 168

F
Recherchiert im Internet (→ Methodenglossar), welche politischen Fragen in Niedersachsen in letzter Zeit per Bürgerentscheid entschieden wurden. Beschreibt anschließend, worum es ging und wie die Bürgerinnen und Bürger entschieden haben.

1.7.3 Wählen heißt mitentscheiden!

Zum Thema: Wie ihr bereits gelernt habt, existieren in Niedersachsen Möglichkeiten, unter bestimmten Voraussetzungen über öffentliche Angelegenheiten direktdemokratisch mitzubestimmen. Die meisten Entscheidungen werden jedoch von gewählten Politikerinnen und Politikern im Gemeinde- bzw. Stadtrat getroffen. Aber wie kommen die Kommunalpolitikerinnen und -politiker eigentlich ins Rathaus oder in die Gemeinde- und Stadträte? Dies erfahrt ihr auf den folgenden Seiten.

M8 Wahlbeteiligung bei Kommunalwahlen in Niedersachsen

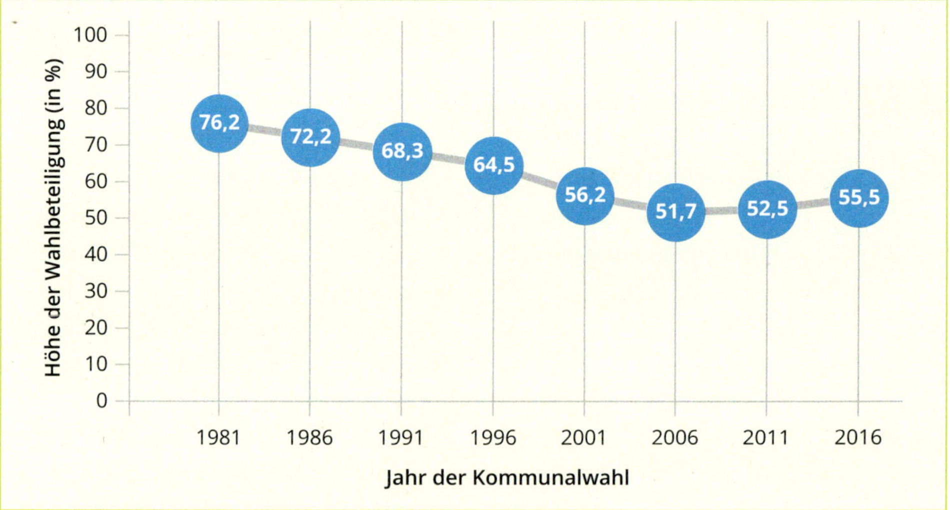

Niedersächsische Landeswahlleiterin, www.landeswahlleiter.niedersachsen.de, Abruf am: 09.11.2018

M9 Wahlkampf – was ist das eigentlich?

Egal ob Bürgermeisterin oder Bürgermeister, Ratsfrau oder Ratsherr – jeder, der ins Rathaus gelangen will, muss sich der Wahl durch die Bürgerinnen und Bürger einer Gemeinde stellen. Die verschiedenen Kandidatinnen und Kandidaten kämpfen im Wahlkampf um Wählerstimmen. Dazu müssen sie die Wählerinnen und Wähler von sich und ihrem Programm überzeugen. Im Wahlkampf findet eine ganz intensive Auseinandersetzung über die politischen Streitfragen statt. Die Bürgerinnen und Bürger können sich auf Wahlkampfveranstaltungen, durch Plakate oder Informationsstände der Parteien einen Überblick über die Kandidatinnen und Kandidaten und ihre Einstellungen und Ziele verschaffen. Wahlkampf auf kommunaler Ebene zeichnet sich auch dadurch aus, dass die Persönlichkeit der Kandidatinnen und Kandidaten eine sehr große Rolle spielt und Fragen der Parteizugehörigkeit oft nicht so wichtig sind. In kleinen Gemeinden kennt fast jeder die Kandidatinnen und Kandidaten persönlich. Diese können direkt gewählt werden.

Bearbeiterin

Wahlplakate zur Kommunalwahl in Niedersachsen am 11.09.2016

M10 Ganz schön kompliziert – die Kommunalwahl

Alle fünf Jahre werden die kommunalen Vertretungen (Gemeinderat, Stadtrat, Kreistag) neu gewählt.

Wählen (aktives Wahlrecht) dürfen alle Bewohnerinnen und Bewohner einer Gemeinde, die mindestens 16 Jahre alt sind, seit mindestens drei Monaten in der Gemeinde wohnen und die deutsche Staatsangehörigkeit oder die eines anderen EU-Mitgliedslandes besitzen. Wählbar (passives Wahlrecht) sind demgegenüber diejenigen Wahlberechtigten, die mindestens 18 Jahre alt sind, seit mindestens sechs Monaten in der Gemeinde wohnen und deutsch oder EU-Bürgerin bzw. EU-Bürger sind.

Die Wählerinnen und Wähler verfügen bei einer Kommunalwahl über drei Stimmen je Vertretungsorgan. Diese drei Stimmen können sie pauschal einer Liste (Kandidatinnen und Kandidaten einer Partei oder Vereinigung) geben. Möchte eine Wählerin oder ein Wähler jedoch bestimmte Personen wählen, so kann sie bzw. er dies auch tun; die drei Stimmen können nämlich auch einer Kandidatin bzw. einem bestimmten Kandidaten einer Partei gegeben werden (kumulieren) oder aber auf unterschiedliche Kandidatinnen und Kandidaten einer oder mehrerer Listen verteilt werden (panaschieren).

Daran wird deutlich, dass Kommunalwahlen in viel größerem Maße als die Wahlen zum Niedersächsischen Landtag oder Deutschen Bundestag als Personenwahl zu verstehen sind. Damit der Wahlzettel gültig bleibt, ist entscheidend, dass die Wählerinnen und Wähler nicht mehr als drei Stimmen vergeben haben – weniger sind dagegen möglich.

Bei den Bürgermeisterwahlen haben die Wählerinnen und Wähler hingegen nur eine Stimme, die sie direkt einem der Kandidatinnen oder Kandidaten geben.

Bearbeiterin

Niedersächsisches Landeswahlgesetz (NLWG)
§ 3 – Ausgeschlossen vom Wahlrecht ist,
1. wer infolge Richterspruchs das Wahlrecht nicht besitzt,
2. wem zur Besorgung aller seiner Angelegenheiten ein Betreuer nicht nur durch einstweilige Anordnung bestellt ist; dies gilt auch, wenn der Aufgabenkreis des Betreuers die in § 1896 Abs. 4 und § 1905 des Bürgerlichen Gesetzbuches bezeichneten Angelegenheiten nicht erfasst,
3. wer sich aufgrund einer Anordnung nach § 63 in Verbindung mit § 20 des Strafgesetzbuches in einem psychiatrischen Krankenhaus befindet.

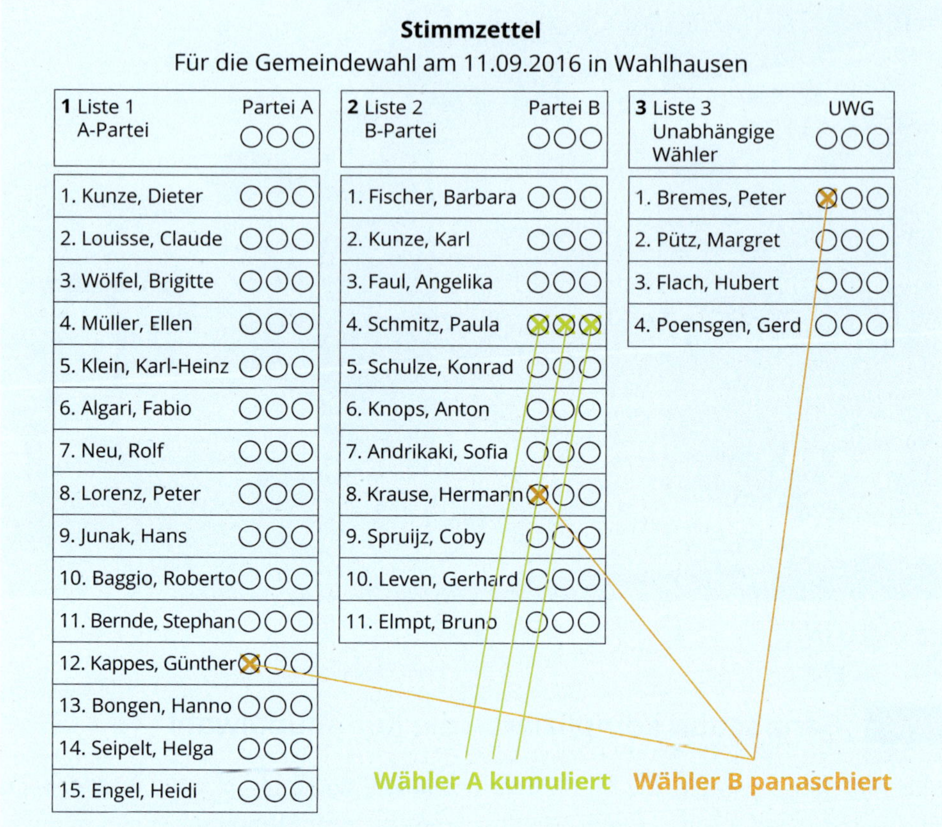

AUFGABEN

1. Wertet das Diagramm (→ S. 172) in **M8** aus.
   a) Beschreibt, wie sich die Wahlbeteiligung bei Kommunalwahlen in Niedersachsen entwickelt hat.
   b) Nennt mögliche Gründe für diese Entwicklung.
2. Erläutert, warum die Kandidatinnen und Kandidaten, die sich zu einer Wahl aufstellen lassen, Wahlkampf betreiben (**M9**).
3. Recherchiert im Internet (→ Methodenglossar) oder direkt im Rathaus:
   a) Wie viele Ratsmitglieder gibt es in euren Gemeinden?
   b) Welche Parteien und Wählergruppen sind in den Räten eurer Gemeinden vertreten?
4. Überprüft die folgenden Aussagen mithilfe von **M10**:
   a) Bei Kommunalwahlen dürfen alle Bewohnerinnen und Bewohner einer Gemeinde, die mindestens 16 Jahre alt sind, wählen.
   b) Bei Kommunalwahlen muss man sich nicht für eine Partei entscheiden.
   c) Bei Kommunalwahlen haben die Wählerinnen und Wähler für jede Partei, die antritt, eine Stimme.
   d) Kommunalwahlen sind oft Personenwahlen. Deswegen darf man auch einer Kandidatin bzw. einem Kandidaten drei Stimmen geben.

Politische Beteiligung von Jugendlichen (··→ M2, M3)

Demokratie lebt vom Einsatz ihrer Bürgerinnen und Bürger. Auch Jugendliche haben daher Möglichkeiten, eigene Interessen zu formulieren und sich politisch einzubringen (Partizipation). Man kann dazu Gespräche mit Mitschülerinnen und Mitschülern, Freunden oder Eltern führen, Leserbriefe schreiben, Mitglied einer Partei oder eines Vereins werden, eine Bürgerinitiative gründen und Anderes mehr. Viele Kommunen bieten auch speziell für Jugendliche besondere Beteiligungsformate an: zum Beispiel ein **Jugendparlament** oder die Möglichkeit, sich zeitlich begrenzt an bestimmten Projekten zu beteiligen und einzubringen.

Direkte Demokratie (··→ M5)

Die Niedersächsische Kommunalverfassung (NKomVG) räumt den Bürgerinnen und Bürgern einige Möglichkeiten ein, direkt über politische Probleme abzustimmen. Dazu zählt der **Einwohnerantrag**, der den Rat einer Gemeinde dazu zwingt, bestimmte Angelegenheiten zu beraten. Der Rat kann auch von sich aus die Einwohnerinnen und Einwohner zu einem Sachverhalt befragen (**Einwohnerbefragung**). Mittels eines **Bürgerbegehrens** kann eine Gemeinde verpflichtet werden, die Bürgerinnen und Bürger über eine Sachfrage in einem **Bürgerentscheid** abstimmen zu lassen (Partizipation).

Grundsätzlich haben solche direktdemokratischen Elemente immer Vor- und Nachteile: So besteht z. B. einerseits die Gefahr, dass besonders gut organisierte Gruppen die politische Debatte zu einem Thema dominieren und damit die Entscheidung zu ihren Gunsten beeinflussen. Andererseits kann direkte Demokratie dazu beitragen, dass das Interesse an politischen Entscheidungen steigt und sich mehr Bürgerinnen und Bürger in ihrer Kommune engagieren.

Kommunalwahlen (··→ M10)

Die Kommunalwahlen zeichnen sich dadurch aus, dass die regionale Bekanntheit der Kandidaten eine große Rolle spielt. Daher stehen die zu wählenden Personen bei einer Kommunalwahl klar im Vordergrund und sind für viele Wählerinnen und Wähler wichtiger als die Parteien, die gleichzeitig zur Wahl stehen. Alle Wählerinnen und Wähler haben drei Stimmen, die sie an Kandidatinnen und Kandidaten oder Parteien verteilen können (**kumulieren** oder **panaschieren**).

Wahlen gelten dabei als die wichtigste Form der (indirekten) politischen Einflussnahme, denn damit werden die Mehrheits- und Machtverhältnisse eines repräsentativen Gremiums (Rat oder Parlament) festgelegt. Zwar sind die Repräsentanten (Ratsmitglieder, Abgeordnete) in ihren Entscheidungen frei, sie müssen aber die Interessen ihrer Wählerschaft vertreten, wenn sie wiedergewählt werden wollen.

„Shopping King und Shopping Queen“: Einkaufen – möglichst viel, möglichst billig – als emotionales und soziales Ereignis.

„Mir ist nicht egal, wer dieses T-Shirt gemacht hat. Fair Fashion statt Fast Fashion.“ – Einkaufen nicht auf Kosten von Mensch und Umwelt.

„Konsum – wenn dann nur Second Hand, Upcycling oder Do it yourself.“

Konsumentscheidungen Jugendlicher – was beeinflusst unser Kaufverhalten?

2

Konsum ist ein fester Bestandteil eures Alltags als Verbraucherinnen und Verbraucher: Ein neues Smartphone, ein Snack in der Pause, ein T-Shirt oder gleich drei fürs gleiche Geld im „Fast Fashion Store"? Euer Geld ist dann schnell ausgegeben. Ihr müsst Entscheidungen unter Knappheit treffen, d. h. klug wirtschaften. Aber welche Motive und Faktoren beeinflussen euer Konsumverhalten? Spielen Werte hierbei eine Rolle? Stellt ihr euch Fragen nach den Folgen eures Konsums und wie nachhaltiger Konsum aussehen könnte? Dieses Kapitel soll euch dabei helfen, euer Konsumverhalten besser zu verstehen und Antworten auf diese spannenden Fragen eures Alltags zu bekommen.

KOMPETENZEN

Am Ende des Kapitels solltet ihr Folgendes können:

- Einkommensquellen und Möglichkeiten der Einkommensverwendung beschreiben
- Einflussfaktoren auf das Konsumverhalten Jugendlicher beschreiben
- rechtliche Rahmenbedingungen für den Konsum Jugendlicher beschreiben
- Funktionen von Märkten und Preisen beschreiben
- einen einfachen Wirtschaftskreislauf erklären
- Marketingstrategien anhand von Werbung erklären
- einen jugendspezifischen Fall mithilfe von Gesetzestexten rechtlich einordnen
- die Preisbildung mithilfe des Marktmodells erläutern
- kriterienorientiert Konsumentscheidungen Jugendlicher auch im Hinblick auf soziale, ökonomische und ökologische Konsumrisiken überprüfen
- wesentliche Ergebnisse von Marktprozessen überprüfen

WAS WISST UND KÖNNT IHR SCHON?

1. Stürzt ihr euch ins Getümmel bei Primark oder seid ihr beim Protest dabei? Entscheidet und begründet zunächst jeweils für euch alleine. Tauscht euch anschließend mit einer Partnerin oder einem Partner aus.
2. Schreibt einem der Konsumtypen (→ S. 90), was ihr von dessen Einstellung zum Konsum haltet.
3. Überprüft in eurer Klasse, welche ersten Folgen eure Konsumentscheidungen haben könnten.

2.1 Was heißt Wirtschaften?

2.1.1 Konsumentscheidungen auf der Spur – warum kaufen wir?

Zum Thema: Fast Fashion – laufend geänderte Kollektionen und viel für wenig Geld – löst unter Jugendlichen immer wieder regelrechte „Hypes" aus. Fast Fashion ermöglicht es einem, sich trotz knappen Taschengelds auszuleben. Doch was heute „gehypt" wird, kann morgen schon wieder „out" sein. Warum kaufen wir manchmal, warum manchmal nicht? Welche Einflussfaktoren spielen dabei eine Rolle? Darum geht es in diesem Unterkapitel.

M1 „Hype" um Primark

Massenansturm bei der Eröffnung einer Primark-Filiale

Sie kreischen, schreien, jubeln. „10, 9, 8, ..." Hunderte von jungen Frauen und Männern, Mädchen und Jungen zählen den Countdown nach unten. Nur noch wenige Sekunden, dann werden sich die weißen Rollläden öffnen. Die Menge schiebt ein bisschen nach vorne. Viele der Fans sind schon im Morgengrauen aufgestanden und haben sich auf den Weg gemacht, sich besonders schön angezogen. „3, 2, 1!" Die Rollläden fahren nach oben, Klatschen, Drängeln, dann strömt die Menge durch die Eingänge nach innen.

Diese Szene stammt nicht von einem Popkonzert oder einer Preisverleihung mit Hollywood-Superstars. Diese Szene hat sich vergangenen Juli in Berlin abgespielt, als das Modegeschäft Primark am Walther-Schreiber-Platz eröffnet hat. [...] Da war so ein großer Hype drum. Wir wollten unbedingt da hin", antwortet ein Mädchen in einem Youtube-Video auf die Frage, warum sie nicht einfach an einem anderen Tag gekommen ist.

Einkaufen ist für viele Jugendliche zum „Hype" geworden. Modeexpertin Natasha Binar sieht den Grund für die große Beliebtheit mancher Marken darin, dass sie mehr verkaufen als nur Pullover. „Sie suggerieren einen gewissen Lifestyle", sagt die Dozentin an der Akademie Mode und Design in München. [...] „Die Kunden möchten gerne ein Teil davon sein." [...] Das glaubt auch der Experte für Neuromarketing und Geschäftsführer der Marketingberatung Decode, Christian Scheier. Durch den Kauf von Markenprodukten werde der Kunde selbst zum Teil eines angesagten Zirkels. Hirnforscher hätten herausgefunden, dass eine Kaufentscheidung Abwägungssache ist: Der Schmerz – also der Preis – wird gegen die Belohnung – also zum Beispiel das Gefühl, dazuzugehören – aufgewogen. „Marken haben zwei Hebel und wenn sie beide bespielen, dann sind sie oft sehr erfolgreich", sagt Scheier.

Ein guter Preis spielt gerade bei Jugendlichen eine große Rolle, findet auch Mode-Expertin Binar. Da sich Abercrombie & Fitch nicht unbedingt jeder leisten kann, kaufen Jugendliche ihrer Meinung nach noch lieber bei H&M und Primark ein. „Gerade Teenager, die wenig Taschengeld haben, können sich hier stilistisch austoben und etwas Neues ausprobieren", sagt sie. Die Qualität sei vielen Jugendlichen dabei nicht so wichtig. Das gilt offensichtlich auch für die Herstellungsbedingungen. [...] Der gute Preis sei das stärkere Argument, glaubt auch Scheier. Im Grunde wollten Jugendliche beim Einkaufen nichts falsch machen. „Implizit scannt man die Umgebung danach: Was finden andere interessant, was tun andere, worüber redet man?", erklärt Scheier.

Für Teenager sei das Internet der wichtigste Informationskanal. Über soziale Netzwerke und Mode-Blogs erfahren sie, welche Marken und Läden gerade angesagt sind. Ein „Hype" wird also häufig im Internet losgetreten – moralische Bedenken stehen hinten an.

Anita Hirschbeck, www.welt.de, Jugendliche verfallen zunehmend dem Markenwahn, 16.05.2013

Neuromarketing
Marketing-Bereich, der Erkenntnisse der Hirnforschung und Psychologie für die Optimierung von Werbung nutzt.

M2 Warum kaufen Konsumenten?

Die Mehrzahl der Kaufentscheidungen von Konsumenten werden spontan, direkt vor dem Warenregal getroffen. Ein Traum für Unternehmen, die mit ihren Marketingmaßnahmen, etwa zielgerichteter Werbung, appetitanregenden Düften oder günstigen Sonderangeboten, als externe Faktoren von außen auf die Käufer einwirken können. Schuld an dieser Tatsache ist unser Gehirn, das stets unbewusst nach neuen Möglichkeiten Bedürfnisse zu befriedigen sucht. Diese inneren Vorgänge beeinflussen unser Kaufverhalten.

Bei Spontan- oder Impulskäufen führen dann oft auch plötzliche Anreize, etwa ein besonders günstiger Preis, zum Kauf. Doch ganz so einfach machen

SOR-Modell des Käuferverhaltens
Das Modell erklärt das Kaufverhalten von Konsumenten mit drei Schritten: **S** wie Stimulus oder Reiz, d. h. externe Faktoren, die auf den Konsumenten einwirken, zu inneren Vorgängen im Käufer führen (**O** wie Organismus) und dann die Reaktion (**R**), die Kaufentscheidung.

Konsumenten es den Marketingexperten nicht: Sie handeln bei Gewohnheitskäufen anders als bei Spontankäufen. Aus Gewohnheit vertrauen sie bestimmten Marken oder Produkten, die sie kennen und mögen und mit denen sie positive Erfahrungen und Emotionen verbinden. Noch komplizierter wird es dadurch, dass Kauf- und Konsumentscheidungen häufig in Gruppen, z. B. unter Freundinnen und Freunden oder in Familien gemeinsam getroffen werden. Dabei müssen diese Gruppen ihre unterschiedlichen Vorlieben (Präferenzen) auf einen Nenner bringen. Einfacher wird das allerdings dadurch, dass Gruppen häufig ähnliche Dinge mögen und dieselben Dinge kaufen. Natürlich spielen auch das Budget, also z. B. das verfügbare Einkommen der Konsumenten oder im Laufe des Lebens erworbene Einstellungen zum Konsum eine Rolle bei der Reaktion der Konsumenten und der Entscheidung für oder gegen den Kauf.

Bearbeiter

M3 Kaufen wir günstig beim Fast Fashion Store?

Jan

„Ich mag diese Hypes nicht! Das ist doch alles entweder Markenwahn oder Kaufrausch pur. Bei Fast Fashion interessiert sich kaum jemand für die miesen Produktionsbedingungen und nach drei Mal Tragen landet das Ganze im Müll."

Svantje

„Die T-Shirts bei Primark gefallen mir einfach gut. Ich weiß schon, dass die nicht unter super Bedingungen genäht werden, aber bei meinem knappen Taschengeld kann ich mir eben nur im Fast Fashion Laden ein neues Outfit leisten!"

Bearbeiter

AUFGABEN

1. Was haltet ihr vom Hype um Primark (**M1**)? Fällt ein Spontanurteil und ordnet euch auf einer Positionslinie (→ Methodenglossar) zwischen „nachvollziehbar" und „völlig unverständlich" ein.
2. a) Erläutert mithilfe von **M1** und **M2** die Einflussfaktoren, die den Reiz von Fast Fashion-Discountern wie Primark für Jugendliche ausmachen.
   b) Markiert in euren Aufzeichnungen Gründe, mit denen ihr euch identifiziert, grün. Gründe, mit denen ihr euch nicht identifiziert, rot.
   c) Erklärt mithilfe von **M2** und der **Randspalte von S. 93**, wie Konsumentscheidungen getroffen werden.
3. Diskutiert ausgehend von **M3** sowie unter Verwendung der in **M1** und **M2** genannten und in euren Aufzeichnungen aus Aufgabe 2b) markierten Gründe, die Einflussfaktoren in eurer Klasse. Was ist für euch entscheidend?

2.1.2 Bedürfnisse und ihre Dringlichkeit – sind alle Wünsche gleich?

Zum Thema: Was wünscht ihr euch? Wie bedeutsam und dringlich sind eure Bedürfnisse? Es sollte doch möglich sein, Bedürfnisse in eine Rangfolge zu bringen. In diesem Unterkapitel erfahrt ihr, wie dies mithilfe eines Modells gelingen könnte.

M4 Was Jenny (14) sich alles wünscht…

M5 Maslows „Bedürfnispyramide"

Der US-amerikanische Psychologe Abraham Maslow (1908 – 1970) ging der Frage „Was brauchst der Mensch wirklich?" nach. Bei seinen Untersuchungen stellte er fest, dass sobald ein Bedürfnis befriedigt ist, der Mensch nach einem höher angesiedelten Bedürfnis strebt. Je höher das Bedürfnis, desto später in der Entwicklung einer Person entsteht es und desto weniger wichtig ist es für das reine Überleben, denn es kann leichter aufgeschoben werden. So kann man die verschiedenen Bedürfnisse nach ihrer Dringlichkeit in eine Reihenfolge bringen. Wie in einer Pyramide, in der die grundlegendsten Bedürfnisse unten stehen. Auch wenn eure Wunschliste lang ist, so gibt es dem Modell zufolge doch Unterschiede und nicht alle eure Bedürfnisse sind gleich dringend.

Bedürfnisse nach Selbsterfüllung oder Selbstverwirklichung: so zu sein und zu handeln, wie es eurem inneren Drang entspricht, z. B. einem erfüllenden, sinnhaften Beruf nachzugehen.

Physiologische Grundbedürfnisse: biologische Bedürfnisse, wie die Notwendigkeit zu atmen, zu trinken, zu essen und zu schlafen.

Sicherheitsbedürfnisse: Schutz vor Gefahr oder die Vorsorge für die Zukunft etwa durch Sparen. Angst und Furcht vor Bedrohungen sind die Auslöser dieser Bedürfnisse.

Bedürfnisse nach Geltung und Wertschätzung: Wunsch nach Beachtung, Anerkennung oder gar Bewunderung durch andere.

Soziale Bedürfnisse: nach Liebe, Zuneigung und Zugehörigkeit etwa zu einer Gruppe, einer Clique oder auch Geborgenheit in einer Familie.

Bearbeiter

AUFGABEN

1. Analysiert Jennys Bedürfnisse (**M4**) und versucht sie nach ihrer Bedeutsamkeit zu ordnen.
2. Erstellt ein Schaubild von Maslows „Bedürfnispyramide" (**M5**):
   a) Ordnet dazu die fünf Bedürfniskategorien aus **M5** in euer Schaubild an der richtigen Stelle ein. Beginnt mit der eurer Meinung nach dringlichsten Bedürfniskategorie ganz unten. Vergleicht eure Lösungen anschließend mit einer Partnerin oder einem Partner.
   b) Ordnet nun Jennys (**M4**) oder eure eigenen Bedürfnisse in euer Schaubild der Bedürfnispyramide ein.
3. Erläutert, welche Bedürfnisse beim Kauf bei Primark (**M1, S. 92 f.**) eine Rolle spielen.
4. Wilhelm Busch, der Zeichner, Dichter und Erfinder von Bildergeschichten wie Max und Moritz, schrieb in einem seiner Gedichte: „Ein jeder Wunsch, wenn er erfüllt, kriegt augenblicklich Junge!" Erklärt dieses Zitat mithilfe von Maslows Bedürfnispyramide (**M5**).
5. Wir stellen Maslows Modell auf den Prüfstand. Überprüft dazu die beiden Fälle (**Randspalte S. 96**) in eurer Klasse.

Grenzen von Maslows Modell

Fall 1:
Der mittellose Künstler, der sich völlig auf seine Kunst konzentriert und seinen Grundbedürfnissen kaum Aufmerksamkeit widmet. Wie passt er in Maslows „Bedürfnispyramide"?

Fall 2:
Haben wir in unserer Überflussgesellschaft nicht alle genug Schuhe oder elektronische Geräte und kaufen nicht aus Mangel, sondern weil wir etwas noch Besseres wollen?

2.1.3 Das Grundproblem der Knappheit – wie gehen wir damit um?

Zum Thema: Experten meinen Primark & Co. seien bei Jugendlichen auch deshalb so beliebt, weil sie mit kleinem Taschengeld einen Großeinkauf möglich machen und damit das ökonomische Grundproblem der Knappheit für kurze Zeit vergessen machen. Doch meist reichen eure im Alltag begrenzten Mittel Geld und Zeit nicht für alle eure Konsumwünsche aus. Ihr müsst klug und vernünftig wirtschaften, um mit diesem Problem umzugehen. Mehr dazu erfahrt ihr im folgenden Unterkapitel.

M6 Ist am Ende des Monats noch was vom Taschengeld übrig?

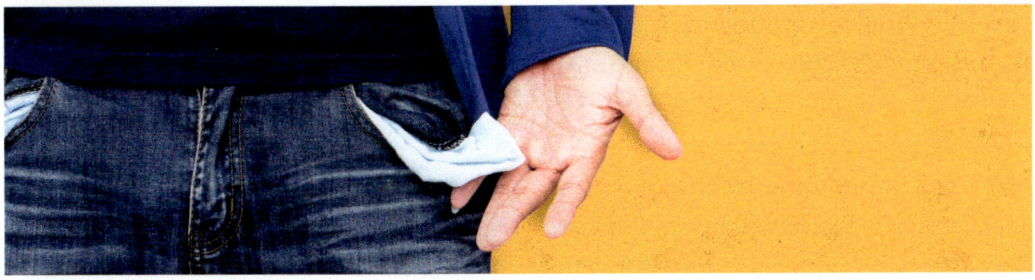

Schon wieder leere Taschen...

M7 Das ökonomische (wirtschaftliche) Grundproblem

Sicher kennt ihr das Problem: Hausaufgaben erledigen, für Klassenarbeiten lernen, zu Hause im Haushalt helfen und natürlich auch noch Zeit zum Chatten, Chillen oder Shoppen mit Freunden haben. Für euer Wunschprogramm fehlt euch die Zeit und ihr bräuchtet eine Limousine mit Chauffeur, um alle Termine einhalten zu können. Ach ja, neue Turnschuhe hättet ihr auch gerne und ein neues Smartphone wäre längst fällig. Dazu bräuchtet ihr aber viel mehr Geld. Dauernd stellt ihr fest: Eure Bedürfnisse, so nennen Psychologen diese Empfindungen eines Mangels verbunden mit dem Wunsch diesen Mangel zu beseitigen, sind viel größer als eure Mittel. Etwa die euch zur Verfügung stehende Zeit oder euer Taschengeld, um den aktuellen Mangel beseitigen zu können. Ihr habt ein Knappheitsproblem, so nennen das Wirtschaftswissenschaftler (Ökonomen) und damit seid ihr nicht allein: Fast alle Menschen wollen immer mehr von Irgendetwas. So ist die Knappheit der Güter im Verhältnis zu den unbegrenzten Bedürfnissen das ökonomische Grundproblem. Aber es gibt leider nur wenige Güter, die frei verfügbar und fast unbegrenzt vorhanden sind (etwa Wind oder Meerwasser) und kein Geld kosten. „Wirtschaftliche Güter" verursachen dagegen in der Herstellung Kosten und haben einen Preis. Wie man euer Problem und das eurer Mitmenschen am besten lösen oder wenigstens entschärfen kann, das ist Thema von Wirtschaft (Ökonomie) und von diesem Kapitel. Ohne es zu merken, befasst ihr euch eigentlich täglich mit Wirtschaft.

Wirtschaftlich Handeln
Angesichts des Knappheitsproblems gibt es zwei Möglichkeiten, „wirtschaftlich" zu handeln: Mit vorgegebenen Mitteln, etwa mit eurem Taschengeld, soll ein möglichst großer, „maximaler" Nutzen oder Ertrag erreicht werden – **Maximalprinzip:**

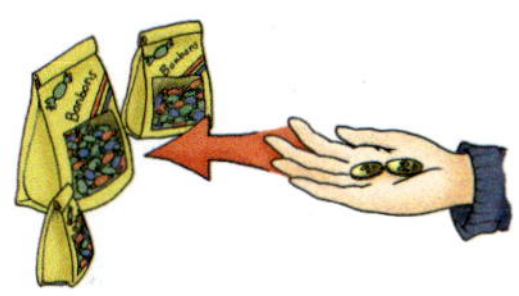

Ein vorgegebenes Ziel soll mit dem geringstmöglichen Aufwand bzw. mit „minimalen" Kosten, z. B. mit möglichst wenig von eurem Taschengeld, erreicht werden – **Minimalprinzip:**

Denn wenn ihr eure knappen Mittel wie Zeit und Geld möglichst sparsam einsetzt und eure Bedürfnisse bestmöglich erfüllt, dann handelt ihr „wirtschaftlich" nach dem ökonomischen Prinzip.

Bearbeiter

M8 Das ewige „Mehr"

Immer mehr zu wollen, ist ein Phänomen unserer Zeit, ein Spiegelbild unserer Lebensweise, und doch ist es etwas, das selten als Phänomen erkannt wird. Es prägt unser Verhalten, ohne, dass wir es begreifen. Wir nehmen gar nicht wahr, dass dies oft unseren Emotionen und Handlungen vorausgeht.

In unseren Gefühlen und Erfahrungen nimmt das Verlangen nach „Mehr" überhand. Vielleicht gehört dieses Phänomen von Natur aus zum Menschsein. Oft organisieren wir unser Leben rund um dieses Verlangen und messen den Erfolg unseres Lebens daran, wie erfolgreich wir darin sind, uns immer mehr zu verschaffen, von was auch immer wir in einem bestimmten Moment wollen.

Zudem leben wir in der Angst nicht noch mehr zu erreichen. Wenn wir mit der Familie oder mit Freunden sprechen, dreht sich vieles darum, mehr zu bekommen: Wer hat mehr hiervon, wer mehr davon? In den USA wird „Mehr" als kultureller Wert gefeiert. Man will mehr Zimmer in seinem Haus oder einen besser durchtrainierten Körper oder Autos mit mehr PS oder mehr Status, mehr Geld, mehr Kleidung, mehr Bildung – die Liste ist endlos.

Phillipp Moffitt, www.52wege.de, Mehr!, Abruf am: 30.10.2013; übersetzt von Peter Brandenburg

AUFGABEN

1. Erklärt das ökonomische (wirtschaftliche) Grundproblem (**M6**, **M7**) an einem selbstgewählten Beispiel aus eurem Alltag.
2. Minimal- oder Maximalprinzip? Herr Janssen und Jenny behaupten von sich, sie handeln wirtschaftlich. Erläutert, welchem der beiden Prinzipien (**Randspalte S. 97**) sie dabei folgen:
   a) Familie Janssen will den nächsten Urlaub in den bayerischen Alpen verbringen. Nun verbringt Herr Janssen viel Zeit damit, das günstigste Angebot im Internet zu finden.
   b) Jenny hat Geld zum Geburtstag geschenkt bekommen. Für 20 Euro möchte sie nun möglichst viele Klamotten im Fast Fashion Store kaufen.
   c) Findet weitere Beispiele für das Handeln nach dem Minimal- und Maximalprinzip aus eurem Alltag.
3. Immer mehr zu wollen, erscheint ein Phänomen unserer Zeit zu sein:
   a) Überprüft, ob euer wirtschaftliches Verhalten vom Verlangen nach „Mehr" bestimmt wird (**M8**).
   b) Diskutiert in eurer Klasse, ob wirtschaftliches Verhalten vom Verlangen nach „Mehr" ausgerichtet sein soll (**M8**).

2.1.4 Wirtschaften bedeutet entscheiden – aber wie?

Zum Thema: Unter Knappheit stellt sich die Frage nach dem Wert einer gewählten Entscheidung und worauf man für diese Entscheidung verzichten muss. In diesem Unterkapitel erfahrt ihr, wie ihr mithilfe einer Kosten-Nutzen-Analyse Handlungsalternativen prüfen und dadurch eine gute Entscheidung treffen könnt.

M9 Freitag 14:00 Uhr – Jenny muss um 15:00 Uhr schon wieder los und sich entscheiden

M10 Ökonomische Entscheidungen effizient treffen

Jennys und eure eigenen Fälle bringen uns auf die Spur der Effizienz und der Kosten der nächstbesten Alternative. Manchmal ist es einfach: Etwa wenn ihr in einem Restaurant fürs Kellnern 10 Euro und in einem anderen Restaurant 14 Euro pro Stunde verdienen könnt. Der Aufwand ist derselbe: Es kostet euch eine Stunde eurer knappen Zeit sowie eure Arbeitskraft. Doch euer

Effizienz
beschreibt das Verhältnis zwischen dem eingebrachten Aufwand (Kosten) und dem damit erzielten Ertrag (Nutzen). So ist etwa die Produktion von Fußbällen in einer darauf spezialisierten Fabrik effizienter als die Produktion in mühsamer Handarbeit, weil in der Fabrik pro Stunde weit mehr Fußbälle zu geringeren Kosten hergestellt werden können.

Opportunitätskosten (Alternativkosten) sind die Kosten, die entstehen, weil unter Knappheit eine andere Alternative gewählt wurde. Diese bestehen in dem entgangenen Nutzen der nicht realisierten Alternative, auf die man verzichten muss. Kurz gesagt: Was euch entgeht, wenn ihr euch für das Lernen und gegen das Eis entschieden habt.

Ertrag, euer Nutzen, ist bei der 14 Euro-Variante klar größer, da ihr 4 Euro mehr verdient. Wenn ihr diese Variante wählt, handelt ihr **effizienter**. Oft ist es aber viel schwerer, zu vergleichen und zu entscheiden als zwischen einem Geldbetrag von 10 Euro oder 14 Euro. Wenn ihr ins Fußballtraining geht, dann fehlt euch die Zeit, mit Freunden in der Stadt Eis essen zu gehen. Doch was wiegt schwerer? Jede Entscheidung für eine Option bedeutet den Verzicht auf eine andere. Ökonomen nennen das **Opportunitäts- oder Alternativkosten**.

Variante	Opportunitätskosten	Nutzen
Variante A: Entscheidung dafür, Eis essen zu gehen.	Auf die Klassenarbeit lernen (Wissen).	Eis essen mit Freunden.
Variante B: Entscheidung dafür, zu lernen.	Eis essen mit Freunden.	Auf die Klassenarbeit lernen (Wissen).

Bearbeiter

M11 Entscheidungen unter der Lupe

Jennys Bruder Tim (15) hat am nächsten Tag eine Englisch-Klassenarbeit. Er hat mal wieder alle guten Vorsätze, rechtzeitig zu lernen, nicht befolgt und muss bis abends spät lernen. Nun muss er den Freunden absagen, die mit ihm einen Film schauen wollten.

Jennys und Tims Eltern entscheiden sich für den Kauf einer Eigentumswohnung, in der sie bereits wohnen, und gegen den Kauf eines eigenen Hauses.

Usain (16) entscheidet sich, in den nächsten Sommerferien mit Freunden in Urlaub zu fahren und kann dann keinen Schülerferienjob machen.

Ein mittelständischer Unternehmer entscheidet sich für eine Investition in eine neue Fabrikhalle und gegen die Anlage des Geldes zu 1 Prozent Zinsen.

Bearbeiter

M12 Kosten-Nutzen-Analysen in der Diskussion

Ökonomen sind echt weltfremd! Ich mache doch nicht immer eine Kosten-Nutzen-Analyse, bevor ich eine Entscheidung treffe. Da habe ich doch keine Zeit dazu. Ich habe das einfach im Gefühl und entscheide aus dem Bauch heraus!

Kosten-Nutzen-Analysen helfen bei der Entscheidungsfindung unter Knappheit. So wird man gezwungen, sich genauer mit der Situation auseinanderzusetzen. Und das ist wichtig, um kluge, vernünftige Entscheidungen zu treffen.

Bearbeiter

AUFGABEN

1. Arbeitet mit einer Partnerin oder einem Partner: Wählt für Jenny eine der drei Varianten (**M9**). Stellt die Kosten und den Nutzen der jeweiligen Handlungsalternative (Variante) in einer Tabelle (Kosten-Nutzen-Analyse) gegenüber.
2. In Jennys Fall ist vor allem die verfügbare Zeit knapp. Erläutert mithilfe eines selbstgewählten Beispiels eine Konsumentscheidung, in der die Ressource Geld knapp ist.
3. Jennys Lieblingsfußballmannschaft hat ihre zwei letzten Spiele gewonnen: Im ersten Spiel gewann sie 1:0 mit 2 Schüssen auf das gegnerische Tor und einer Laufleistung von durchschnittlich 10 km pro Spieler. Im zweiten Spiel gewann sie 2:0 bei 20 Schüssen auf das gegnerische Tor und einer durchschnittlichen Laufleistung von 11 km pro Spieler.
   a) Erklärt mithilfe von **M10** und der **Randspalte von S. 99**, in welchem der beiden Spiele die Fußballmannschaft effizienter gespielt hat (Hinweis: Die Tordifferenz sei in unserem Fall unerheblich).
   b) Erörtert in Partnerarbeit, warum ein effizientes Fußballspiel nicht unbedingt ein schönes Spiel sein muss.
4. Erläutert die Opportunitätskosten für die verschiedenen Akteure mithilfe einer Kosten-Nutzen-Analyse (**M10**, **M11**, **Randspalte S. 100**).
5. Arbeitet mit einer Partnerin oder einem Partner: Jeder von euch übernimmt eine der beiden Rollen aus **M12**. Findet weitere Argumente und gestaltet die Diskussion.

F zu Aufgabe 3
Kein Fußballfan? Erörtert anhand eines selbst gewählten Beispiels, warum effizientes Handeln nicht immer die beste Alternative ist.

METHODE

In Modellen denken – der Homo Oeconomicus

I. Worum geht es?

Weil unsere Welt so komplex ist, entwickeln Wissenschaftler Theorien und vereinfachende Modelle, etwa um Einsichten über das Verhalten von Menschen in Knappheitssituationen zu bekommen. In diesem ökonomischen Verhaltensmodell (auch Modell des Homo Oeconomicus genannt), gehen Ökonomen in ihren vereinfachenden Grundannahmen zunächst unter anderem davon aus, dass Menschen immer rational (vernünftig) und zum eigenen Vorteil handeln. Das macht für die Modellierung vieles einfacher: Menschen werden folglich Entscheidungen unter Knappheit nach sorgsamer Abwägung von Kosten und Nutzen treffen. Sie werden nur das tun, was ihnen den größten persönlichen Vorteil bringt und diese Entscheidung dann durchhalten. Doch stimmen diese Annahmen? Handeln wir immer vernünftig? Sind wir wirklich stets auf unseren persönlichen Vorteil aus? Mithilfe von verhaltensökonomischen Experimenten kann man diese Grundannahmen des Homo Oeconomicus-Modells genauer überprüfen und kritisch hinterfragen.

II. Geht dabei so vor:

1. Schritt: Vorbereitung eines ökonomischen Experiments – das Ultimatumspiel

Dir werden gemeinsam mit einem Mitschüler 100 Euro geschenkt. Wie teilt ihr das Geld untereinander auf?

Spieler A

1. Ein Betrag von 100 Euro soll unter zwei Personen aufgeteilt werden. Du bist in der Rolle von Spieler A und musst Spieler B ein Angebot (Ultimatum) machen. Wie viel soll er erhalten? Schreibe deine Aufteilung auf einen Zettel (z. B. Ich: 90 Euro, Du: 10 Euro).
2. Spieler B kann dem Angebot zustimmen oder es ablehnen. Wenn Spieler B zustimmt, wird das Geld dem Vorschlag entsprechend aufgeteilt. Lehnt er ab, geht ihr beide leer aus.
3. Die Regeln sind sehr streng: Ihr dürft nicht miteinander sprechen. Feilschen ist also unmöglich.

Spieler B

1. Ein Betrag von 100 Euro soll unter zwei Personen aufgeteilt werden. Du bist in der Rolle von Spieler B. Spieler A muss dir ein Angebot (Ultimatum) machen, wie viel du erhalten sollst. Er reicht dir dazu einen Zettel mit einer vorgeschlagenen Aufteilung.
2. Du kannst dem Angebot zustimmen (✓) oder es ablehnen (x). Wenn du zustimmst, wird das Geld dem Vorschlag entsprechend aufgeteilt. Lehnst du ab, geht ihr beide leer aus.
3. Die Regeln sind sehr streng: Ihr dürft nicht miteinander sprechen. Feilschen ist also unmöglich.

2. Schritt: Durchführung und Auswertung des Ultimatumspiels

1. Führt das Experiment in Partnerarbeit mit fünf verschiedenen Aufteilungen durch.
2. Wertet die Ergebnisse aus. Welche Aufteilung wurde häufig, welche selten gewählt?
3. Spieler B: „Ein Euro ist besser als kein Euro – auch wenn der Partner fast alles bekommt." Wirtschaftlich denkende und handelnde Menschen müssten sich doch eigentlich immer rational verhalten und auch kleinste Beträge annehmen. Begründet, warum die Spieler B gewisse Aufteilungen nicht mehr angenommen haben.
4. Erörtert, was man aus dem Experiment über Kosten-Nutzen-Entscheidungen und die Grundannahmen des ökonomischen Verhaltensmodells vom Homo Oeconomicus lernen kann.

Bearbeiter

Wirtschaftlich Handeln – das ökonomische Prinzip (··→ M7)

„**Ökonomie**" ist der Begriff für Wirtschaft, der aus dem Altgriechischen stammt. Dort bedeutete er schon vor weit mehr als 2.000 Jahren „sorgfältige Haushaltung". Das Grundproblem der Ökonomie ist die Knappheit. Sie handelt davon, wie Menschen Entscheidungen unter Knappheit treffen.

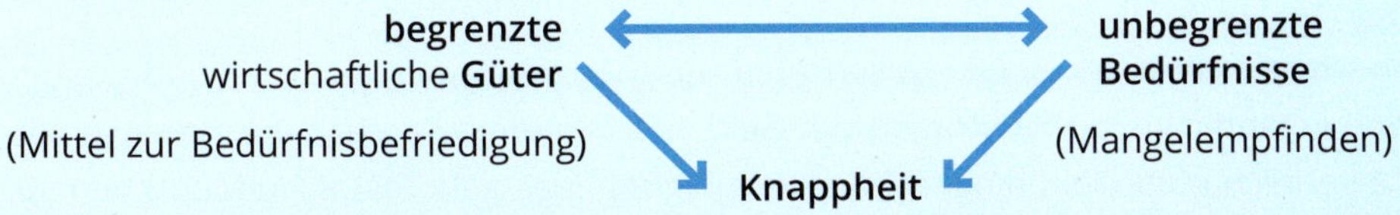

Wenn nun knappe Mittel, etwa Zeit und Geld, nicht verschwendet werden, sondern möglichst sparsam eingesetzt und die Bedürfnisse bestmöglich erfüllt werden, dann handelt man nach dem **ökonomischen Prinzip** „wirtschaftlich". Dabei gibt es zwei Varianten: Entweder handelt man nach dem **Maximalprinzip**, wobei mit gegebenen Mitteln ein möglichst großes Ziel, ein „maximaler" Nutzen oder Ertrag erreicht werden soll, oder nach dem **Minimalprinzip**, dabei soll ein gegebenes Ziel mit möglichst wenig Aufwand oder Mitteln erreicht werden, d. h. die Kosten sollen möglichst „minimiert" werden.

Unsere Bedürfnisse sind nicht alle gleich (··→ M5)

Der Psychologe **Abraham Maslow** versuchte die unzähligen Bedürfnisse in fünf Bedürfnisgruppen zu ordnen. Stellt man diese in eine Rangfolge, so ergibt sich eine **Bedürfnispyramide**. So muss z. B. das Bedürfnis Essen gestillt sein, bevor wir ans Sparen denken. Ein überzeugend einfaches, jedoch nicht immer zutreffendes Modell.

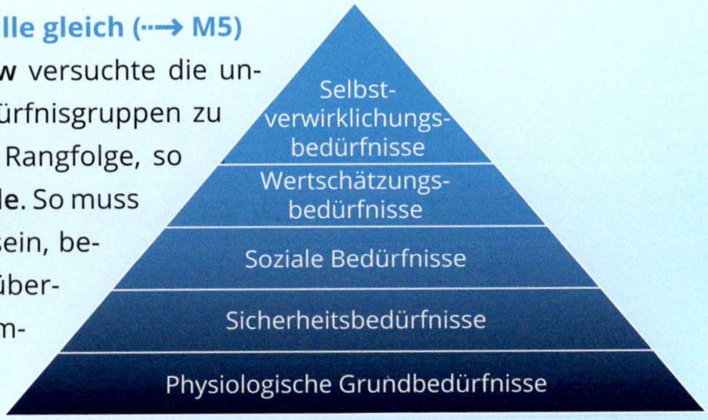

Ökonomische Entscheidungen treffen unter Knappheit (··→ M7, M10)

Bei jeder Entscheidung für eine Variante entstehen jedoch **Opportunitätskosten** (Alternativkosten): Diese bestehen in dem **entgangenen Nutzen** der nicht realisierten Alternative, auf die man verzichten muss. Dazu kann man eine Kosten-Nutzen-Analyse erstellen und die Effizienz, das Verhältnis zwischen eingebrachtem Aufwand und erzieltem Nutzen heranziehen, denn Menschen tun meist dann etwas, wenn es sich für sie lohnt, d. h. wenn Motive und Anreize dazu bestehen.

Einflussfaktoren auf das Konsumverhalten (··→ M2, M8, METHODE)

Menschen handeln aber nicht immer wie im Verhaltensmodell angenommen. Individuelle Werte und Präferenzen sowie soziale Faktoren spielen eine Rolle. Auch Nachhaltigkeit und externe Faktoren wie ein günstiger **Preis** oder **Werbung** werden vielen Konsumenten immer wichtiger. Bei ein und demselben Konsumenten können sogar unterschiedliche Einflussfaktoren in unterschiedlichen Kaufsituationen (**Spontankauf** vs. **Gewohnheitskauf**) und bei unterschiedlichen Produkten eine Rolle spielen.

2.2 Woher stammt das Einkommen und wofür wird es verwendet?

2.2.1 Mit Geld umgehen – wie den Überblick behalten?

Zum Thema: Primark & Co. wollen euer Taschengeld. Aber auch für Süßigkeiten geben Jugendliche laut Umfragen viel Geld aus. Wundert ihr euch auch manchmal, wo eigentlich euer Geld hingeht? Zur Beruhigung, das geht fast allen Menschen so. Knappheit ist die Regel und euer knappes Taschengeld nennen Ökonomen eine Restriktion, eine Beschränkung oder Rahmenbedingung, hier eben finanzieller Art in der Höhe eures Taschengeldes. Wie ihr bislang mit Geld umgeht und wie ihr eure Einnahmen und Ausgaben im Blick behalten könnt, erfahrt ihr in diesem Unterkapitel.

DIE TASCHENGELD-TABELLE 2019 DER JUGENDÄMTER – WIE VIEL TASCHENGELD IST SINNVOLL?

Alter	Taschengeld
unter 6	0,50-1,00 € pro Woche
6-7	1,00-2,00 € pro Woche
8-9	2,00-3,00 € pro Woche
10-11	15,50-20,50 € pro Monat
12-13	20,50-25,50 € pro Monat
14-15	25,50-38,00 € pro Monat
16-17	38,00-61,00 € pro Monat
ab 18	61,00-76,00 € pro Monat

sca/dpa/cch/jb/t-online.de, www.t-online.de, Warum Taschengeld für Kinder wichtig ist, 21.01.2019

M1 Selbstversuch – wofür verwendet ihr 50 Euro?

Die Großeltern schenken euch 50 Euro. Wofür gebt ihr das Geld aus?

Süßigkeiten

Weggehen und Kino

Kosmetika

Handyzubehör

Zeitschriften

Computerbedarf

Snacks und Fast Food

Bücher

Klamotten

Getränke

Musik

... eure Kategorien

Bearbeiter

M2 Tim braucht einen Plan

„Ich habe mein Taschengeld meist schon Mitte des Monats komplett ausgegeben. Mein Geld reicht nie. Dabei will ich mir doch mein Traum-Longboard kaufen. Das kostet aber 180 Euro. Kann ich mir das überhaupt leisten?

Bearbeiter

M3 Einen Haushaltsplan erstellen

Um stets den Überblick über eure Finanzen zu behalten, empfiehlt sich die Erstellung eines Haushaltsplans. Dazu müsst ihr in einer Tabelle die Einnahmen und die Ausgaben gegenüberstellen. Zieht ihr dann von euren Einnahmen eure Ausgaben ab, so erhaltet ihr euren Saldo. Ist dieser positiv, habt ihr einen Überschuss erwirtschaftet. Ist dieser negativ, habt ihr ein Defizit.

Muster-Haushaltsplan – ein Beispiel für eine Einnahmen-Ausgaben-Rechnung

Zeitraum (Woche, Monat)

Einnahmen (Einnahmequellen)	**Betrag** (Euro)	**Ausgaben** (Ausgabeposten)	**Betrag** (Euro)
Taschengeld		Süßigkeiten/Snacks	
Schülerjob		Handy	
Geldgeschenke		Weggehen	
		Kleidung	
...		...	
Gesamtsumme		Gesamtsumme	

Saldo (Einnahmen – Ausgaben)

Bearbeiter

Hinweis:
Jährlich anfallende Ausgaben müsst ihr auf die Bezugsgröße eures Haushaltsplans (Woche, Monat) umrechnen. Dasselbe gilt auch für Geburtstagsgeschenke oder andere einmalige Einnahmen (Beispiel: 60 Euro zum Geburtstag, macht dann in einem Monatsplan 5 Euro (60:12 = 5).

M4 Tims Einnahmen und Ausgaben

Tim hat ein wenig den Überblick verloren und braucht eure Hilfe. Immerhin hat er euch eine erste Liste mit seinen Einnahmen und Ausgaben zusammengestellt:

Bearbeiter

Tipp:
Keine Ahnung, wofür ihr wie viel Geld ausgibt? Führt doch für einige Zeit ein Haushaltsbuch, in das ihr alle eure Einnahmen und Ausgaben eintragt. Der Aufwand lohnt, nach wenigen Wochen bekommt ihr einen guten Überblick über eure Finanzen.

Kehrwoche
Bezeichnung für die Reinigung gemeinschaftlich benutzter Räumlichkeiten

M5 Woher kommt das Geld der Familie Janssen?

Familie Janssen hat verschiedene Einkommensquellen: Tims Vater arbeitet als Ingenieur für einen großen niedersächsischen Automobilhersteller und bezieht daraus Lohneinkünfte. Außerdem hält er Aktien seiner Firma und erhält daraus einen Anteil am erwirtschafteten Unternehmensgewinn, was man Dividende nennt, sowie eine Erfolgsbeteiligung, wenn die Geschäfte gut laufen. Einen Teil davon zahlen die Eltern auf ein Tagesgeldkonto ein und bekommen, als Gegenleistung dafür, dass sie der Bank vorübergehend ihr gespartes Geld überlassenen haben, Zinsen. Tims Mutter ist Ärztin und arbeitet in einer orthopädischen Privatklinik. Da beide auch Zeit für die Kinder haben möchten, arbeiten sie jeweils 80 %-Teilzeit. Tims Mutter hat von ihren Eltern vor einigen Jahren eine Wohnung vererbt bekommen, welche sie vermietet hat. Daraus bezieht sie Mieteinkünfte. Tims Schwester Jenny gibt Mitschülern Nachhilfeunterricht. Tims Familie bezieht somit Einkünfte aus allen **drei volkwirtschaftlichen Produktionsfaktoren**: dem Faktor Arbeit, dem Faktor Boden und dem Faktor Kapital. Als weitere Einkommensquelle beziehen die Janssens noch Einkünfte aus Transferleistungen vom Staat, etwa das Kindergeld für Tim und Jenny.

Bearbeiter

Produktionsfaktoren
Zum Wirtschaften benötigt man auch noch die drei Produktionsfaktoren Boden (Natur, Rohstoffe), Arbeit (Arbeitskraft) und Kapital (Betriebsmittel, als abgeleitete Folge der Verbindung von Arbeit und Boden).

Brutto- und Nettolohn
Tim wundert sich: „Mama, du verdienst doch viel mehr Geld. Warum kommt so wenig auf deinem Konto an?“ Vom Bruttolohn, der im Arbeitsvertrag festgelegt wurde, werden verschiedene Beträge abgezogen. Etwa Steuern und Sozialabgaben (das sind z. B. Sozialversicherungen wie Renten-, Arbeitslosen- Kranken- und Pflegeversicherung), sodass der dem Arbeitnehmer zur Verfügung stehende Nettolohn (nach Abzügen) niedriger als der Bruttolohn ist.

Erklärfilm „gesetzliche Sozialversicherung“

Mediencode: 71070-06

AUFGABEN

1. Führt den Selbstversuch **M1** durch und analysiert eure Ausgaben (Ich kaufe... für... Euro).
2. Analysiert die Taschengeldtabelle der Jugendämter (**Randspalte S. 104**) im Hinblick auf empfohlene Einnahmen von Jugendlichen.
3. Welche Einstellung habt ihr zum Umgang mit Geld? Ausgeben, sparen oder noch was leihen, um sich alle Wünsche sofort erfüllen zu können? Überlegt, was für diese Varianten jeweils spricht und diskutiert sie in eurer Klasse.
4. Tim möchte herausfinden, ob er sich das neue Longboard leisten kann. Erklärt, wie er vorgehen kann (**M2**).
5. a) Stellt Tims monatliche Einnahmen und Ausgaben (**M4**) in einem Haushaltsplan (**M3**) dar.
   b) Beurteilt (→ URTEILSKOMPETENZ) anhand von Tims Saldo und seiner Ausgabenstruktur seine finanzielle Situation. Überprüft dabei auch, ob Tim sich seinen Wunsch vom neuen Longboard (**M2**) erfüllen kann.
6. Arbeitet mit einer Partnerin oder einem Partner: Entwickelt Vorschläge und erläutert Tim, wie er seinen Traum früher wahr werden lassen kann.
7. Erstellt ein Schaubild zu den Einkommensquellen der Familie Janssen (**M5**). Verwendet dabei eine Farbe für Einkünfte und eine andere für die Faktoren Arbeit, Boden und Kapital.

2.2.2 Der Wirtschaftskreislauf – wie hängt alles zusammen?

Zum Thema: Wenn Einkommen für Konsum und den Kauf von Produkten ausgegeben werden, setzt dies einen Geld- und Güterkreislauf in Gang, der Wirtschaftskreislauf genannt wird. In diesem Kapitel erfahrt ihr mehr über dieses wirtschaftliche Kreislaufmodell.

M6 Was passiert mit unserem Geld?

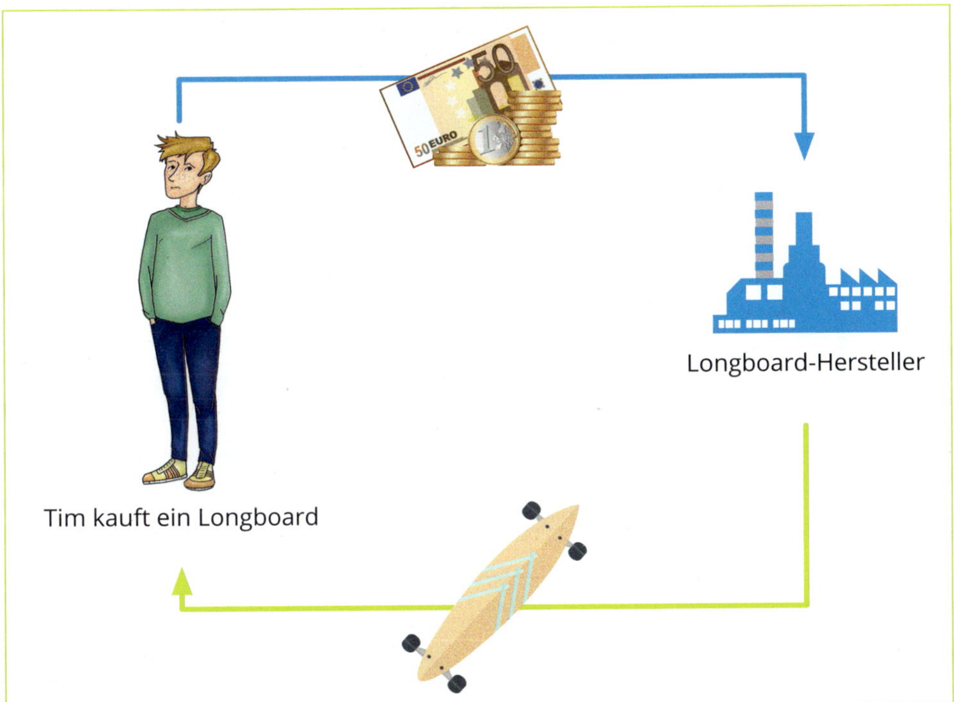

Bearbeiter

M7 Der einfache Wirtschaftskreislauf

Schauen wir uns den **Geld- und Güterkreislauf** genauer an: Um die Vielzahl der wirtschaftlichen Verflechtungen in einer Volkswirtschaft überschaubar darzustellen, fasst man zunächst die Akteure zu **Sektoren** (Wirtschaftseinheiten) zusammen. So wird das Ganze viel übersichtlicher: Familie Janssen gehört z. B. zum Sektor private Haushalte. Die Arbeitgeber von Tims Eltern zählen zum Sektor Unternehmen. Sowohl Haushalte als auch Unternehmen haben Einnahmen und Ausgaben. Die Einkommen der Haushalte, etwa aus Lohnzahlungen der Unternehmen, fließen nun in Konsumausgaben und sind dann die Einnahmen der Unternehmen, die diese Güter (Waren oder Dienstleistungen) auf den Märkten anbieten. So ergibt sich ein einfaches Kreislaufmodell einer Volkswirtschaft.

Erklärfilm „Wirtschaftskreislauf“

Mediencode: 71070-07

M8 Einfaches Kreislaufmodell einer Volkswirtschaft

Im einfachen Kreislaufmodell wird davon ausgegangen, dass die Haushalte ihr Einkommen vollständig für den Konsum ausgeben und die Unternehmen ihre Gewinne vollständig für Löhne und Gehälter.

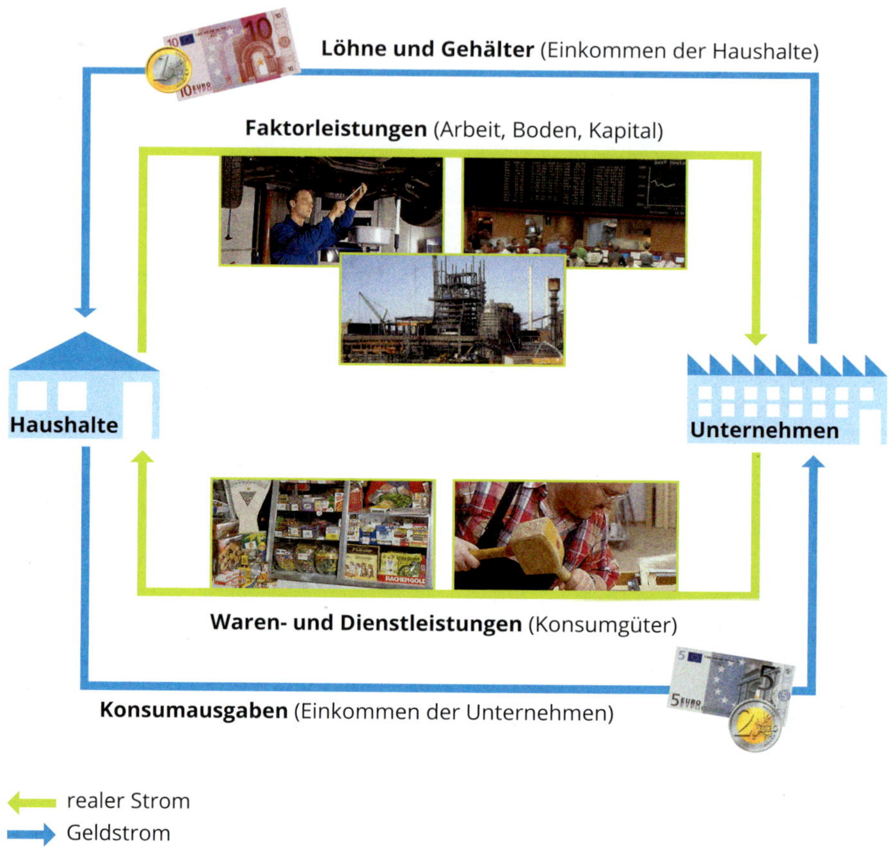

Bearbeiter

AUFGABEN

1. Was passiert, wenn Tim sein Geld (Einkommen) für ein Longboard (Konsumausgaben) ausgibt? Erläutert diesen Sachverhalt am Beispiel von **M6**.
2. Erklärt mithilfe von **M7** die Beziehungen zwischen den Haushalten und den Unternehmen. Wendet dazu das Beispiel von Tims Mutter (**M5**, **S. 106**) an, die als Ärztin in einer Privatklinik arbeitet.
3. a) Überprüft, inwieweit bereits das Modell des einfachen Wirtschaftskreislaufs von der Realität abweicht (**M7**, **M8**).
   b) Charakterisiert mögliche Erweiterungen des einfachen Wirtschaftskreislaufs durch zusätzliche Akteure wie den Staat oder eine Bank.

H zu Aufgabe 3b)
→ S. 168

2.2.3 Ist Sparen sinnvoll?

Zum Thema: Bleibt vom Einkommen noch etwas übrig, so kann man dieses konsumieren oder sparen. Doch Sparen heißt zunächst einmal, auf gegenwärtigen Konsum zu verzichten, um in Zukunft Ziele und Wünsche zu verwirklichen. Ökonomen nennen das Zukunftspräferenz. Welche Ziele das sein können und ob Sparen Sinn macht, erfahrt ihr in diesem Unterkapitel.

M9 Unverhofft Geld

Oma Janssen hat ein altes Sparkonto aufgelöst und beschlossen: Ihre Enkel Jenny und Tim bekommen je 2.500 Euro. Beim Abendessen entwickelt sich eine Diskussion darüber, wie sie das Geld verwenden sollen.

Tim: „Ich habe das Geld geschenkt bekommen. Ich möchte ein Mountainbike und eine Spielkonsole. Ich will das Geld nicht für irgendetwas sparen!"

Vater: „Wenn du 18 bist, wirst du den Führerschein machen wollen. Vielleicht möchtest du dir auch ein neues Fahrrad kaufen oder mal eine längere Zeit ins Ausland gehen. Das alles kostet viel Geld. Wenn wir deine 2.500 Euro in Aktien anlegen, haben wir die Chance, daraus in vier Jahren 3.000 Euro zu machen."

Mutter: „Lass uns das Geld lieber auf die Bank bringen. Da ist es sicher und bringt Zinsen und man weiß doch nie, wofür du das Geld in ein paar Jahren brauchst. Was ist, wenn die Kurse der Aktien dann gerade im Keller sind? Falls du studierst, brauchst du vielleicht ein Notebook oder Möbel."

Jenny: „Lasst uns das doch in Ruhe überlegen!"

Bearbeiter

M10 Sparziele

Das Sparen kann unterschiedlichen Zielen dienen. Spart man für unvorhergesehene Ausgaben (wie z. B. eine überraschende Fahrrad- oder Autoreparatur) oder plötzliche Einnahmeausfälle (z. B. durch Arbeitslosigkeit), so nennt man das Vorsorgesparen. Vorsorgesparen gibt allgemein mehr Sicherheit bei der Lebensplanung. Spart man für eine Urlaubsreise, ein Auto oder den Führerschein, so spricht man vom Zwecksparen. Man spart für eine größere Anschaffung, also einen konkreten Konsumwunsch in der Zukunft. Vermögenssparen hat das Ziel Rendite, d. h. Ertrag zu erzielen und das Vermögen zu vermehren. Sparen hat nämlich den Vorteil, dass man Geld dafür bekommt,

Aktie
Wertpapier, mit dem man einen Anteil an einer Aktiengesellschaft (AG) erwirbt (→ S. 111).

Börsenkurs
Der aktuelle Preis, zu dem man ein Handelsobjekt (z. B. eine Aktie) an einem Handelsplatz (Börse) kaufen oder verkaufen kann. Er ergibt sich aus Angebot und Nachfrage (→ Unterkapitel 2.3.4).

Zinsen
Zinsen sind eine Art „Miete" für Geld. Leiht ihr der Bank oder einem Unternehmen euer gespartes Geld, bekommt ihr Zinsen. Leiht die Bank euch Geld, bekommt sie von euch Zinsen.

Der Zinseszinseffekt
Der Zinseszins-Effekt entsteht, wenn man gutgeschriebene Zinsen nicht jedes Jahr vom Konto holt, sondern sie dort belässt und sie jedes Jahr aufs Neue mitverzinst werden. Im Internet gibt es Zinseszinsrechner. Recherchiert doch mal online (→ Methodenglossar) und berechnet den Zinseszinseffekt für euer Erspartes.

Inflation
meint die Geldentwertung durch steigende Preise. Wenn euer Lieblingsprodukt nun mehr kostet, dann könnt ihr für dasselbe Geld weniger davon kaufen.

Realzins
Wie hoch der Ertrag einer Geldanlage nach Berücksichtigung der Inflationsrate ausfällt, veranschaulicht der Realzins. Dieser zeigt, ob das Ersparte auf dem Sparkonto an Kaufkraft gewinnt oder verliert. Nehmen wir einmal an, ihr habt 100 Euro gespart und bekommt 0,5 % Zins. Dann bekommt ihr 50 Cent Zinsen von der Bank pro Jahr. Wenn nun die Inflation jedoch 1,5 % beträgt, dann besitzen eure 100 Euro und 50 Cent nach Ablauf des Jahres nur noch eine Kaufkraft von 99 Euro (100 Euro + 50 Cent Zinsen – 1 Euro und 50 Cent Inflation = 99 Euro Kaufkraft). Nur wenn der Realzins positiv ist, macht Sparen für die Vermögensbildung Sinn.

wenn man das Geld zum Beispiel bei einer Bank anlegt. Dann erhält man Zinsen. In den meisten Fällen ist es aber nicht möglich, zwischen den Sparzielen eindeutige Grenzen zu ziehen.

Bearbeiter

M11 Haltet das Geld

Steigende Preise auf der einen Seite, niedrige Zinsen auf der anderen: Diese Kombination könnte 2017 zum „allerschlechtesten Jahr" für Sparer seit Langem werden lassen, warnte jüngst Clemens Fuest. Der Präsident des Münchner ifo Instituts befürchtet, das Vermögen der Bürger werde „so stark wie lange nicht mehr" entwertet. […]
Eine Inflationsrate von knapp unter zwei Prozent im Euro-Raum ist zwar das erklärte Ziel der EZB und gilt als stabiles Preisniveau. Doch im Februar lag die Rate in Deutschland bereits bei 2,2 Prozent – so hoch wie zuletzt 2012 – und im gesamten Euro-Raum bei 2,0 Prozent. Was angesichts der niedrigen Zinsen bedeutet, dass Guthaben auf Giro- und Tagesgeldkonten noch schneller an Wert verlieren.
Sebastian Murawski merkt sofort, wenn die Preise steigen. […] Im Auftrag des Statistischen Amts für Hamburg und Schleswig-Holstein schaut er nach, welche Produkte teurer oder billiger geworden sind. […]
Murawski […] weiß über Preise fast alles. […] Nur eines weiß Sebastian Murawski nicht so recht: wie er sein Geld anlegen soll […]. […] Also sammelt sich das Geld auf einem Tagesgeldkonto, erzählt Murawski, er will halt auf Nummer sicher gehen.
Auf Nummer sicher gehen: Diesen Wunsch bekommt auch Marco Herrmann, [Geschäftsführer der Fiduka Depotverwaltung in München], immer wieder zu hören. „Die Deutschen fürchten, dass ihr Geld auf lange Sicht durch die Inflation an Wert verliert, und scheuen zugleich kurzfristige Verluste mit Aktien", sagt Herrmann […]. […] Herrmann beobachtet aber nicht nur, dass viele Anleger und Sparer aus Angst die richtigen Schritte unterlassen – aus Übermut machen sie mitunter die falschen.

Jens Tönnesmann, www.zeit.de, Jetzt wird's brenzlig, 30.03.2017

AUFGABEN

1. Entscheidet, auf welcher Seite der Diskussion ihr steht und begründet dies (**M9**).
2. Prüft mithilfe von **M10**, welche Sparziele Jennys und Tims Eltern (**M9**) verfolgen.
3. Ausgeben oder sparen? Bildet einen Familienrat und erörtert mithilfe der Informationen aus **M10**, was mit Jennys und Tims Geld geschehen soll. Präsentiert eure begründete Entscheidung anschließend im Plenum.
4. Beurteilt (→ URTEILSKOMPETENZ) die Auswirkungen von Niedrigzinsen auf Sparer (**M11**, **Randspalten S. 109 f.**).

F Die Deutschen gelten als Sparweltmeister. Recherchiert online (→ Methodenglossar) nach den aktuellen Sparquoten deutscher Privathaushalte in verschiedenen Bundesländern und vergleicht diese mit den Sparquoten anderer europäischer Länder.

2.2.4 Geld anlegen – aber wie?

Zum Thema: Wenn ihr beschlossen habt, einen Teil eures Einkommens zu sparen, dann stellt sich in Zeiten niedriger Zinsen die Frage: Wie? Dabei spielen eure persönliche Risikoneigung, euer gewünschter Ertrag, aber auch die Liquidität, die Frage, wie schnell ihr wieder an euer Geld kommen möchtet, eine Rolle. In diesem Unterkapitel lernt ihr das magische Dreieck der Geldanlage kennen, das euch bei der Beantwortung dieser Fragen helfen kann.

M12 Aktie oder Tagesgeld – welche Anlage soll es sein?

Entwicklung der ABC AG-Aktie (blauer Graph) im Vergleich zu Tagesgeld 0,5 % (schwarze Gerade):

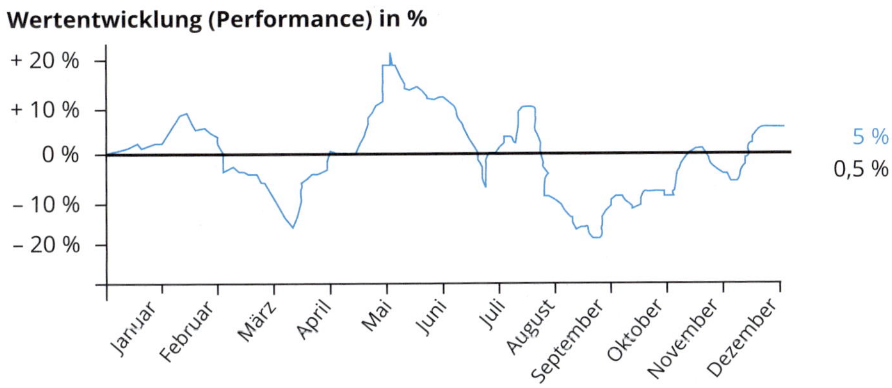

Bearbeiter

Erklärfilm „Aktien"

Mediencode: 71070-08

M13 Das magische Dreieck der Geldanlage

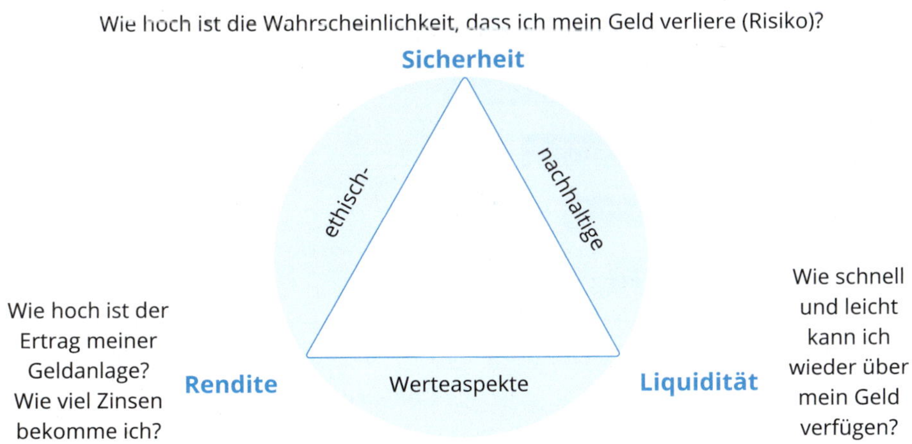

Bearbeiter

Ethisch-nachhaltige Werteaspekte
In unserem Fall der ABC AG-Aktie kann man sich im Sinne der drei Dimensionen von Nachhaltigkeit (→ Schaubild S. 142) vor dem Kauf z. B. folgende Fragen stellen: Wie nachhaltig ist das Geschäftsmodell, d. h. setzt die Firma auf langfristige Ausrichtung oder geht sie hohe Risiken ein, um kurzfristige Gewinne zu erzielen (ökonomischer Aspekt von Nachhaltigkeit)? Wie geht das Unternehmen mit Ressourcen und der Umwelt um (ökologischer Aspekt)? Wie behandelt das Unternehmen seine Mitarbeiterinnen und Mitarbeiter (ethischer und sozialer Aspekt)?

M14 Tagesgeld im Check

Um eine geeignete Anlageform zu finden, wollen sich Tim, Jenny und ihre Eltern bei einer Bank beraten lassen. Die Bank bietet unter anderem die folgende Geldanlageform an:

Tagesgeld

Auf dem Tagesgeldkonto ist euer Geld täglich verfügbar. Je nachdem wie hoch der aktuelle Zinssatz ist, bekommt ihr am Ende des Jahres oder des Quartals (Vierteljahres-)Zinsen für euer Guthaben. Es gibt, bei kleineren Sparguthaben in normalen Zeiten, fast kein Verlustrisiko, weil die Bank verpflichtet ist, einem Einlagensicherungssystem anzugehören, das im Notfall das Geld an die Sparer ausbezahlt.

TAGESGELDKONTO IM CHECK		
Rendite	**Sicherheit**	**Liquidität**
gering	hoch	hoch

Bearbeiter

M15 Wie legen die Sparer in Deutschland ihr Geld an?

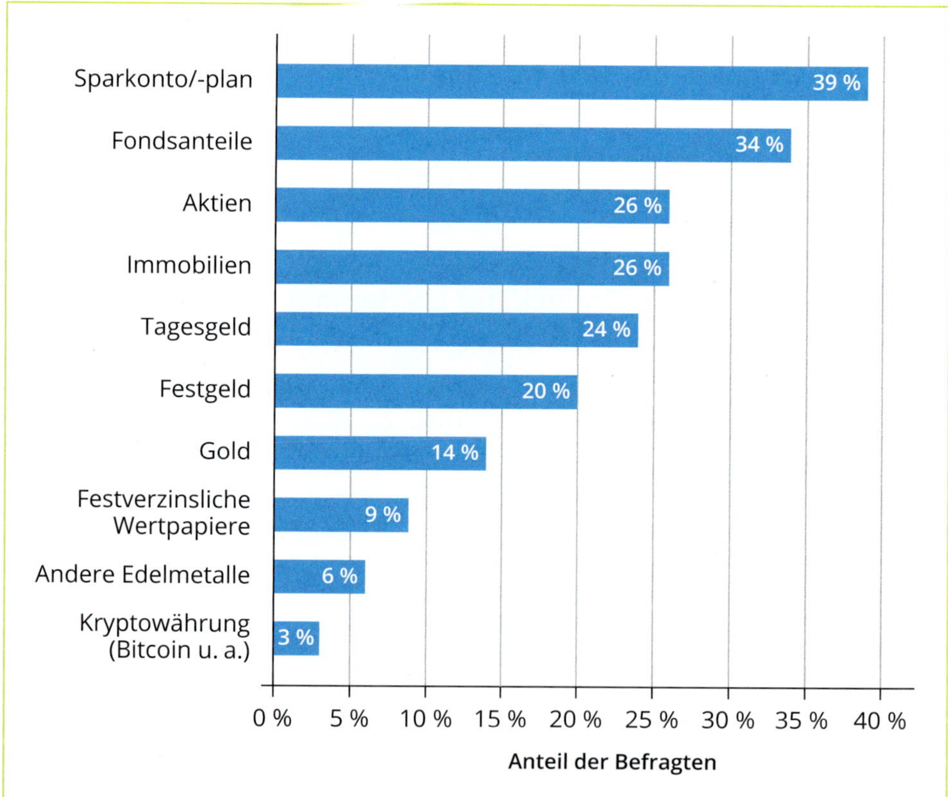

Weitere Informationen: Deutschland; Kantar TNS; 11. und 12. Dezember 2018; 498 Befragte; ab 18 Jahre; Deutsche Wohnbevölkerung / © Statista 2019, Quelle: Bundesverband deutscher Banken

Fondsanteile
Anteile an einem „Topf", indem z. B. Aktien verschiedener Unternehmen nach bestimmten Kriterien (Risiko, Branchen, Nachhaltigkeit...) zusammengefasst sind. Bei einem aktiven Fonds wird das Ganze von einem Fondsmanager – gegen Gebühr – zusammengestellt und verwaltet (z. B. mehr VW- als BMW-Aktien...), bei einem passiven Fonds oder Exchange Traded Fund (ETF) werden vereinfacht dargestellt, sämtliche Aktien gekauft, die einem Index (z. B. dem DAX) angehören.

Erklärfilm „Fonds"

Mediencode: 71070-09

Festverzinsliche Wertpapiere („Anleihen")
Wertpapier, das dem Geld verleihenden Gläubiger (→ S. 114) das Recht auf Rückzahlung des geliehenen Geldes plus der Zahlung fest vereinbarter Zinsen durch den Schuldner (→ S. 114) einbringt. Je nach Risiko muss der Schuldner mehr (hohes Risiko; z. B. ein Unternehmen in Schwierigkeiten mit bereits hohen Schulden) oder weniger (geringes Risiko; z. B. die Bundesrepublik Deutschland als Staat) Zinsen bezahlen.

Erklärfilm „Anleihen"

Mediencode: 71070-10

M16 Gute Tipps zur Geldanlage

„[Bei der Geldanlage] nicht alle Eier in einen Korb legen."
Harry M. Markowitz (geb. 1927), US-amerikanischer Ökonom und Wirtschaftsnobelpreisträger

„Ich kann Ihnen nicht sagen, wie Sie schnell reich werden; ich kann Ihnen aber sagen, wie Sie schnell arm werden, nämlich indem Sie versuchen, schnell reich zu werden."
André Kostolany (1906 – 1999), US-amerikanischer Spekulant und nie um einen Spruch verlegener Börsenexperte

Quelle des oberen Zitats: Jessica Schwarzer, www.handelsblatt.com, Börsenweisheit – Die goldene Regel der Kapitalanlage, 01.06.2012
Quelle des unteren Zitats: Interview mit Frank Lehmann durch Christian Panster, Handelsblatt, „Ich kann Ihnen sagen, wie Sie schnell arm werden", 11.03.2011

Das Transaktionskosten-problem
Möchte Tim Markowitzs Ratschlag (**M16**) umsetzen, so steht er vor einem Problem: Beim Kauf und Verkauf von Anlageprodukten fallen Transaktionskosten (z. B. Kauf- und Verkaufsgebühren) an, die gerade bei vergleichsweise kleinen Beträgen besonders zu Buche schlagen. Recherchiert online (→ Methodenglossar) vor dem Kauf, wie hoch die Transaktionskosten etwa beim Kauf von Aktien oder Gold sind (Ankaufs- vs. Verkaufspreis). Hinzu kommen laufende Gebühren etwa für Kontoführung, Verwaltung oder Lagerkosten. Alle diese Kosten und Gebühren verringern die Rendite.

AUFGABEN

1. Frau Janssen sagt: „Aktienanlagen sind viel zu riskant!" Überprüft diese Aussage, indem ihr beide Anlagemöglichkeiten (Aktie und Tagesgeld) miteinander vergleicht (**M12**).
2. Erläutert die Zielkonflikte im „magischen Dreieck" anhand des Beispiels der ABC AG-Aktie (**M12**, **M13**).
3. Jenny, Tim und ihre Eltern entscheiden sich für einen Mittelweg. Ein kleiner Teil des Geldgeschenkes darf von beiden ausgegeben werden und jeweils 2.000 Euro werden gespart. Erörtert, welche Anlageformen (**M12**, **M14**, **M15**) für die jeweiligen Ziele von Jenny und Tim nun infrage kommen:
   a) Tim möchte dieses Geld so anlegen, dass er damit seinen Führerschein mit 18 bezahlen kann.
   b) Jenny hat dagegen schon für den Führerschein gespart und benötigt ihr Geld erst langfristig. Sie möchte deshalb eine höhere Rendite erzielen.
4. Analysiert, wie die Mehrheit der Deutschen ihr Geld anlegt (**M15**).
   a) Recherchiert dazu arbeitsteilig online (→ Methodenglossar) und klärt die jeweiligen Anlageformen (**Randspalten S. 111 f.**).
   b) Bewertet mithilfe des „magischen Dreiecks" (**M13**) die jeweiligen Ziele der beliebtesten Vermögensanlagen.
5. Erklärt Tim die zwei „Börsenweisheiten" (**M16**): Bezogen auf Tims Situation bedeutet dies...

H zu Aufgabe 4
→ S. 168

2.2.5 Konsumrisiken – wie geraten Jugendliche in die Schuldenfalle?

Zum Thema: Manche Menschen wollen nicht warten, bis sie sich mithilfe ihres Einkommens endlich ihre Konsumwünsche erfüllen können. Sie leihen sich Geld, um sofort kaufen zu können. Ökonomen nennen das neutral „Gegenwartspräferenz“. Doch wie hoch sind die Kosten? Wann ist das in Ordnung, wann nicht? Wie kann man dadurch in die Schuldenfalle geraten? Darüber erfahrt ihr mehr in diesem Unterkapitel.

M17 Der Weg in die Schulden: Montagmorgen in der großen Pause...

Das Kredit-ABC
Der Geldgeber wird in der „Sprache der Kredite“ Kreditgeber oder **Gläubiger** genannt. Derjenige, der das Geld leiht, Kreditnehmer oder **Schuldner**. Dieser verpflichtet sich, dem Kreditgeber den geliehenen Betrag in einem bestimmten Zeitraum (**Tilgung**) zuzüglich **Zinsen** zurückzuzahlen Die Höhe der Zinsen bemisst sich dabei an der Zahlungsfähigkeit (**Bonität**) des Schuldners. Je unsicherer, desto höher der vom Kreditnehmer verlangte Zinssatz.

Filip benötigt dringend 20 Euro für eine Eintrittskarte zum Pokalspiel seiner Lieblingsmannschaft, welches am Dienstagabend stattfindet. Er möchte sich das Geld bei jemandem leihen und ist damit bereit, sich zu verschulden. Filip bekommt allerdings erst in einer Woche wieder Geld fürs Zeitungaustragen. Vielleicht kann ihm eines der sparsamen Mädchen aus der 8. Klasse seiner kleinen Schwester helfen? Filip verspricht eine pünktliche Rückzahlung und wäre auch bereit, dem Verleiher eine kleine Gegenleistung zu erbringen.

Xenia hat für diesen Monat bereits 40 Euro Taschengeld bekommen und noch nichts ausgegeben. Sie braucht das Geld auch erst am nächsten Samstag wieder, um mit Freunden in die Stadt zu gehen. Für sie wäre es daher kein Problem, das Geld bis zum Wochenende zu verleihen. Aber nur 15 Euro, denn sie will am Mittwoch noch ins Schülerkino. Filip aus der 10. Klasse kennt sie nur vom Sehen, aber seine Schwester geht in ihre Klasse. Als Gegenleistung hätte sie gerne ein Stück Kuchen beim freitäglichen Kuchenverkauf.

Bearbeiter

M18 Soll Yannick einen Kredit aufnehmen?

Yannick (18) macht gerade eine Ausbildung zum Fachinformatiker. Er spielt für sein Leben gerne MMORPG Computerspiele. Dafür braucht er aber dringend einen leistungsfähigeren Gaming-PC. Der kostet mindestens 2.000 Euro. Leider hat er momentan nichts gespart und seine Eltern wollen ihm dafür nichts leihen. Immerhin hat er einen groben Haushaltsplan gemacht und könnte sich eine Monatsrate von 100 Euro leisten. Sicherheiten kann er der Bank außer seiner Ausbildungsvergütung nicht anbieten, aber bisher hat er immer brav alle Rechnungen bezahlt.

Bearbeiter

M19 Die Konsumfalle – was junge Leute in die Schulden treibt

Im Jahre 2015 hatten 31 Prozent der 14- bis 24-Jährigen bereits einmal Schulden. Das ergab eine Umfrage […]. Außerdem würden sich Jugendliche und junge Erwachsene immer häufiger und auch immer mehr Geld leihen, von Freunden, den Eltern und sogar von der Bank. […] Folgende Produkte stehen nach […] benannter Umfrage an erster Stelle auf der Wunschliste und damit als Ursache für eine Jugendverschuldung:

- Technische Geräte,
- Autokauf,
- Lebensunterhalt,
- Kleidung und Schmuck,
- Essen und Trinken sowie
- Luxusgüter.

Interessengemeinschaft Sozialrecht e.V., www.schuldnerberatung.de, Jung – Dynamisch – Verschuldet, S. 4 f., Abruf am: 24.01.2019

Verschuldung ≠ Überschuldung
Verschuldet ist derjenige, der Schulden hat, weil er sich Geld geliehen hat. Bspw. zum Kauf einer Immobilie, in der man wohnen kann oder wenn eine Unternehmerin bzw. ein Unternehmer eine neue Fabrikhalle zur Ausweitung der Produktion bauen lässt. Auch Staaten und Kommunen machen Schulden, etwa zum Bau von Straßen oder Schulen. Reichen die Einnahmen aus, um den Kredit plus Zinsen zurückzuzahlen, so ist Verschuldung kein Problem.
Überschuldung hingegen bedeutet, dass die verfügbaren Einnahmen nicht mehr ausreichen, um die Lebenshaltung sowie Raten für die Schulden zu begleichen.

AUFGABEN

1. a) Xenia könnte Filip Geld für die Eintrittskarte leihen. Arbeitet die Probleme heraus, die dem entgegenstehen. Seht ihr eine Chance auf Einigung (**M17**)?
   b) Tauscht euch mit einem Partner aus: Habt ihr in der Vergangenheit bereits einmal Schulden gemacht? Wofür und bei wem? Würdet ihr euch wieder Geld leihen? Welche Probleme können dabei entstehen (für den Leihenden und den Verleiher)?
2. Recherchiert für Yannick online (→ Methodenglossar) und berechnet die Kreditkosten für einen Ratenkredit (Verbraucher-/Konsumentenkredit) anhand eines aktuellen Angebotes. Beurteilt (→ URTEILSKOMPETENZ) dann, ob er einen Kredit aufnehmen sollte (**M18**).
3. a) Erläutert die Hauptgefahren, die Jugendliche in die Verschuldung treibt (**M19**).
   b) Ergänzt anschließend mögliche weitere Ursachen und erstellt dazu ein Wandplakat (→ Methodenglossar) für euer Klassenzimmer, auf dem ihr diese visualisiert darstellt.
4. Erklärt mithilfe der **Randspalte auf S. 115**, wie aus Verschuldung Überschuldung wird.
5. Was haltet ihr davon, sich Geld zu leihen (Schulden zu machen), um sich einen Konsumwunsch leisten zu können? Erörtert mithilfe einer Fishbowl-Diskussion (→ Methodenglossar) sowohl diese Frage als auch ob es „gute" und „schlechte" Schulden gibt (**Randspalte S. 115**).
6. In Deutschland führt der Weg aus der Überschuldung über die Instrumente Schuldnerberatung und Privatinsolvenz. Informiert euch online (→ Methodenglossar) auf den Seiten der Verbraucherzentralen darüber und beurteilt (→ URTEILSKOMPETENZ) die Instrumente in Bezug auf Gläubiger (Geldgeber) und Schuldner (Kreditnehmer).

WAS WIR WISSEN

Einkommensquellen und Einkommensverwendung (→ M3-M5)

In diesem Kapitel standen der Umgang mit Geld und damit **ökonomische Konsumrisiken** im Mittelpunkt. Grundlegend ist dabei das Verständnis für **Salden** sowie Einnahmen und Ausgaben.

Um den Überblick über die eigenen Finanzen zu behalten, ist es ratsam, seine Ausgaben in einem Haushaltsbuch zu dokumentieren. Damit man besser mit seinem vorhandenen Geld auskommt oder wenn man eine teurere Anschaffung plant, hilft ein **Haushaltsplan (Einnahmen-Ausgaben-Rechnung)**, sich einen Überblick zu verschaffen, wie viel Geld einem im Monat zur Verfügung steht. Hier werden die Einnahmen den Ausgaben gegenübergestellt und so der aktuelle **Saldo** ermittelt.

Der Wirtschaftskreislauf als Modell (→ M7, M8)

Um die vielschichtigen Vorgänge in einer Volkswirtschaft besser verstehen zu können, werden die Abläufe in Modellen einfacher dargestellt, als sie in Wirklichkeit sind. Im **einfachen Wirtschaftskreislauf** werden dazu die verschiedenen Wirtschaftsakteure zu den **Sektoren** private Haushalte und Unternehmen zusammengefasst und die wesentlichen Tauschvorgänge zwischen ihnen als **Geld- und Güterströme** dargestellt. Im **erweiterten Wirtschaftskreislauf** kommen die Akteure Staat, Banken und Ausland hinzu. Damit kann man auch Einkommensquellen und Möglichkeiten der Einkommensverwendung beschreiben.

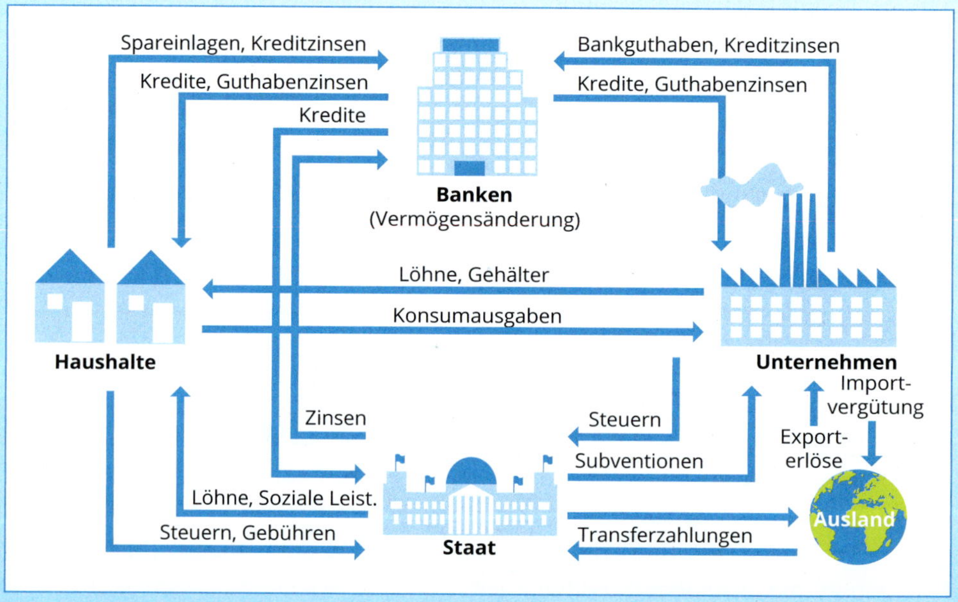

Nach: Udo Schmitz/Bernd Weidtmann, Handbuch der Volkswirtschaftslehre, Stuttgart 2000, S. 66 f.

H **zu Transferzahlungen**
→ S. 168

Die grundlegende Entscheidung: Konsumieren oder Sparen (··→ M9-M11)

Sparen oder **Konsumieren** sind individuelle Entscheidungen. Die entscheidende Frage ist die Dringlichkeit der Bedürfnisse bzw. die individuellen Präferenzen. Ist der gegenwärtige Konsumwunsch stärker oder der Wunsch, sich Bedürfnisse in der Zukunft zu erfüllen und zu sparen? Dabei gibt es aber einen Zusammenhang zwischen Sparen und Verschuldung, denn beide Marktteilnehmer brauchen einander:

Marktteilnehmer 1 = Kreditgeber (Gläubiger)	Marktteilnehmer 2 = Kreditnehmer (Schuldner)
Spart, verleiht sein Geld und verzichtet auf gegenwärtigen Konsum.	Kann sich mit dem geliehenen Geld des Sparers gegenwärtigen Konsum finanzieren, muss dann aber „nachträglich Sparen", um das geliehene Geld zurückzuzahlen.

An **Sparzielen** unterscheidet man: **Vorsorgesparen** (z. B. für Reparaturen), **Zwecksparen** (z. B. für ein neues Smartphone) und **Vermögensbildungssparen** (z. B. für die Rente).

Sparen: Geld anlegen (··→ M12-M15)

Falls Geld gespart wird, so stehen die drei **Anlageziele Risiko**, **Rendite** und **Verfügbarkeit** in einem Spannungsverhältnis zueinander (**magisches Dreieck der Geldanlage**): Hohe Renditen bedeuten hohes Risiko. Geringes Risiko bedeutet niedrigere Rendite. Kurzfristige Verfügbarkeit bedeutet niedrigere Rendite. Langfristige Bindung bedeutet höhere Rendite. Hinzu kommen auch **ethisch-nachhaltige Werteaspekte** von Geldanlagen. Was die **Anlageformen** angeht, so gibt es viele verschiedene mit unterschiedlichem Risiko-Rendite-Verfügbarkeitsprofil. Es gibt nicht die beste Anlageform. Sie muss zum jeweiligen Ziel und zum eigenen Risiko passen. Es empfiehlt sich eine **Mischung verschiedener Anlageformen**, um das **Risiko** zu **streuen**. Vorsicht ist auch bei der Bankberatung angebracht. Denn Bankberater sind Verkäufer. **Gesetzliche Regelungen zum Anlegerschutz** und sich selbst gut zu informieren, können hier helfen.

Verschuldung und das Problem der Überschuldung (··→ M17-M19)

Will man sich Konsumwünsche sofort erfüllen, kann sie aber nicht aus dem laufenden Einkommen oder Ersparnissen finanzieren, so ist die **Kreditaufnahme** eine Option. Dann muss man allerdings „nachträglich sparen", da man dem Kreditgeber monatlich **Zins** und **Tilgung** schuldet. Je nach **Kreditwürdigkeit (Bonität)** kann das eine teure Angelegenheit werden, da die Rückzahlungssumme (deutlich) höher sein kann. Manchmal bekommt man auch gar keinen Kredit. Man sollte jede Kreditaufnahme kritisch prüfen und sicherstellen, dass man sich die Kreditraten auch leisten kann (**Haushaltsplan**).

Verschuldung:		Überschuldung:
Normaler Vorgang etwa zum Immobilienkauf oder für Investitionen, die man in absehbarer Zeit tilgen kann.	⟷	Kritischer Vorgang, da die verfügbaren Einnahmen nicht mehr ausreichen, um die Kreditraten zu begleichen.

Wie andere wirtschaften – der passende Haushaltsplan zur Lebenssituation?

Levin (18) ist ein Fußballstar, zumindest in seiner Stadt. Fürs Abitur hat es nicht gereicht, aber ein Drei-Jahres-Vertrag zunächst noch für die Reservemannschaft eines Bundesligisten ist frisch unterschrieben. Er verdient jetzt plötzlich sensationelle 10.000 Euro netto (→ Randspalte S. 106) pro Monat. Der Hauptsponsor des Vereins hat ihn zusätzlich als Markenbotschafter engagiert und zahlt ihm 500 Euro pro Monat für Auftritte in der Region.

Levin

Levin hat sich bereits eine Penthouse-Wohnung in zentraler Lage gemietet. Die kostet stolze 4.500 Euro pro Monat, aber das gönnt er sich jetzt. Für seinen neuen Sportwagen werden 3.000 Euro Leasingrate pro Monat fällig. Für seine Urlaube und Kurztrips gibt Levin monatlich 1.000 Euro aus. Für Kleidung und Schuhe nochmal 1.000 Euro. Lebensmittel kauft er für 400 Euro und fürs Essen gehen mit seiner Freundin fallen nochmal 500 Euro an. Der Promi-Frisör schlägt mit 150 Euro pro Monat zu Buche, denn die Frisur muss sitzen. Unterhaltungselektronik kauft sich Levin auch sehr gerne, dafür werden 250 Euro fällig.
Wünsche hat er noch mehr als genug, aber manchmal schmerzt ihn das leicht lädierte linke Kreuzband. Seit nun sogar einige seiner Fußballidole im Fernsehen fürs Sparen werben, möchte auch Levin schon heute an morgen denken und von nun an 500 Euro pro Monat als Altersvorsorge auf die hohe Kante legen.

Bearbeiter

AUFGABE

Kann sich Levin seinen Konsumwunsch erfüllen?

a) Stellt in Partnerarbeit seinen Haushaltsplan auf (Monatszeitraum).
b) Tauscht euch dann mit einer anderen Zweiergruppe aus und vergleicht eure Ergebnisse (insbesondere die Salden mit und ohne Levins Ziel).
c) Beurteilt (→ URTEILSKOMPETENZ) nun in eurer Vierergruppe, ob der Plan zu Levins Lebenssituation passt und was evtl. in Bezug auf sein Ziel verändert werden sollte.

2.3 Konsum unter der Lupe

2.3.1 Was bestimmt unsere Kaufentscheidung?

Zum Thema: Im Unterkapitel 2.1.1 habt ihr euch mit dem „Hype“ um Primark bereits mit ersten Einflussfaktoren auf euer Konsumverhalten befasst. In diesem Unterkapitel werdet ihr die spannenden Fragen, warum wir kaufen und was bei unseren Konsumentscheidungen eine Rolle spielt, noch etwas genauer unter die Lupe zu nehmen.

M1 Eure Kaufentscheidung

WELCHES T-SHIRT SOLL ES SEIN?		
Günstigmark Basic Rundhals-T-Shirt	**trigema Rundhals-T-Shirt aus 100 % Bio-Baumwolle**	**Exklusivmark Basic Rundhals-T-Shirt**

2,50 €	29 €	39,90 €
Produziert in Bangladesch	Produziert in Deutschland	Produziert in China

Bearbeiter

M2 Warum kaufen wir?

Die Grundlage jeglichen Kaufs sind individuelle Bedürfnisse, die durch den Kauf befriedigt werden sollen. Bedürfnisse können nur befriedigt werden, wenn dafür ausreichend Mittel, meist in Form von Geld, zur Verfügung stehen. Der Konsument kann und muss dabei abwägen (Opportunitätskosten). Sind jedoch die **Grundbedürfnisse** befriedigt und es ist noch Geld übrig, verfügt ein Konsument über ein bestimmtes Budget für den Konsum. Teure Markenlaufschuhe kann sich nur leisten, wer genügend Geld übrig hat oder bereit ist, dafür mehr Geld auszugeben. Wer nur ca. 30 Euro für Sportschuhe ausgeben kann (Budgetgrenze), kann sich keine teuren Markenschuhe kaufen. Wer 180 Euro zur Verfügung hat, muss sich überlegen, ob es seinen Bedürfnissen entspricht, sein gesamtes Budget für die Markenschuhe auszugeben. Hier wird

Umfrage unter Adidas-Kunden in Deutschland zum Vorrang von Markenbewusstsein oder Preisbewusstsein beim Kauf von Sportschuhen
Im Jahr 2017 achteten rund 61,8 Prozent der Adidas-Käufer (Sportbekleidung, Badebekleidung oder Sportschuhe) beim Kauf von Sportschuhen eher auf die Marke als auf den Preis. [...] Basis der Erhebung ist jeweils die deutschsprachige Bevölkerung ab 14 Jahren.
© Statista 2018; Quelle: VuMA

Peergroup
Gruppe mit Personen gleichen Alters oder Status

die große Bedeutung des Preises deutlich. Der Preis des Sportschuhs und damit das Angebot werden maßgeblich durch die Produktionskosten und den zu erzielenden Gewinn des Herstellers bestimmt. In die Produktionskosten fließen die Kosten für die Produktionsfaktoren ein, wozu u. a. die Arbeits- und Materialkosten zählen. Manche Konsumenten kaufen aber auch aus **Gewohnheit** immer dieselbe Marke. Da sich mit dem Markenkauf häufig die Vorstellungen von Qualität (**Qualitätsvermutung**) und den neuesten Modetrends verbinden, können diese Bedürfnisse beim Kauf befriedigt werden. Der Kauf von Markenartikel ist jedoch auch häufig ein **Prestige**kauf. Konsumenten hoffen mit einem Produkt an **Attraktivität** zu gewinnen, denn Kaufentscheidungen werden stark vom sozialen Umfeld bestimmt, z. B. von Freunden, der Peergroup, Eltern oder Geschwistern. Markenschuhe zu kaufen, kann in einer Clique, die nur Markenschuhe trägt, angesagt sein, um das **Zugehörigkeitsgefühl** zu stärken. Nach einer Jugendstudie des Deutschen Jugendinstituts (DJI) in München kaufen 8 Prozent der Jugendlichen Dinge, um bei Freunden Eindruck zu machen, 19 Prozent achten darauf, dass die Güter, die sie kaufen, auch von Freunden positiv bewertet werden. Für 27 Prozent sind Konsumartikel Mittel zur Selbstdarstellung, 38 Prozent wollen stets über Produkte und Marken auf dem Laufenden sein, 43 Prozent bevorzugen Markenprodukte. Das soziale Umfeld ist auch eng verbunden mit dem **Lebensstil**, welcher nicht zuletzt durch das verfügbare Einkommen geprägt wird. Manche Konsumenten setzen aber dabei auch gezielt auf **Abgrenzung**, sie kaufen Luxusprodukte, die sich nicht jeder leisten kann, als Statussymbole, um sich gezielt von anderen Menschen abzugrenzen. Allen Konsumenten ist jedoch gemeinsam, dass beim Kaufen zumindest kurzfristig **Glückshormone** freigesetzt werden können.

Bearbeiter

M3 Prägt der Lebensstil den Kauf?

1

Die familien- und heimatorientierten Bodenständigen mit Traditionsbewusstsein und Verantwortungsethik haben den Wunsch an der bewährten gesellschaftlichen Ordnung festzuhalten; [...] haben eine geringe Lifestyle-Affinität und Konsumneigung und kein Interesse, sich über Äußerlichkeiten zu profilieren; [...] stellen die Erwachsenenwelt nicht infrage.

Affinität
Nähe

profilieren
auffallen, sich abheben

2

Die freizeitorientierte Unterschicht mit ausgeprägten markenbewussten Konsumwünschen sind sehr konsum- und markenorientiert: Kleidung, Schuhe und Modeschmuck sind ihnen äußerst wichtig, weil sie Anerkennung in ihren Peer-Kontexten garantieren; [...] möchten Spaß und ein „gechilltes Leben" haben; Shoppen, Party und Urlaub gelten als die coolsten Sachen der Welt.

3 **Die um Orientierung und Teilhabe bemühten Jugendlichen mit schwierigen Startvoraussetzungen und Durchbeißermentalität** haben von allen Jugendlichen die schwierigsten Startvoraussetzungen (meist bildungsfernes Elternhaus, häufig Erwerbslosigkeit der Eltern, Familieneinkommen an oder unterhalb der Armutsgrenze etc.); [...] haben eine eher geringe Affinität zum Lifestyle-Markt.

4 **Die erfolgs- und lifestyle-orientierten Networker** sehen sich selbst als urbane, kosmopolitische „Hipster"; bezeichnen sich als interessant, einzigartig, eloquent [= redegewandt] und stilsicher; möchten sich von der „grauen Masse abheben"; haben ein ausgeprägtes Marken- und Trendbewusstsein.

urbane, kosmopolitische Hipster
Personen, die dem eigenen Verständnis nach wissen, was angesagt ist und sich äußerlich bewusst städtisch und weltoffen präsentieren.

5 **Die nachhaltigkeits- und gemeinwohlorientierten Jugendlichen mit sozialkritischer Grundhaltung und Offenheit für alternative Lebensentwürfe** betonen Demokratie, Gerechtigkeit, Umweltschutz und Nachhaltigkeit als zentrale Pfeiler ihres Wertegerüsts; sind sehr [...] am Gemeinwohl orientiert; [...] distanzieren sich von materialistischen Werten; halten Verzicht nicht für einen Zwang, sondern für ein Gebot; kritisieren die Überflussgesellschaft.

Marc Calmbach u. a., Wie ticken Jugendliche? Lebenswelten von Jugendlichen im Alter von 14 bis 17 Jahren in Deutschland, 2016

M4 Wie wichtig ist die Marke?

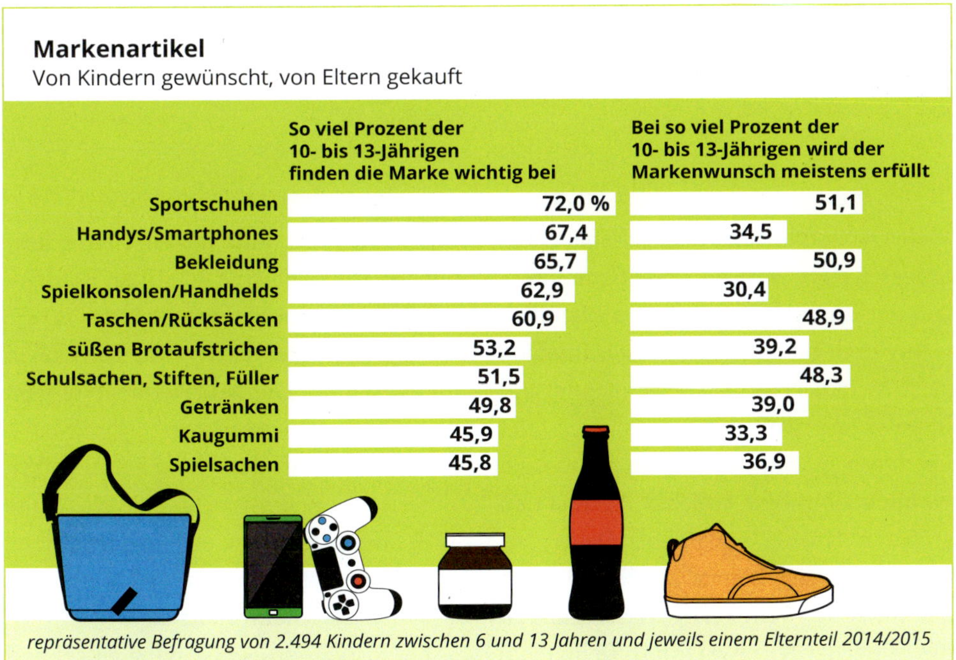

Globus-Grafik 10464; Quelle: Egmont Ehapa Media (KidsVA)

M5 Klüger einkaufen mithilfe einer Nutzwertanalyse?

Lesehilfe zur Tabelle
Ein T-Shirt mit dem Preis 2,50 Euro würde wohl 5 von 5 möglichen Punkten für das Kriterium Preis erhalten. Nun müsst ihr die 5 Punkte mit der Gewichtung multiplizieren. Bei einer Gewichtung des Preises von z. B. 20 %: 5 x 20 = 100 Punkte für den Preis. Die maximale Gesamtpunktzahl wäre dann logischerweise 500 Punkte für 100 %, was aber wohl kein T-Shirt erreichen wird.

WELCHES T-SHIRT SOLL ES SEIN?

Kriterium	**Gewichtung in %**	**T-Shirt 1**		**T-Shirt 2**	
a	b	c		d	
Preis		Punkte (1-5)	Ergebnis (Punkte x Gewichtung)	Punkte (1-5)	Ergebnis (Punkte x Gewichtung)
Qualität		Punkte (1-5)	Ergebnis (Punkte x Gewichtung)	Punkte (1-5)	Ergebnis (Punkte x Gewichtung)
Umweltaspekte (Nachhaltigkeit)		Punkte (1-5)		Punkte (1-5)	
Marke (Image)		Punkte (1-5)		Punkte (1-5)	
Sonstige Vorteile (Design des T-Shirts, modische Aspekte)		Punkte (1-5)		Punkte (1-5)	
Gesamtpunktzahl	100 %		500 maximal		

Viele Ökonomen sind eher rationale Zeitgenossen. Sie kennen das Grundproblem der Knappheit und mögen klare Kriterien und gut geplante Entscheidungen auch bei Anschaffungen. Fehlkäufe und Impulskäufe wollen sie vermeiden und überlegen genau, ob sich ein Kauf auch wirklich lohnt bzw. welches Produkt den größeren Nutzen verspricht. Daher lernen Ökonomen bereits zu Beginn ihres Studiums der Wirtschaftswissenschaften das Mittel der **Nutzwertanalyse** (manchmal auch als Punktebewertungsverfahren bezeichnet) als Entscheidungshilfe kennen. So lässt sich eine komplexe Kaufentscheidung ökonomisch begründen sowie systematisch und nachvollziehbar planen und gestalten. Die Nutzwertanalyse geht dabei in vier Schritten vor:

1. Bestimmung der Entscheidungskriterien (z. B. Preis, Qualität etc. siehe Spalte a und hier auf 5 wesentliche Kriterien beschränkt. Es empfiehlt sich stets, nicht mehr als 3-5 Kriterien zu wählen, sonst wird es schnell unübersichtlich).

Impulskauf
spontaner Kauf

2. Bewertung/Bepunktung der verschiedenen Alternativen (T-Shirt 1 siehe Spalte c, T-Shirt 2 siehe Spalte d; ein günstiges T-Shirt erhält z. B. beim Preis vermutlich 5 Punkte, ein sehr teures 1 Punkt).
3. Gewichtung der Entscheidungskriterien (Spalte b; hier einen Prozentwert festlegen; ist z. B. euer Budget knapp, wird wohl der Preis die höchste Gewichtung erhalten).
4. Berechnung der Gesamtpunktzahl und Auswahl der optimalen Alternative (hier müsst ihr nun die im 2. Schritt vergebenen Punkte mit der im 3. Schritt festgelegten Gewichtung multiplizieren und dann per Addition das Gesamtergebnis berechnen; mehr dazu in der Lesehilfe in der Randspalte neben der Tabelle auf S. 122).

Wie immer im Leben gab es auch Ökonomen, die vor lauter Begeisterung über das Ziel hinausschossen. Manche versuchten sogar vor der Entscheidung für oder gegen eine Hochzeit, eine Nutzwertanalyse vorzunehmen. Vielleicht – trotz zunehmender Beliebtheit von Online-Partnervermittlungen mithilfe von nüchternen Formeln – eher keine so empfehlenswerte Idee in Ländern mit romantischen Vorstellungen von Liebe und Partnerschaft.

Hinweis:
1 Punkt = schwach; 5 Punkte = sehr stark beim jeweiligen Kriterium

Bearbeiter

AUFGABEN

1. a) Fast Fashion, Made in Germany aus umweltfreundlicher Bio-Baumwolle oder bekannte Marke (**M1**)? Begründet, für welche Option ihr euch entscheidet.
   b) Sammelt anschließend in der Klasse eure Argumente.
2. Erklärt am Beispiel von T-Shirts, welche Faktoren (**M2**) den Kauf bestimmen und beeinflussen können.
3. a) Ordnet den in **M3** aufgeführten Lebensstilen jeweils begründet zu, welches T-Shirt aus **M1** vermutlich gekauft werden würde.
   b) Informiert euch online (→ Methodenglossar) über die Sinus-Milieus der jugendlichen Lebenswelten. Erörtert, was solchen Milieu-Zuordnungen wie in **M3** bringen und wo die Grenzen oder Gefahren liegen.
4. a) Analysiert (→ Methodenglossar) die Grafik **M4**.
   b) Wie wichtig ist euch die Marke bei verschiedenen Artikeln? Überprüft einige eurer Kaufentscheidungen der letzten Zeit im Hinblick darauf.
5. a) Führt eine Nutzwertanalyse (**M5**) für zwei Konkurrenzprodukte eurer Wahl durch.
   b) Beurteilt (→ URTEILSKOMPETENZ) Nutzen und Grenzen eines solchen Vorgehens. Für wie realistisch haltet ihr solch ein Vorgehen?

F zu Aufgabe 1a)
Ergänzt in diesem Zusammenhang die Bedeutung von Werbung und Marke.

H zu Aufgabe 4
→ S. 168

2.3.2 Bestimmt Werbung unseren Kaufwunsch und unsere Kaufentscheidung?

Zum Thema: Im Alltag ist es nicht immer möglich, rationale Entscheidungen zu treffen. Werbung, die gezielte Beeinflussung durch Produkthersteller und den Handel um euch zum Kauf zu bewegen, erschwert euch das noch zusätzlich. Offensichtlich scheint es einigen Firmen gelungen zu sein, ihre Werbeslogans in eurem Gedächtnis verankert zu haben. Doch wie wirkt Werbung eigentlich konkret und was ist davon zu halten? Dies erfahrt ihr im folgenden Unterkapitel.

M6 Werbung über Social Media

GÜNSTIGMARK BESTÄTIGT

6 MIO. ABONNENTEN

» Profil ansehen

Mehr auf Instagram ansehen

Gefällt 35.749 Mal

GUENSTIGMARK KNOWS how to do Valentine's right – Jacket £11/€13, Blouse £7/€9, Skirt £6/€8 (Available in: GB GE BEN LAT) #guenstigmark #womenswear #dress

Bearbeiter

M7 Werbung analysieren

Bei der Analyse von Werbung und Werbewirkung solltet ihr euch folgende Fragen stellen:

- Welches Produkt wird beworben?
- Wie wird das Produkt präsentiert (Personen, Text, Farben, Aufmachung, Gestaltung)?
- Wo wird das Produkt präsentiert (Anzeigen, Plakat, Online, Social Media)?
- Welche Zielgruppe soll das Bild ansprechen?
- Welche Bedürfnisse und Gefühle werden angesprochen?
- Wie wird eure Aufmerksamkeit oder die Neugier des Kunden geweckt?
- Welche Ansprache/Sprache wurde gewählt?
- Wie lautet die Werbebotschaft, die vermittelt werden soll?
- Spricht euch die Werbung an?

Oft verwendet Werbung das **AIDA-Prinzip:**

Es besteht aus vier Stufen, die der Kunde durchlaufen sollte, um dann auch zu Kaufen.

1. **A (Attention):** Wahrnehmung eines Produktes;
2. **I (Interest):** Steigerung des Interesses am Produkt;
3. **D (Desire):** Eine positive Einstellung und ein Verlangen (engl. desire) nach dem Produkt erzeugen;
4. **A (Action):** Zur Handlung, zum Kauf und zur Verwendung des Produktes bewegen.

Bearbeiter

M8 Product Placement: Schminktipps auf Youtube

Product Placement
[= Produktplatzierung] Produkte, Dienstleistungen oder Logos werden gegen entsprechendes Entgelt bspw. bei TV-Sendungen oder Kinofilmen in die Handlung integriert und gut sichtbar in die Kamera gezeigt.

Im Internet [...] kennen ihre Fans sie unter den Namen Dagi Bee und Bibi. [...] [Sie] zeigen in den wenige Minuten langen Filmen, wie sie morgens vor dem Spiegel stehen und sich schminken – und wie sie sich abends wieder abschminken. [...] Viele junge Mädchen zwischen 10 und 16 Jahren sehen sich die Videos von Dagi Bee und Bibi an. Oft werden sie innerhalb einer Woche jeweils über eine Million Mal angeklickt. [...] Bibi, Dagi Bee und andere Youtuber machen das nicht nur zum Spaß. Sie verdienen viel Geld mit ihren Videos. Das ist erst einmal ganz normal. Auch Zeitungen und Fernsehsender wollen Geld verdienen. Deshalb zeigen sie Werbung auf ihren Seiten oder in Werbepausen. Die muss jedoch deutlich als Werbung zu erkennen sein, das ist vorgeschrieben. In den Videos von Bibi gibt es auch Werbung. Nur ist das meist nicht leicht zu erkennen. Wenn Bibi sich in einem Video schminkt, lobt sie die Marke des Lippenstifts. Sie hält ihn in die Kamera, damit man ihn gut sehen kann. In dem Video wird dann ein Satz eingeblendet: „Unterstützt durch Produktplatzierungen". Das heißt, dass Bibi von der Lippenstift-Firma Geld bekommt. Aber das wissen viele Fans nicht. Nur den Lippenstift wollen sie haben. Denn durch ihre coole und lustige Art ist Bibi so etwas wie eine Freundin aus dem Internet. Und ein Vorbild. [...] Also kaufen sie sich mit ihrem Taschengeld all die Dinge, die Bibi empfiehlt. [...] Doch für Bibi sind die Empfehlungen nicht bloß ein Freundschaftsdienst, sondern ein riesengroßes Geschäft. [...] In Drogerie-Geschäften gibt es mittlerweile auch einen Bibi-Duschschaum zu kaufen, in Elektronikmärkten ein Bibi-Handy. Bibi erlaubt den Herstellern, ihren Namen und ihr Gesicht für die Produkte zu benutzen. Wie viel sie damit verdient, weiß man nicht. Denn über Geld spricht Bibi in ihren Videos nicht.

Bianca Claßen (geb. 1993) alias „Bibi" ist die Betreiberin des deutschen Youtube-Kanals BibisBeautyPalace. Hier präsentiert sie ihre Einkäufe, gibt Mode- und Stylingtipps und reist für einen Reiseveranstalter durch die Welt.

Christoph Dorner, Süddeutsche Zeitung, Youtube-Stars – Kohle und Kajal, 11.01.2016

M9 Verkaufstricks im Supermarkt: Verlockungen an jeder Ecke

Trick 1 – Gratis-Kostprobe: Bekommen wir im Supermarkt etwas geschenkt, fühlen wir uns geschmeichelt und verpflichtet, dem netten Verkäufer etwas zurück zu geben. Wenn wir im Supermarkt also beispielsweise kostenlos Kaffee,

Wo liegt was im Regal?
Die Warenplatzierung ist im Supermarkt überhaupt kein Zufall: Damit die Kunden möglichst viel ausgeben, werden teure Markenartikel in der Sichtzone auf Augenhöhe oder der leicht erreichbaren Greifzone platziert. Preiswerte Alltagsartikel oder Eigenmarken derselben Sorte dagegen in der Bück- oder Reckzone. Schaut euch ein Regal bei eurem nächsten Einkauf mal genauer an: „bücken" oder „recken" lohnen sich. An der Kasse gibt es noch die „Quengelzone". Eure Eltern kennen die nur allzu gut:

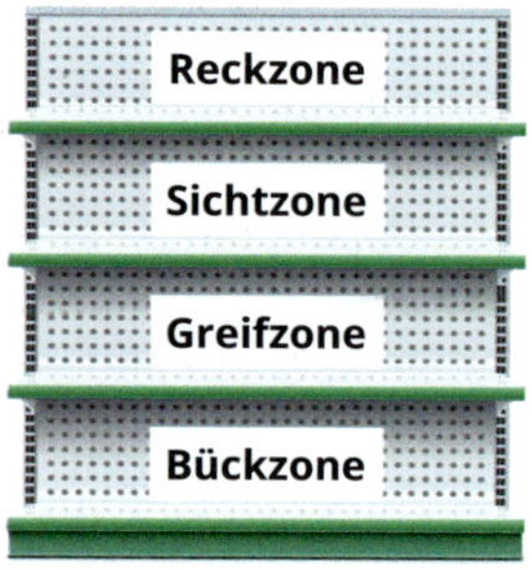

Ananas oder Käsehäppchen probieren dürfen, geschieht dies nicht nur aus Nettigkeit der Supermarktbetreiber, sondern weil sie uns zum Kauf animieren wollen. Wir hätten ein schlechtes Gewissen, wenn wir unserem Gegenüber nicht auch etwas Gutes tun würden und kaufen der Dame oder dem Herrn am Probierstand eine Packung Kaffee, Käse oder eine Ananas ab. Schon sind wir in die Falle getappt.

Trick 2 – Kombi-Platzierung: Soßen und Wein neben den Nudeln und schon hat man mit ein paar Handgriffen ein ganzes Gericht beisammen. Im ersten Moment erscheint dies praktisch. Doch oft geht dies zu Lasten unseres Geldbeutels. Wir greifen unbewusst zu und vergleichen nicht mehr, ob es woanders im Markt noch günstigere Soßen oder einen günstigeren Wein gibt.

Trick 3 – Paletten: Bei gestapelter Ware haben wir Kunden das Gefühl, dass sie preisgünstig sein muss. Doch oft sind die Produkte gar nicht im Angebot. Also Augen auf und Preise vergleichen.

Trick 4 – Auffällige Preisschilder: Wenn wir etwas vermeintlich Günstiges sehen, setzt unser Verstand aus. Je größer die Preisangabe, desto preisgünstiger empfinden wir ein Angebot. Auch mit der Farbe Rot verbinden wir einen besonders günstigen Preis. Vorsicht auch vor Reizworten wie „Sonderangebot", „Abholpreis" oder „Empfehlung". All das sind Tricks, um die Kunden zum Kauf zu verführen. Der objektive Preis tritt in den Hintergrund.

Trick 5 – Laufrichtung: Die Mehrheit der Menschen hat einen Hang zum Linkskreisen. Die Laufwege vieler Supermärkte sind deshalb gegen den Uhrzeigersinn aufgebaut. Wir fühlen uns wohler und kaufen dadurch mehr.

Trick 6 – Licht: Ein blasses Lebensmittel erscheint uns fader als ein leuchtendes. Viele Supermärkte verwenden deshalb Farben und Licht, um bestimmte Waren besonders schmackhaft aussehen zu lassen. Käse wird gelblich angestrahlt, Fleisch mit rotem Licht und beim Fisch wird häufig bläuliches Licht benutzt. Das macht Appetit und Lust, die Produkte zu kaufen.

Trick 7 – Einkaufswagen: Ein Einkaufswagen ist bequem, doch er verführt uns auch dazu mehr zu kaufen. Ein leerer Einkaufswagen setzt uns unbewusst unter Kaufdruck. Wir haben immer das Gefühl, noch etwas vergessen zu haben und sind animiert, den Wagen zu füllen. Auch der schräge Boden dient nicht nur dazu, dass sich die Einkaufswagen platzsparend ineinander schieben lassen. Die Waren rollen auf dem schrägen Boden in Richtung des Kunden und damit aus seinem Blickfeld. Wer sich nicht so sehr verführen lassen möchte, sollte also besser zum Einkaufskorb greifen.

Trick 8 – Musik: Die Hintergrundmusik im Supermarkt soll uns in eine angenehme Stimmung versetzen. Die optimale Musik hat 72 Taktschläge pro Minute. Dies entspricht unserem Ruhepuls und bewirkt, dass wir unsere Einkaufsgeschwindigkeit drosseln. Dadurch betrachten wir die Produkte länger und kaufen mehr.

© BR/DasErste.de, www.daserste.de, Verkaufstricks im Supermarkt – Verlockungen an jeder Ecke, 24.11.2014

AUFGABEN

1. Analysiert das an eine Original-Instagram-Primark-Werbung angelehnte Material **M6** mithilfe der in **M7** genannten Fragen.
2. Schaut euch auf Youtube eines der „Haul"-Videos von Primark an. Analysiert, mit welchen Mitteln hier Youtuberinnen versuchen, Jugendliche zum Kauf zu verleiten.
3. Der Werbeslogan-Check:
   a) Notiert eine Minute lang alle Werbeslogans, die euch einfallen.
   b) Tauscht euch anschließend mit einer Partnerin oder einem Partner aus und vergleicht eure Ergebnisse.
   c) Analysiert, warum und wie es einigen Firmen gelungen zu sein scheint, dass ihr euch ausgerechnet an diese Slogans erinnert habt.
4. Bringt Werbeanzeigen aus Zeitungen und Zeitschriften in den Unterricht mit:
   a) Analysiert die mitgebrachten Anzeigen mithilfe von **M7**.
   b) Beurteilt (→ URTEILSKOMPETENZ) die Wirksamkeit der Anzeigen auf euch und die mögliche Zielgruppe.
5. Neben klassischer Werbung wird Onlinewerbung immer wichtiger:
   a) Erläutert anhand von **M8**, wie diese Art der Werbung funktioniert.
   b) Beurteilt (→ URTEILSKOMPETENZ) die Wirksamkeit und die Gefahren solcher Werbeformen für euch als Konsumenten.
6. a) Erstellt eine Mindmap (→ Methodenglossar) und arbeitet aus **M9** sowie der **Randspalte auf S. 126** die Verkaufstricks der Supermärkte heraus.
   b) Arbeitet im Think-Pair-Share-Verfahren (→ Methodenglossar): Entwickelt für einen kritischen Verbraucher ausgehend von **M9** eine Liste mit Ratschlägen für den überlegten Einkauf im Supermarkt.
7. Diskutiert in eurer Klasse wie es angesichts von Werbung, Product Placement (**Randspalte S. 125**) und Einkaufsfallen um die Konsumentensouveränität (**Randspalte S. 127**) steht.

Konsumenten-souveränität
Die Annahme, dass die Verbraucherinnen und Verbraucher allein durch ihre Käufe die Produktion und das Angebot steuern – sozusagen als „Stimmabgabe" an der Kasse – und ihre Entscheidungen rational und informiert treffen können.

Mit dem Smartphone einen Werbespot drehen

I. Worum geht es?

Werbespots sind in der Regel 30 Sekunden dauernde Filme, die ein bestimmtes Produkt in ein besonders positives Licht rücken, um es für die Konsumenten attraktiv und begehrenswert erscheinen zu lassen. Mithilfe eines Werbespots sollen die Konsumenten über das Produkt informiert und zum Kauf motiviert werden. Weiter zielt ein Werbespot darauf ab, die Konsumenten in ihrer Kaufentscheidung zu bestärken und gleichzeitig so zu unterhalten, dass „wegzappen" verhindert wird.

Aufgabe

Durch eure Werbeanalyse aus Unterkapitel 2.3.2 kennt ihr bereits zentrale Kriterien funktionierender Werbung. Entwickelt in Gruppen in einem von eurer Lehrkraft zu bestimmenden Zeitraum einen eigenen Werbespot zu einem Produkt aus eurem Alltag. Führt euch anschließend die selbst gedrehten Werbespots gegenseitig vor und entlarvt die jeweils verwendeten Tricks und Prinzipien, um die Aufmerksamkeit der Konsumenten zu gewinnen.

II. Geht dabei so vor:

1. Schritt: Planung und Vorbereitung

- Wenn ihr euch für ein bestimmtes Produkt entschieden habt, welches ihr bewerben möchtet, solltet ihr zunächst schriftlich festhalten, was ihr alles benötigt, um „eure Geschichte" erzählen zu können.
- Für euren Werbespot kann es hilfreich sein, wenn ihr eure Ideen zunächst durch eine Reihe von Bildern mit Anmerkungen darstellt, so wie bei einem Comicbuch.
- Der Drehort eures Werbespots muss frühzeitig vorbereitet werden. Innenbereiche sind für den Dreh oft sicherer, da ihr die Umgebung, das Licht und die Nebengeräusche besser kontrollieren könnt. Wenn ihr draußen filmt, habt ihr es hingegen bspw. mit der allgemeinen Öffentlichkeit, dem Sonnenlicht und Verzögerungen aufgrund des Wetters zu tun.
- Klärt, wer von euch welche Rolle(n) innerhalb der Filmcrew federführend übernimmt:
  a) Der Regisseur gibt dem Kameramann und den Darstellern Hilfestellungen und Hinweise. Er achtet bspw. darauf, dass der Kameramann bei der Kameraführung bzw. beim Filmen mit dem Smartphone nicht über ein Hindernis stolpert oder gibt den Darstellern Handzeichen, wenn deren Einsatz bevorsteht.
  b) Darsteller: Je mehr Personen das Produkt im Werbespot aktiv bewerben, desto mehr Arbeit habt ihr. Versucht also, so wenig Darsteller wie möglich in den Werbespot einzubinden. Am besten nur ein bis zwei Personen.
  c) Filmeditor: Wenn ihr alle Szenen abgedreht habt, gilt es, die Rohfassung eures Werbespots zu bearbeiten. Die einzelnen Szenen müssen evtl.

gekürzt oder zusammengeschnitten werden. Unterschiedliche Filter bzw. Helligkeitsstufen oder Effekte wie Zeitlupen bzw. Zoom etc. können euren Werbespot unter Umständen noch interessanter machen.

2. Schritt: Zielbestimmung

- Fragt euch, was die Konsumenten wissen sollen, nachdem sie euren Werbespot gesehen haben. Was möchtet ihr durch euren Werbespot erreichen?
- Konzentriert euch dabei auf ein oder zwei Punkte des Produkts, das ihr „verkaufen" möchtet.
- Die besten Werbespots sind lustig, einprägsam und interessant. Denkt euch daher in Form eines einprägsamen Spruchs oder Reims einen Werbeslogan für euer Produkt aus.
- Je besser euch der Werbeslogan gelingt, desto stärker wird er sich in den Köpfen der Konsumenten festsetzen und in ständiger Erinnerung bleiben.
- Wenn ihr euren Werbespot dreht, dann versucht nicht, die Werbung bekannter Unternehmen zu kopieren. Eure Werbespots sollen kreativ und einzigartig sein, um dadurch einen eigenen Charme bzw. Charakter zu entwickeln.

3. Schritt: Der Werbespotdreh – Dreh- und Schnitttechniken

Mithilfe des folgenden Medien- bzw. QR-Codes könnt ihr in Form von kurzen Erklärfilmen auf gebündelte Informationen zu den Themen

- Grundlagen beim Filmen • Drehen mit dem Smartphone
- Tricks für spannende Bilder • Tipps für guten Ton
- Zubehör fürs Smartphone • Die Vorbereitungen vor dem Schnitt sowie
- Effekte und Blenden beim Schnitt

zugreifen:

Mediencode: 71070-11

Weitere allgemeine Praxistipps für das Drehen eigener Filme findet ihr über den folgenden Medien- bzw. QR-Code:

Mediencode: 71070-12

Nach: wikiHow, https://de.wikihow.com, Einen Werbespot drehen, Abruf am: 03.08.2018

2.3.3 Brauchen wir Werbung?

Zum Thema: Angesichts der vielen Werbung könnte man denken, warum eigentlich? Braucht es das? Wem nützt Werbung? Dieses Unterkapitel widmet sich diesen Fragen.

M10 Werbung – zwei Meinungen

Yunus (14)
„Werbung informiert einen darüber, was gerade „hip" und „cool" ist. Damit können wir uns einen guten Überblick über das Marktangebot verschaffen. Werbung fördert den Wettbewerb der Anbieter. Sie ist oft schön und originell gemacht und die Sprüche sind manchmal sehr lustig, sodass wir gut unterhalten werden. Die Werbebranche bietet zahlreiche interessante Arbeitsplätze und durch die Einnahmen aus Werbung finanzieren sich zahlreiche Medien. Viele Arbeitsplätze können deshalb erhalten oder neu geschaffen werden."

Lea (13)
„Werbung setzt einen unter Druck, weil sie einem das Gefühl gibt, blöd zu sein, wenn man ihr nicht folgt. Sie will einem vorschreiben, was schön oder gut für einen ist. Werbung wurde erfunden, um Menschen Dinge anzudrehen, die sie eigentlich nicht brauchen oder wollen. Werbung versucht uns also zu manipulieren. Die Werbung gaukelt uns eine heile Welt vor und weckt bei uns Illusionen. Unternehmen schlagen die Kosten für Werbung auf die Produktpreise drauf, sodass die Produkte teurer werden."

Bearbeiter

M11 Warum gibt es Werbung?

Ob an Plakatwänden, in Schaufenstern, in Zeitungen und Zeitschriften, im Radio, im Fernsehen oder im Internet, überall bewerben die Unternehmen ihre Produkte. Sie geben mehrere Milliarden Euro aus, um euch von einem Kauf zu überzeugen. Die Menge an Werbung hat dramatisch zugenommen. Ging man noch vor wenigen Jahren davon aus, dass wir 3.000 Werbebotschaften am Tag ausgesetzt werden, gehen Schätzungen heute sogar von 10.000 pro Tag aus. Alleine durch das Internet hat sich die Werbemenge fast verdoppelt und oft ist Werbung kaum oder nur schwer noch als solche zu erkennen und wahrzunehmen. Durch das Sammeln von Kundendaten können Werber auch immer gezielter Konsumenten ansprechen. Aber warum gibt es Werbung? Ziel der Unternehmen ist es, mit Werbung ihr Produkt bekannt zu machen und die Verkaufszahlen zu steigern. Du sollst als Kunde über das neue Produkt und dessen Eigenschaften informiert und von der Notwendigkeit eines Kaufs überzeugt werden. Die Werbung soll euch als Kundinnen und Kunden zunächst auf das Produkt aufmerksam machen (→ AIDA-Prinzip, S. 124). Dazu muss die Werbebotschaft so gemacht sein, dass sie euch im Gedächtnis bleibt. Es soll ein Kaufwunsch entstehen, indem ihr als Umworbene mit der Ware positive Gefühle verbindet, die durch die Werbung vermittelt werden. Gute Werbung ist i.d.R. kreativ und nicht langweilig. Nicht zu vergessen ist, dass Werbung ein wichtiger Wirtschaftszweig ist, in dem deutschlandweit rund 900.000 Menschen arbeiten. Außerdem finanzieren sich Medien (v.a. Internetangebote) zu einem erheblichen Teil durch Werbeeinnahmen. Unternehmen wie Red Bull investieren z.T. Millionen als Sponsoren in Trendsportarten und ohne Werbung wäre die Auswahl im Supermarkt wohl auch nicht so bunt und groß wie mit ihr.

Bearbeiter

M12 Darf Werbung alles – außer Langweilen?

Plakatwerbung der ehemaligen Centralen Marketing-Gesellschaft der deutschen Agrarwirtschaft

Werbeplakat der französischen Luxusmarke Dior

AUFGABEN

1. Entscheidet, auf welcher Seite der Diskussion ihr steht und begründet dies (**M10**).
2. Beschreibt ausgehend von **M11** die Funktionen der Werbung für Unternehmen sowie Verbraucherinnen und Verbraucher.
3. Erörtert anhand der Inhalte der Unterkapitel 2.3.2 und 2.3.3 die Vor- und Nachteile von Werbung.
4. Analysiert die Werbeplakate in **M12** im Hinblick auf Sexismus (**Randspalte**). Diskutiert, ob bzw. über welche der beiden Plakate ihr euch beim Deutschen Werberat (**Randspalte**) beschweren würdet.

Sexismus
Die auf das Geschlecht (lat. sexus) bezogene Diskriminierung. Eine Einstellung, die etwa Geschlechterklischees und -vorurteile zeigt.

Auch Werbung hat Grenzen
Dies regelt zum einen das Gesetz gegen den unlauteren Wettbewerb (UWG) oder auch das Jugendschutzgesetz (JuSchuG), das etwa an Kinder und Jugendliche gerichtete Werbung einschränkt. Beschweren können sich Konsumenten auch über die Verbraucherzentralen. Zudem hat sich die Werbeindustrie mit dem Deutschen Werberat Selbstverpflichtungen auferlegt: Bei Beschwerden von Konsumenten (etwa per E-Mail) kann der Werberat Rügen (eine Missbilligung) androhen und aussprechen, infolgedessen die Werbung dann in der Regel nicht mehr veröffentlicht bzw. eingestellt wird.

2.3.4 Bestimmt der Preis die Kaufentscheidung?

Zum Thema: Ihr kennt das: Ist etwas günstig, kauft ihr mehr davon. Ist etwas knapp und alle wollen es haben, steigt der Preis in extreme Höhen. Das Verhältnis von Angebot (durch die Verkäufer) und Nachfrage (durch die Käufer) beeinflussen Preis und Menge. Um diese spannenden Zusammenhänge geht es in diesem Unterkapitel.

M13 SALE

SALE – jetzt günstig zuschlagen?

M14 Die Nachfrage

Nachfrage 2.0
Im Sommer 2018 waren das Musikermilliardärspaar Beyoncé und Jay-Z erstmals im Rahmen ihrer „OTR II Tour“ gemeinsam in Deutschland zu Gast. Sie füllten riesige Fußballstadien und die Tickets für ihre Auftritte kosteten zwischen 69 Euro und 179 Euro, VIP-Pakete bis zu 889 Euro.

Im Frühjahr 2007 tourte die Sängerin Beyoncé Knowles durch Deutschland. In vier Städten machte sie Station. Die Hallen fassten zehntausende Plätze. Die Karten kosteten zwischen 50 und 90 Euro. Das ist viel Geld für die zumeist 12 bis 16 Jahre alten Besucher. Trotzdem waren die Konzerte schnell ausverkauft.

Wie begehrt die Karten waren, zeigte sich im Internetauktionshaus Ebay, wo 70-Euro-Karten für 100 Euro gehandelt wurden. Vor der Frankfurter Festhalle standen am Konzerttag Leute, die ihre Karten für 150 bis 250 Euro weiter verkaufen wollten.

Die Karten waren knapp. Und mehr gab es nicht. Deshalb wetteiferten die Leute um die wenigen Karten, die noch da waren. Jeder versuchte, dem Kartenbesitzer mehr Geld zu bieten als die anderen. So stieg der Preis der Karte. Sie ging schließlich an den, der am meisten dafür bot.

Die Regel dazu lautet: Übersteigt die Nachfrage (nach Karten) das Angebot (an Karten), dann steigt der Preis solange, bis die überzähligen Nachfrager abgesprungen sind und die Nachfrage (nach Karten) gleich dem Angebot (nach Karten) ist.

Wenn doch alle Beyoncé lieben, hätte sie möglicherweise die Tickets für ihre Konzerte noch teurer machen können, um mehr Geld zu verdienen. Warum hat sie das nicht gemacht? [...]

Wird Beyoncé zu teuer, verlieren selbst

große Anhänger das Interesse an ihr. Denn sie wollen trotzdem weiter nicht aufs Handytelefonieren verzichten und trotzdem weiter ab und zu mal ins Kino gehen können. Die Freiheit der 1981 geborenen Sängerin, Tickets teuer zu machen, wird begrenzt durch das Taschengeld ihrer treuen Kunden. [...]

Grundsätzlich steht Beyoncé aber trotzdem vor folgendem Zwiespalt: Verlangt sie zu viel Geld für das Ticket, bricht ihr das Publikum weg. Verlangt sie zu wenig Geld, bricht ihr der Gewinn weg. Beyoncé muss genauso praktisch denken wie ein Bäcker oder ein Kaufmann. Das tut sie auch.

Offensichtlich hängen Preis und Nachfrage (Kaufwunsch) zusammen. Kunden kaufen etwas, wenn sie es haben wollen und wenn sie Geld dafür locker machen können. Der Anbieter hingegen setzt den Preis hoch genug, damit für ihn Gewinn bleibt, und so hoch wie gerade möglich, ohne Kunden abzuschrecken. Er will für sich das Beste herausholen: viel Gewinn.

Der Trost aus diesem Mechanismus lautet: Wir Kunden sind Verkäufern, Sängern und anderen Anbietern nicht hilflos ausgeliefert. Sie müssen aus Eigennutz unsere Wünsche und unsere Zahlungsbereitschaft ergründen und respektieren, damit sie nicht auf ihrer Ware sitzen bleiben.

Winand von Petersdorff, Das Geld reicht nie, 2. Aufl., Frankfurt a. M. 2008, S. 20 – 23

M15 Das Angebot

In Deutschland entscheidet keine Regierung, kein Parlament und kein Beamter über die Sortimente im Supermarkt. Die Entscheidung trifft der Supermarktbesitzer. Er sorgt für genug Brot, Marmelade und Tiefkühlpizza. Die Entscheidung fällt er, weil er sich davon etwas verspricht: Er glaubt, die Waren verkaufen zu können und damit Geld zu verdienen. Der Supermarktbesitzer muss dazu die Ware zunächst selbst einkaufen. Er kauft Marmelade zum Beispiel für 1 Euro das Glas ein und verkauft sie für 1,69 Euro. 69 Cent bleiben also erst einmal für ihn. Wenn er am Tag 30 Marmeladengläser verkauft, summiert sich das zu rund 20 Euro. [...]

Geld bleibt für den Supermarkt-Chef unter einer Bedingung übrig: Er verkauft die Produkte teurer, als er sie einkauft. Der Kaufmann will Gewinn machen, und zwar möglichst viel davon: Gewinn ist der Rest, der übrig bleibt, wenn er von seinen gesamten Einnahmen seine gesamten Ausgaben abzieht. Kürzer gesagt: Gewinn gleich Einnahmen minus Ausgaben.

Ausgaben hat er nicht nur, weil er die Marmelade selbst beim Großhändler oder bei der Marmeladenfabrik einkaufen muss. Er muss auch seine Kassiererinnen bezahlen, den Strom für Licht und Heizung, die Preisetikettiermaschine und die Scannerkasse. Der Chef hat deshalb ein Ziel: Er will seine Preise für Marmelade und alle anderen Produkte so hoch setzen, dass für ihn möglichst viel Gewinn übrig bleibt. [...]

Ökonomen glauben, dass die Menschen von Grund auf eigennützig sind. Und sie nehmen an, dass dieser Eigennutz eine der Hauptursachen ist, warum ein Markt funktioniert: Der Kaufmann will viel Geld für sich und seine Familie einnehmen. Deswegen sucht er Produkte – Schokoladenriegel oder Tüten-

Adam Smith und der „Segen" des Egoismus
Sowohl Anbieter als auch Nachfrager wollen auf dem Markt aus Egoismus jeweils das Beste für sich herausholen. Der schottische Ökonom Adam Smith (1723-1790) sprach in diesem Zusammenhang von der „unsichtbaren Hand". Smith meinte damit die Selbststeuerung der Wirtschaft über Angebot und Nachfrage auf dem Markt. Das Marktgeschehen bringt den einzelnen Marktteilnehmer dazu, seine wirtschaftlichen Eigeninteressen zu verfolgen und dabei gleichzeitig unbewusst dem Gemeinwohl zu dienen, denn so kann etwa der Bäcker nur dann einen hohen Gewinn erzielen, wenn er beständig gute Backwaren herstellt und diese zu für die Nachfrager bezahlbaren Preisen verkauft.

suppen, Zahnpasta oder Spaghetti –, die andere Menschen haben wollen. Er stellt sie ins Regal und bietet sie ihnen zum Verkauf an. Ganz schlicht ausgedrückt: Sein Egoismus macht die Regale voll. [...] Tütensuppen verkaufen ist für den Kaufmann nützlicher als Tütensuppen verschenken.

Das bedeutet nicht, dass Menschen im Weltbild der Ökonomen kaltherzig sind. Denn der Nutzen des einen ist nicht unbedingt der Schaden des anderen. Im Gegenteil: Der Händler liefert Tütensuppen, weil er auf mein Geld scharf ist. Ich gebe ihm mein Geld, weil ich auf seine Tütensuppen scharf bin. Beide, ich und er, sind wir nach dem Geschäft ein Stück zufriedener.

Winand von Petersdorff, Das Geld reicht nie, 2. Aufl., Frankfurt 2008, S. 16 – 20

M16 Ein vollkommener Markt – Voraussetzung der Preisbildung?

Merkmale des vollkommenen Marktes

Markttransparenz
Der Kunde hat einen Gesamtüberblick über das Angebot auf dem Markt (Preise und Qualität).

Homogenität der Güter
Alle Produkte sind gleich in Bezug auf die Qualität, Aufmachung und Verpackung.

vollkommener Markt

Einheit von Raum und Zeit
Alle Nachfrager und Anbieter kommen zur gleichen Zeit am gleichen Ort zusammen. D. h., unterschiedliche Lieferfristen spielen keine Rolle, genauso wenig wie günstigere Standorte für ein Geschäft.

Rationalität
Die Käufer lassen sich allein vom Preis lenken. Sie handeln somit vollkommen rational. Persönliche Vorlieben (wie Sympathie, ansprechende Werbung) spielen bei der Kaufentscheidung keine Rolle.

Bearbeiter

Vollkommener Markt
Um die Zusammenhänge zwischen Angebot, Nachfrage und Preisbildung besser veranschaulichen und untersuchen zu können, geht man in der Wirtschaftstheorie vom Modell des vollkommenen Marktes aus. In der Realität findet man allerdings kaum Märkte, die alle Merkmale eines vollkommenen Marktes erfüllen. Das Modell dient lediglich als Bezugspunkt, um die in der Wirklichkeit vorherrschenden unvollkommenen Märkte zu untersuchen.

AUFGABEN

1. Erklärt den Zusammenhang zwischen dem SALE und der Nachfrage nach T-Shirts (**M13**).
2. Erläutert die Preisbildung und welche Funktionen Preise haben (**M14**).
3. Erklärt, warum die Regale in Geschäften so gut gefüllt sind und welche Rolle der Eigennutzen dabei spielt (**M15**, **Randspalte S. 133**).
4. Arbeitet aus **M16** die Bedingungen für vollkommene Märkte heraus.

H zu Aufgabe 2
→ S. 168

F Überprüft, ob auf den folgenden Märkten die Merkmale eines vollkommenen Marktes erfüllt sind: Einkaufsstraße, Internet Marktplatz, Aktienbörse, Wochenmarkt.

Modellbildung: Wie bildet sich der Preis auf freien Märkten? – das Preis-Mengen-Diagramm

Gemüseburger in der Schulkantine – die Nachfrageseite

Um das Prinzip der Preisbildung zu verstehen, bedient man sich eines Modells. In diesem Modell wird angenommen, dass sich Angebot und Nachfrage unabhängig voneinander bilden. Betrachten wir also zunächst die Nachfrageseite: Für Schülerinnen und Schüler und Lehrkräfte einer Schule soll ein Mittagessen angeboten werden. Jeden Donnerstag sollen Gemüseburger verkauft werden. Lehrkräfte und Schülerinnen und Schüler stellen die Nachfrage auf dem Gemüseburgermarkt dar. Natürlich unterscheiden sich die Nachfrager: Manche haben mehr, manche weniger Hunger, einige haben mehr Geld für den Mittagstisch zur Verfügung als andere, nicht alle mögen Gemüseburger, für viele ist es ihr Leibgericht. Wie könnte sich also die Nachfrage nach den Bratlingen entwickeln? Nehmen wir an, 100 Schülerinnen und Schüler und Lehrkräfte wären bereit, 3 Euro für ihren Gemüseburger auszugeben. Bei einem niedrigeren Preis von 2 Euro wären schon weitere 100 Schülerinnen und Schüler und Lehrkräfte geneigt, den Mittagssnack zu kaufen. Nochmals 100 Schülerinnen und Schüler und Lehrkräfte würden die Burger nachfragen, wenn der Preis dafür nur 1 Euro betragen würde. Es ist einleuchtend, dass die Schülerinnen und Schüler und Lehrkräfte, die bereit gewesen wären, 2 oder 3 Euro für den vegetarischen Burger auszugeben, auch für 1 Euro kaufen würden. Sie freuen sich lediglich, dass sie ihn so günstig bekommen. Sie freuen sich lediglich, dass sie ihn so günstig bekommen. Wie man erkennen kann, ist die Nachfrage bei einem niedrigen Preis höher. Umgekehrt ist die Nachfrage geringer, wenn der Preis hoch ist. Deshalb addiert sich die Nachfrage der einzelnen Käufer mit abnehmendem Preis. Im Modell spricht man von der aggregierten (zusammengefassten) Nachfrage. Sie lässt sich grafisch so darstellen:

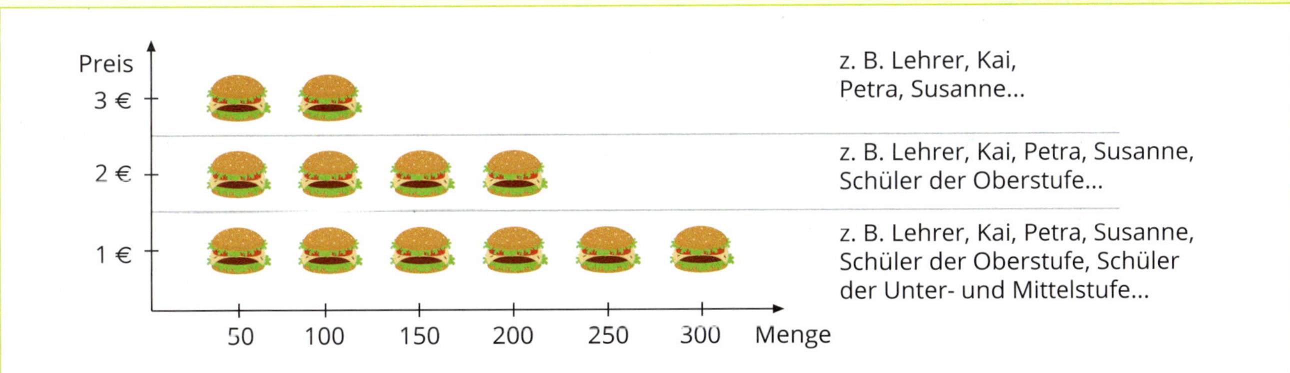

Ein gezeichneter Burger steht für 50 „echte" Burger.

Gemüseburger in der Schulkantine – die Angebotsseite

Betrachten wir nun die Angebotsseite: Hausmeister, Eltern und ein Catering-Service wären bereit, die Gemüseburger anzubieten. Der Hausmeister, so nehmen wir an, könnte mit seiner Frau 100 vegetarische Bratlinge für 1 € verkaufen. Die Eltern könnten zusammen 100 Gemüseburger für 2 € anbieten, da ihr Herstellungsaufwand etwas größer wäre. Sie müssten sich abstimmen, wer wie viele Burger produziert, und den Transport zur Schule organisieren. Der Catering-Service mit hohen Personalkosten könnte weitere 100 Burger für 3 € anbieten. Selbstverständlich würden Hausmeister und Eltern auch für 3 € ihre Gemüseburger anbieten können. Hier addiert sich also das Angebot bei steigendem Preis. Man spricht vom aggregierten (zusammengefassten) Angebot. Je höher der Preis, desto größer ist die angebotene Menge. Je niedriger der Preis, desto geringer das Angebot, weil nur wenige Anbieter in der Lage sind, zu diesem Preis zu produzieren. Anbieter, die bei einem niedrigeren Preis nicht mehr gewinnbringend produzieren können, werden einfach vom Markt verdrängt. Die Angebotsseite im Beispiel lässt sich grafisch so darstellen:

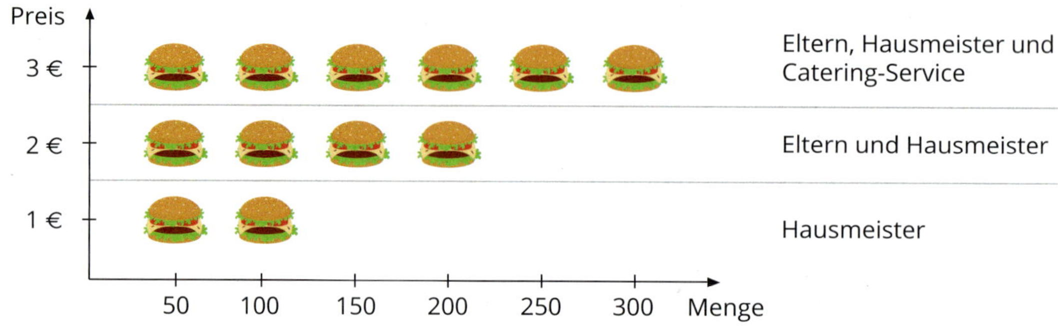

Ungleichgewicht von Angebot und Nachfrage

Zum Preis von 3 € pro Gemüseburger beträgt die Nachfrage in der Schulkantine nur 100 Stück, angeboten würden jedoch 300 Burger. Die Differenz bezeichnet man als Angebotsüberschuss. Konkret bleiben diese Burger einfach übrig. Da sie nicht haltbar sind, werden die Anbieter sich überlegen, ob sie ihre Preispolitik (oder ihre Mengenpolitik) ändern. Sobald aber klar ist, dass diese Menge nur zu einem erheblich niedrigeren Preis verkäuflich ist, wird sich der Catering-Service zurückziehen. Für weniger als 3 €/Stück kann er seine Kosten nicht mehr decken. Das Angebot geht zurück, es bleiben Eltern und Hausmeister, die den Gemüseburger auch für einen Verkaufspreis von 2 € rentabel produzieren können.

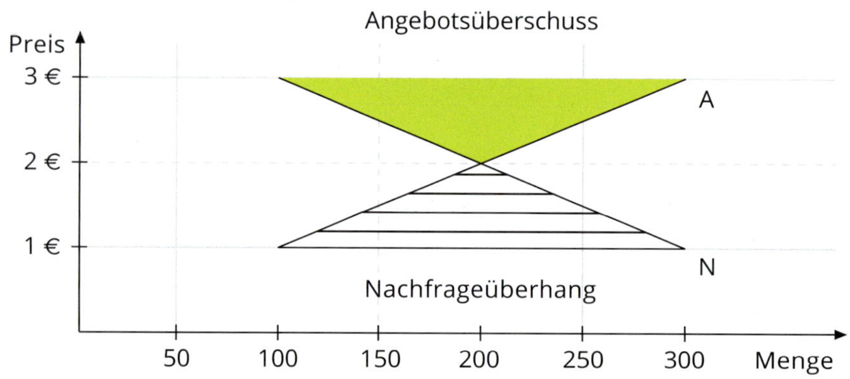

Ist der von den Anbietern festgesetze Preis höher als der Gleichgewichtspreis, so kommt es zu einer Nachfragelücke bzw. zu einem Angebotsüberschuss. Ist der Preis niedriger als der Gleichgewichtspreis, so kommt es zu einem Nachfrageüberhang.

Bearbeiter

AUFGABEN

1. Übertragt die Werte aus den ersten beiden Grafiken und zeichnet die Nachfragekurve (Liniendiagramm → S. 172) und die Angebotskurve (Liniendiagramm) in ein Koordinatensystem ein.
2. Der Gleichgewichtspreis ist der Preis, zu dem sich die Geraden schneiden. Hier ist der Umsatz (Menge x Preis) am höchsten. Bestimmt den Gleichgewichtspreis und berechnet den Höchstumsatz.
3. Fasst in Gruppenarbeit in einer Tabelle zusammen, von welchen Faktoren die Bereitschaft, Gemüseburger zu kaufen und zu verkaufen, abhängig ist.

Erklärfilm „Gleichgewichtspreis"

Mediencode: 71070-13

2.3.5 Wie teuer ist billig?

Zum Thema: „Fast Fashion Stores" wie Primark machen traditionellen Einzelhändlern zu schaffen. Wie schaffen sie es, so günstig zu sein und welche Folgen hat die Konsumentscheidung für Fast Fashion? Darum dreht sich dieses Unterkapitel.

M17 Konsumverhalten von Jugendlichen – Kaufkraft ohne Moral?

Der Hamburger Jugendkulturforscher Philipp Ikrath sagt: „Mode ist eines von den wichtigsten Kommunikationsmedien, könnte man heute sagen, von jungen Menschen. Weil wir leben in einer sogenannten Lebensstilgesellschaft, das was die Leute über sich erzählen, über sich aussagen wollen, tun sie in erster Linie über die Produkte, die sie konsumieren. Das fängt beim Essen an, also ob ich jetzt vegane Tofuschnitzel esse oder ob ich gerne das große Eisbein mit Knödeln esse, welchen Lebensstil ich pflege, wird über einen sehr großen Teil über die Mode ausgedrückt." Und das zeigen auch die folgenden Zahlen: Fast 60 Prozent der Jugendlichen geben ihr Geld am liebsten für Kleidung aus. Das hat das deutsche Jugendinstitut herausgefunden. Aber auch wenn sie mehr Taschengeld beziehungsweise eigenes Geld zur Verfügung haben denn je, investieren sie das nur selten in teure Markenklamotten. Über 85 Euro verfügen 13-Jährige im Schnitt pro Monat. Davon kaufen sie sich aber lieber mehr Teile für weniger Geld, das beweist der Erfolg von Billigmodeketten wie Primark.

Fast Fashion heißt das Phänomen, für das Marketingexperte und Konsumforscher Michael Schießl eine Erklärung hat. „Ich deute das als Ausdruck dieses gelungenen eskapistischen Momentes, der durch Primark hergestellt wird. Er befreit eine Zielgruppe, die es da gibt, von Zwängen, die vorher da waren. Es entspricht dann eben dem, was die Popkultur schon immer dargestellt hat: Unmittelbare Freude, sich ausleben, Widerstand auch, also gegen die Erwachsenen sein an der Stelle, selbstständig sein. Der einzelne Kaufakt wird als belohnend erlebt. Vor dem Hintergrund, dass das, was an der Stelle eingekauft wird, eben günstiger ist als das andere. Das ist ein primäres psychologisches Phänomen, dass das eine Erleichterung und eine Entlastung mit sich bringt. Also das ist das eine, also der Wegfall von Angst, ich hab jetzt zu viel Geld ausgegeben, das ist der eine Treiber: Und der positive, das ist sozusagen die eigene Vision darauf, was es einem für Vergnügen bereitet, wenn man die Sachen tragen würde."

Primark, mitten in der Düsseldorfer Innenstadt. Für kleines Taschengeld gibt es hier den Style frisch vom Laufsteg inspiriert oder kopiert – ganz wie man will.

Kunden stehen bei der Eröffnung einer neuen Primark-Filiale Schlange.

Eskapismus
Vergnügungssucht, Realitätsflucht in eine Scheinwelt

Wer Primark – die Marke aus Irland – trägt, fällt unter modebewussten Jugendlichen nicht auf, anders als bei vergleichbar günstiger Mode aus dem Discounter. Geshoppt wird nicht bei Neonlicht und Wühltischcharakter, sondern auf gut sortierten, ansprechend ausgeleuchteten Verkaufsflächen, die drei Mal so groß sind wie bei der Konkurrenz: Alles ist hier auf Masse ausgerichtet. Mode muss für Jugendliche vor allem gut aussehen und billig sein, das belegt eine aktuelle Greenpeace-Studie. Auch wenn die Konsumlaune besser denn je ist, schauen die meisten Konsumenten auf den Preis, nicht primär auf Qualität oder Moral.

Nach: Sarah Zerback, www.deutschlandfunk.de, Konsumverhalten von Jugendlichen – Kaufkraft ohne Moral?, 31.07.2015

M18 Warum ist Primark so günstig?

Marge
Gewinnspanne

Wo sich Primark niederlässt, verzeichnen H&M, C&A und Zara deutliche Umsatzrückgänge. Dort kosten vergleichbare Kleidung und Accessoires deutlich mehr, was die Frage aufwirft, wie eine solche Niedrigpreisstrategie möglich ist. Wolfgang Krogmann, der Nordeuropachef von Primark erläutert: „Wir haben eine ganz, ganz flache Kostenstruktur. Wir haben es geschafft, deshalb mit einer ganz geringen Marge profitabel zu arbeiten. Andere können das nicht machen, die geben über 100 Millionen Euro für Werbung aus, die geben 100 Millionen Euro für Zwischenhändler aus und für Agenturen, die sie bezahlen müssen. Wir kaufen direkt dort ein und das ermöglicht es uns, das gleiche Produkt zu einem geringeren Preis anzubieten. 97 Prozent der Fabriken, in denen wir herstellen lassen, die teilen wir uns mit den anderen High Street Marken, also mit anderen Wettbewerbern, die dort auch mit uns zusammen produzieren, unter gleichen Bedingungen, zu gleichen Preisen im übrigen. Also, man muss sich nicht die Frage stellen: Warum sind wir so günstig? Und man muss sich die Frage stellen: Warum sind die anderen eigentlich so teuer?"

Nach: Sarah Zerback, www.deutschlandfunk.de, Konsumverhalten von Jugendlichen – Kaufkraft ohne Moral?, 31.07.2015

M19 Immer billiger?

Mindestens 1.127 Tote und 2.438 Verletzte hat der Einsturz eines achtstöckigen Hauses in Bangladeschs Hauptstadt Dhaka am 24. April 2013 gefordert [Bild links]. [...] Die meisten Verschütteten konnten nur noch tot geborgen werden. Tausende Menschen lagen unter den Trümmern. [...]
Ursprünglich sollte das Haus nur vier Stockwerke haben, aber die Textilfabrikanten rissen sich geradezu um den billigen Mietraum, also wurden noch ein-

mal vier Stockwerke angebaut – mit [nicht ausreichend] tragenden Wänden. Immer wieder kommt es in dem Land, dessen Textilindustrie boomt und sein wichtigster Wirtschaftszweig ist, wegen Missachtung von Sicherheitsvorschriften zu Katastrophen. [...]

Uns trifft dabei eine Mitschuld. Europäische und US-amerikanische Kunden sind es gewohnt, ihre Kleidung zu Discountpreisen zu kaufen. Firmen wie Primark, H&M, C&A oder kik unterbieten sich gegenseitig bei dem Versuch, immer billiger zu werden. Sie geben diesen Druck an die Produzenten weiter. In den Trümmern fanden sich noch die Überreste der [Billighosenkollektion]. Diese Hose war offensichtlich für den britischen Markt bestimmt und sollte nur 14 Pfund kosten. [...] Die Frauen, die diese Kleidung herstellen, könnten sie sich selbst nie leisten. Im Durchschnitt verdient eine Arbeiterin in Bangladesch etwa 24 Dollar im Monat.

n-tv/jtw/AFP, www.n-tv.de, Billig-Textilfabriken in Bangladesch – Die marode Nähstube der Welt, 26.04.2013

M20 Fiktive Position eines Textilproduzenten

Der Pressesprecher eines bekannten, auch in Bangladesch produzierenden Textilunternehmens, erklärt:

„Die Herstellung liegt in den Händen von Zulieferern vor Ort. Die stellen die Näherinnen ein und diese hatten vorher oft überhaupt keine Arbeit. Wir geben nur den Auftrag! Abgesehen davon: Unsere Kunden wollen günstige Textilien. Wir müssen als Unternehmen auch an unsere Rentabilität denken und wirtschaftlich handeln. Die Konkurrenz im Textilbereich ist groß und wir möchten unseren Kunden die besten Produkte zu günstigen Preisen liefern. Wir sichern dadurch auch die Arbeitsplätze unserer Mitarbeiterinnen und Mitarbeiter im Lager und im Verkauf in Deutschland!"

Bearbeiter

AUFGABEN

1. Arbeitet aus **M17** die Motive beim Konsum von Jugendlichen heraus.
2. Arbeitet zu zweit:
   a) Partner 1: Erläutere anhand von **M18**, warum Primark so günstig ist.
   b) Partner 2: Erläutere anhand von **M19** den Zusammenhang zwischen den Produktionsbedingungen und unserem Konsumverhalten.
3. Was haltet ihr von der Stellungnahme des Pressesprechers in **M20**? Formuliert dazu eigene Stellungnahmen.
4. Auch für Textilien gibt es Güte- und Produktsiegel (→ S. 156). Informiert euch online (→ Methodenglossar) über diese Siegel und erörtert, ob sie eine geeignete Maßnahme darstellen, die Bedingungen der globalen Textilindustrie zu verbessern.

2.3.6 Nachhaltiger Konsum – möglich und wünschenswert?

Zum Thema: „Billig kann teuer sein" und „Geiz überhaupt nicht geil". Nicht immer führen die Ergebnisse von Marktprozessen auch zu erwünschten Ergebnissen. Was ökonomisch sinnvoll erscheint und viel Geld bringt, kann sozial und ökologisch nicht wünschenswert sein. Höchste Zeit für einen Nachhaltigkeitscheck in diesem Unterkapitel.

M21 Konsumentscheidungen Jugendlicher

Konsumverzicht
Dem Konzept des nachhaltigen Konsums steht das Konzept des Konsumverzichts gegenüber. Hierbei steht die Überlegung im Mittelpunkt, ob man tatsächlich ein neues Produkt benötigt, oder nicht das alte reparieren, ein gebrauchtes kaufen, mieten oder tauschen möchte oder mithilfe von Recycling aus einem alten ein neues Produkt herstellen kann.

Jan kauft grundsätzlich seine T-Shirts bei Primark für 5 Euro und trägt sie nur ein paar Mal.

Produziert in Bangladesch

Samira kauft grundsätzlich Fairtrade-T-Shirts für 30 Euro, die unter Fairtrade-Bedingungen, z. B. zu fairen Löhnen, produziert wurden.

Anton übernimmt gerne die T-Shirts von seinem Bruder. Löcher und Risse flickt er. Ein neues T-Shirt kauft er sich erst, wenn er das alte überhaupt nicht mehr tragen kann.

Herstellungsland ist im Label schon lange nicht mehr lesbar.

Bearbeiter

Erklärfilm „Nachhaltigkeit"

Mediencode: 71070-14

M22 Wie nachhaltig ist die Produktionskette eines T-Shirts?

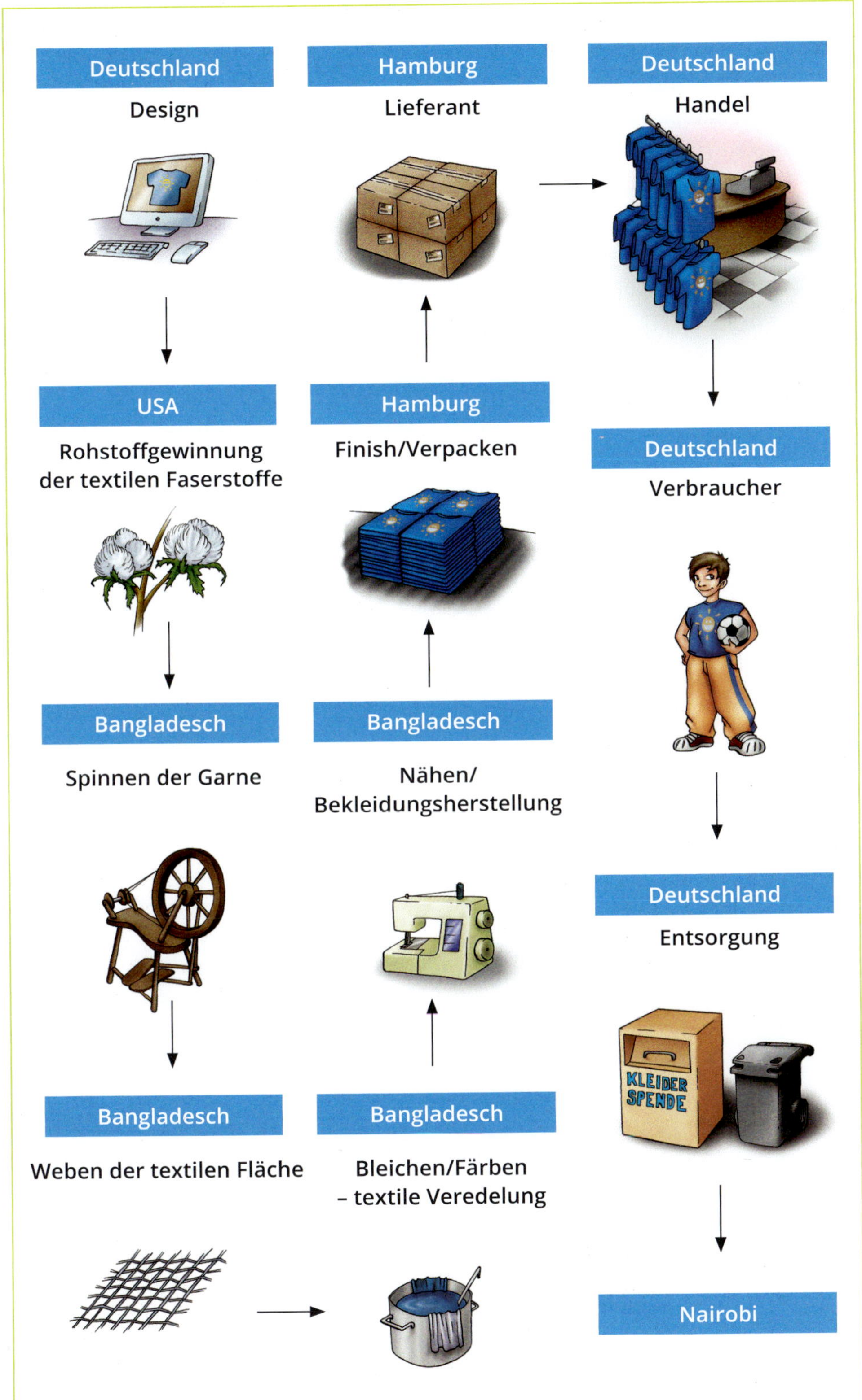

Nach: www.fair-zieht-an.de, Abruf am: 06.03.2011

Primärproduktion, Baumwolle: hoher Landschaftsverbrauch durch Baumwollanbau, hoher Einsatz von Insektiziden, Herbiziden und Entlaubungsmitteln, Einsatz von Konservierungsstoffen bei Transport und Lagerung von Baumwolle, hoher Wasserbedarf mit ökologisch negativen Folgen, Düngemitteleinsatz (Nitrifizierung des Bodens)

Produktion von Fasern, Garnen, Flächengebilden: Energiebedarf beim Spinnen und Weben, Einsatz von Hilfsmitteln, die bei nachfolgenden Verarbeitungsschritten zu Emissionen führen, Staub- und Lärmbelästigungen, textile Abfälle

Veredelung: Einsatz großer Mengen an Textilhilfs- und Ausrüstungsmaterialien, Emissionen in Wasser und Luft, hoher Energieverbrauch, hoher Wasserbedarf, Klärschlammanfall

Gebrauch: mögliche schädliche Wirkungen der Textilchemikalien auf den Verbraucher, Einsatz von Wasch- und Reinigungsmitteln, Verteilung ökologisch relevanter Stoffe durch Auswaschung (diffuser Eintrag in das Abwasser), Einsatz ökotoxischer Stoffe bei der chemischen Reinigung, hoher Energieeinsatz für die Jeanspflege (Waschen, Trocknen, Bügeln)

Entsorgung: Beanspruchung von Deponieraum, Emissionen bei Müllverbrennung und Deponie

M23 Nachhaltiger Konsum

regenerieren
sich erholen

über die Maßen
über das Erträgliche hinaus

„Nachhaltigkeit" ist in aller Munde. Ursprünglich stammt der Begriff aus der Forstwirtschaft und bedeutet, im Wald nicht mehr Bäume zu fällen, als in absehbarer Zeit jeweils nachwachsen können. So wird sichergestellt, dass sich der Wald regenerieren kann, als Ökosystem langfristig erhalten bleibt und der Baumbestand nicht über die Maßen genutzt wird.

Nachhaltig zu konsumieren bedeutet, bei seiner Lebensweise auch auf die Umwelt und das soziale Miteinander zu achten. Zum Beispiel geht es darum, Produkte zu kaufen, die möglichst wenige Rohstoffe verbrauchen und die umweltschonend hergestellt werden. Nachhaltiger Konsum bedeutet, Ressourcen zu schonen und Rücksicht auf die Generationen der Zukunft zu nehmen. Vom Wohlstand sollen möglichst alle profitieren, also auch die Hersteller der Konsumgüter. Dazu gehört auch, dass die Arbeiter, beispielsweise in den Entwicklungsländern, unter menschenwürdigen Bedingungen arbeiten und so viel verdienen, dass sie gut davon leben können.

Wenn man die Nachhaltigkeit von Produkten bestimmen möchte, sind neben den Bedingungen, unter denen Menschen arbeiten auch die **Ökobilanzen** der Konsumgüter ein wichtiges Kriterium. Diese umfassen alle Umweltbelastungen (z. B. Luft- und Wasserverschmutzung, Energie- und Ressourcenverbrauch), die ein Produkt erzeugt – von der Produktion über die Nutzung des Konsumenten bis zur Entsorgung.

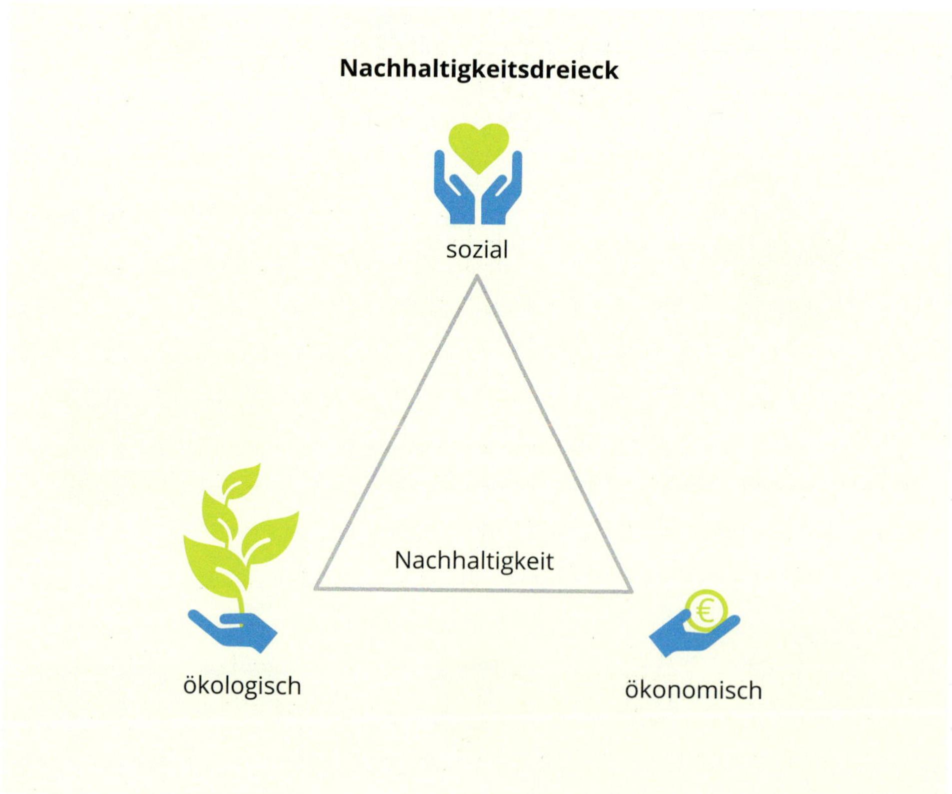

Bearbeiter

M24 Können Jugendliche nachhaltig konsumieren?

In einem Fashion-Blog findet ihr online folgenden Kommentar:

BLOG

Immer dieses Gerede von Nachhaltigkeit und fairer „Green Fashion" oder „Clean Clothes". Wir Teenies sind doch alle für mehr Umweltschutz und bessere Arbeitsbedingungen für Näherinnen in Bangladesch oder sonst wo. Aber wir engagieren uns schon gegen den weltweiten Klimawandel. Wir können uns nicht um alles kümmern, da müssen vor allem die Regierungen in den Entwicklungsländern und die Textilbranche was vor Ort tun.
Und das Wichtigste: Erwachsene haben gut reden! Sollen wir jetzt zwei Jahre lang unser Taschengeld ansparen, um uns dann ein nachhaltiges, faires und politisch korrektes T-Shirt leisten zu können?
Wir müssen halt für ein neues Disco-Outfit bei Primark, Topshop und anderen günstig einkaufen. Wer hat das Recht, preisbewussten Jugendlichen Konsumvorschriften zu machen, wenn er selbst täglich viel Fleisch für wenig Geld auf dem Teller liegen haben will?

Bearbeiter

AUFGABEN

1. Jan, Samira und Anton (**M21**) – welchem Kaufverhalten würdet ihr euch anschließen?
   a) Trefft eine begründete Entscheidung und positioniert euch an der Klassenzimmerwand mit dem Namen des Jugendlichen, dessen Position ihr jeweils teilt.
   b) Begründet dann in eurer Klasse, warum ihr dort steht, wo ihr steht.
2. a) Analysiert die Produktionskette des T-Shirts aus **M22**.
   b) Erläutert anschließend, inwieweit die Produktion als Umweltbeeinträchtigung gesehen werden kann.
3. a) Erklärt anhand des Nachhaltigkeitsdreiecks in **M23**, was Nachhaltigkeit bedeutet.
   b) Findet Beispiele für nachhaltigen Konsum aus eurem Alltag.
4. a) Nehmt Stellung (→ URTEILSKOMPETENZ) zum Kommentar des Internet-Nutzers in **M24**.
   b) Beurteilt (→ URTEILSKOMPETENZ) ausgehend von **M24** Möglichkeiten und Grenzen von Jugendlichen, nachhaltigen Konsum umzusetzen.
5. Erstellt ein Wandplakat (→ Methodenglossar) mit Tipps, wie ihr in Zukunft nachhaltiger konsumieren könnt.

2.3.7 Setzt Primark auf Nachhaltigkeit?

Zum Thema: So beliebt Primark bei vielen Konsumenten ist, so hartnäckig hält sich die Kritik an dem Billig-Image: Ökonomisch sehr erfolgreich, doch sozial und ökologisch sehr fragwürdig. Primark will gegen diesen schlechten Ruf vorgehen. Es nimmt für sich in Anspruch, verantwortungsvoll zu produzieren. Höchste Zeit für einen Nachhaltigkeitscheck „Teil 2" in diesem Unterkapitel.

M25 Der Anspruch Primarks

www.primark.com/de

DIE PRODUKTE PRIMARKS WERDEN MIT ACHTUNG VOR DEM MENSCHEN UND DER UMWELT HERGESTELLT.

BESCHÄFTIGUNG IST FREIWILLIG GEWÄHLT: Es wird keine erzwungene oder unfreiwillige Arbeit jeglicher Art eingesetzt. Alle Arbeiter haben das Recht, Gewerkschaften zu gründen oder beizutreten.

Gewerkschaft
Vereinigungen, die die Interessen von Arbeitnehmern (Angestellte und Arbeiter) gegenüber den Arbeitgebern vertreten.

ARBEITSBEDINGUNGEN SIND SICHER UND HYGIENISCH: Arbeiter erhalten regelmäßige, dokumentierte Schulungen in Gesundheit und Sicherheit. Zugang zu sauberen Toilettenanlagen und zu Trinkwasser sowie, wenn angebracht, zu hygienischer Aufbewahrung von Essen wird bereitgestellt.

UMWELTANFORDERUNGEN: Primark möchte sein Engagement für die Umwelt mit Lieferanten teilen, deren Praktiken im Einklang mit anwendbaren Umweltstandards stehen.

KEINE KINDERARBEIT: Es werden keine Kinder zu Arbeitszwecken eingestellt. Kinder und junge Menschen unter 18 werden nicht nachts oder unter gefährlichen Bedingungen beschäftigt.

Kind in der Definition Primarks
Eine Person unter 15 Jahren. Sofern allerdings das lokale Mindestalter auf der Grundlage der Ausnahmen für Entwicklungsländer auf 14 Jahre gesetzt ist, gilt dieses niedrigere Mindestalter.

ES WERDEN EXISTENZSICHERNDE LÖHNE GEZAHLT: Auf jeden Fall sollten Löhne stets hoch genug sein, um den Grundbedarf zu decken und darüber hinaus den Verdienst zu sichern.

DIE ARBEITSZEIT IST NICHT ÜBERHÖHT: Die Arbeitsstunden insgesamt, einschließlich Überstunden, über einen beliebigen Zeitraum von sieben Tagen dürfen 60 Stunden nur in außergewöhnlichen Umständen überschreiten.

2019 © PRIMARK STORES LIMITED, www.primark.com/de, Unsere Ethik, Abruf am: 07.09.2018

M26 Warum die Billigmodekette Primark jetzt auf Bio setzt

Nach dem Einsturz der Fabrik von Rana Plaza 2013 in Bangladesch, in Folge dessen 1.135 Menschen starben und 2.438 verletzt wurden, schloss sich Primark erst im März 2016 dem [...] Bündnis für nachhaltige Textilien an. An der Initiative wirken 150 Vertreter aus Bundesregierung, Wirtschaft, Nichtregierungsorganisationen und Gewerkschaften mit, um soziale, ökologische und ökonomische Verbesserungen zu erreichen. [...] „Durch die Zusammenarbeit mit Initiativen, die sich für die Reduktion von Chemikalien bei der Herstellung von Textilien einsetzen, wollen wir letztlich [...] die generelle Produktion von Chemikalien begrenzen", sagt Stewart. Zum Maßnahmenpaket gehört auch die Schulung von Baumwollbäuerinnen in Indien. „Seit 2013 haben wir bereits mehr als 5.000 Kleinbäuerinnen Wege aufgezeigt, wie sie zum Beispiel durch einen reduzierten Einsatz von Wasser, chemischen Pflanzenschutzmitteln beziehungsweise Dünger die Baumwollqualität und damit auch ihr Einkommen verbessern können - im Durchschnitt sogar mehr als 200 Prozent", erläutert Stewart. 10.000 Bäuerinnen sind das Ziel.

Bislang lässt der Konzern die nachhaltig produzierte Baumwolle ausschließlich in Damen-Pyjamas verarbeiten, die bei Primark besonders gut laufen. Das Set kostet ebenso sieben Euro wie vergleichbare Schlafanzüge aus konventioneller Baumwolle. Stewart verteidigt die Preispolitik. „Wir kaufen die nachhaltige Baumwolle und speisen sie in die Lieferkette ein. Davon sollen die Bäuerinnen, aber auch unsere Kunden profitieren." Primark propagiert hohe Standards, lockt aber gleichzeitig die Kunden mit extrem niedrigen Preisen.

Firmenangaben zur Folge leistet Primark einen wichtigen Beitrag zur Nachhaltigkeit. Als Beispiel nennt Primark die seit 2002 verwendeten und immer häufiger auf Einkaufsstraßen zu sehenden braunen, recyclebaren Papiertragetaschen.

Die Managerin sieht darin keinen Widerspruch. „Wir versuchen, so effizient wie möglich zu arbeiten und die Verwaltungskosten so gering wie möglich zu halten. Zudem verzichten wir fast komplett auf Werbung", betont Stewart. „Primark hat viel für Nachhaltigkeit getan. Das muss man schon ernst nehmen. Die Frage ist nur, ob all die Handlungen überprüfbar sind", sagt Christiane Schnura, Koordinatorin der „Kampagne für saubere Kleidung". So sei schwer nachzuweisen, dass trotz aller Anstrengungen in den Fabriken Asiens tatsächlich existenzsichernde Löhne gezahlt werden. Trotz des sozialen und ökologischen Engagements von Primark blickt die „Kampagne" weiter kritisch auf die irische Kette. „Primark ist eine Paradebeispiel für ‚fast fashion'. Kleidung wird hier aufgrund des sehr niedrigen Preises zum Wegwerfartikel", sagt Schnura. [...] „Bei Primark wird Kleidung vom Gebrauchs- zum Verbrauchsartikel. Das ist unser Hauptvorwurf."

Frank Meßing, www.nrz.de, Warum die Billigmodekette Primark jetzt auf Bio setzt, 13.10.2017

M27 Primark, Zara, H&M: So irrsinnig ist das Geschäft mit der Wegwerfmode

Jedes Jahr wird tonnenweise unverkaufte Kleidung verbrannt.

Die Textilindustrie predigt Nachhaltigkeit und fördert Recyclingprojekte. Doch in Wahrheit wechselt sie jeden Monat die Kollektion. Muss sich der Verbraucher schämen?

Jeder Deutsche kauft im Jahr durchschnittlich 60 Kleidungsstücke. Sie stammen aus Fabriken in aller Welt, auch aus Tiruppur im Bundesstaat Tamil Nadu. [...] Je mehr Kleidungsstücke die Menschen in Europa kaufen, so könnte man meinen, desto besser ist es für diese Stadt. Mehr als eine halbe Million Menschen schuften hier für die Textilindustrie. Sie bringt Arbeit mit sich und für manche Wohlstand; aber auch einen Fluss, der de facto tot ist. Das Grundwasser ist so verseucht, dass Bauern sich fürchten, Gemüse anzubauen.

Treiber ist die sogenannte Fast-Fashion-Industrie: Hersteller und Händler, die auf schnelle Kollektionswechsel setzen [...]. Die Bekleidungsindustrie setzte zuletzt weltweit zwei Billionen Euro im Jahr um. Experten rechnen mit einer Verdoppelung in der nächsten Dekade. Längst hat sich die Generation der „Smart Shopper" an die Schnelllebigkeit der Trends gewöhnt. Dieser ungebremste Konsum hat verheerende ökologische und soziale Folgen. Die Textilindustrie ist ein Ressourcenfresser, sie benötigt gewaltige Mengen an Wasser, Chemikalien und Energie. Der Baumwollanbau für ein einziges T-Shirt verschlingt zum Beispiel bis zu 2.000 Liter Wasser.

In textilverarbeitenden Ländern wie Bangladesch oder Pakistan sinkt der Grundwasserspiegel seit Längerem. Die Trinkwasserversorgung und die Landwirtschaft in diesen Regionen sind bedroht. Obschon Baumwolle nur auf 2,4 Prozent des globalen Ackerlands angebaut wird, stehe sie für 24 Prozent der weltweit versprühten Insektizide und 11 Prozent der verkauften Pestizide, sagt der WWF. Die Herstellung der Billigkleider findet deshalb vor allem in Ländern statt, in denen Umweltgesetze lax und Arbeitsbedingungen prekär sind. Die Branche mit den schönen Hochglanzfotos zählt zu den dreckigsten der Welt. US-Designerin Eileen Fisher hat die Modeindustrie „den zweitgrößten Umweltverschmutzer nach der Ölindustrie" genannt.

Recyceln [...] sieht anders aus, als sich das viele Konsumenten vorstellen: In der Reißerei, zerfetzen dröhnende Maschinen die Kleider in immer kleinere Stücke, bis nur noch Fasern übrig sind, die zu Malervlies oder Dämmstoff verarbeitet werden. Downcycling nennen das Experten, weil aus den Klamotten nicht etwa neue Kleidung oder Gleichwertiges entsteht, sondern minderwertige Ware für die Bau- oder Automobilindustrie. Danach landet der geschredderte Textilabfall endgültig auf der Müllkippe.

Aus Sicht von Umweltschützern ist das der GAU. Denn heute enthalten rund 60 Prozent unserer Kleidung Polyester. Das Plastikgarn ist billig in der Herstellung (ein Dollar das Kilo) und damit Treibstoff der Fast-Fashion-Industrie. Seit dem Aufstieg der Billigketten ist der Polyesterverbrauch regelrecht explodiert. Doch ähnlich wie eine Plastiktüte ist Polyester nicht totzukriegen. Er lagert sich in Form von Mikropartikeln in Flüssen, Seen und Meeren ab. Auf den Deponien verrottet ein pflegeleichtes Sportshirt erst nach gut 500 Jahren.

Philip Bethge/Laura Höflinger/Simone Salden, www.spiegel.de, Primark, Zara, H&M – So irrsinnig ist das Geschäft mit der Wegwerfmode, 09.01.2018

GAU
Größter **A**nzunehmender **U**nfall

AUFGABEN

1. Für wie überzeugend haltet ihr den Anspruch Primarks (**M25**)?
   a) Positioniert euch begründet auf einer Skala von 0 (= gar nicht überzeugend) bis 10 (= absolut überzeugend).
   b) Vergleicht und diskutiert eure Positionierungen.
2. Diskutiert, aus welchen Motiven Primark vermutlich sein Image verbessern will.
3. Wird Primark dem eigenen Anspruch gerecht?
   a) Sammelt ausgehend von **M26** und **M27** Pro- und Kontra-Argumente.
   b) Ordnet eure Argumente und findet für diese jeweils Oberbegriffe.
   c) Welche Oberbegriffe sind am treffendsten? Vergleicht und diskutiert eure Ergebnisse.
4. Vergleicht eure Oberbegriffe aus Aufgabe 3 mit dem Nachhaltigkeitsdreieck (**M23, S. 142**).
5. Erläutert, inwiefern die drei Ecken des Nachhaltigkeitsdreiecks miteinander zusammenhängen könnten (**M23, S. 142**).

F zu Aufgabe 3
Recherchiert unter *www.rankabrand.de* nach weiteren Argumenten. Die Betreiber der Internetplattform „Rank a Brand" (dt.: Bewerte eine Marke) haben es sich zum Ziel gesetzt, Unternehmen anhand ihrer Bemühungen für Klima- und Umweltschutz sowie für faire Arbeitsbedingungen zu bewerten, um Käufern eine Orientierung zu geben.

Bei einem überzeugenden Urteil bedenkt ihr bewusst wichtige Werte!

I. Worum geht es?

„Das ist niemals nachhaltig!"

„Das ist einfach ungerecht!"

So oder so ähnlich positionieren wir uns häufig ganz spontan zu einem politischen oder wirtschaftlichen Problem. Dabei beziehen wir uns meist mehr oder weniger unbewusst auf bestimmte moralische Überzeugungen – oder auch Werte. Grundlegende Werte eines Menschen oder einer Gesellschaft bezeichnet man auch als „Grundwerte". „Gerechtigkeit", „Freiheit", „Sicherheit" oder „Nachhaltigkeit" zählen beispielsweise zu diesen Grundwerten.
Die Diskussion rund um Primark hat beispielhaft gezeigt: Häufig kommen wir zu unterschiedlichen Ergebnissen, wenn wir etwas als nachhaltig beurteilen sollen. Grund dafür sind unterschiedliche Interessen. Aber auch verschiedene Aspekte von Nachhaltigkeit. Denn Nachhaltigkeit hat eine ökologische, eine ökonomische und eine soziale Dimension. Diese findet ihr im Nachhaltigkeitsdreieck wieder.
Bei einem überzeugenden Urteil geht ihr sehr bewusst mit diesen Grundwerten um. Im Idealfall bedenkt ihr mehrere Dimensionen der Nachhaltigkeit. An den Produktionsbedingungen Primarks lässt sich dies gut üben.

II. Geht dabei so vor:

1. Schritt: Zuordnung der Argumente

Ordnet – soweit noch nicht geschehen – eure Argumente den drei Dimensionen des Nachhaltigkeitsdreiecks zu, um die Frage „Inwiefern produziert Primark nachhaltig?" zu beantworten.

2. Schritt: Beurteilung bei Unterscheidung mehrerer Dimensionen der Nachhaltigkeit

Beurteilt ausgehend von der Zuordnung eurer Argumente und eurer Antwort auf die im 1. Schritt gestellten Frage, inwiefern Primark nachhaltig produziert. Unterscheidet dabei zwischen den drei Dimensionen der Nachhaltigkeit.

Formulierungsbeispiele zur Beantwortung der Frage „Inwiefern produziert Primark nachhaltig?":

- Mit Blick auf die soziale Dimension der Nachhaltigkeit ist zu bedenken, dass...
- Wenn man die ökologische Dimension unter die Lupe nimmt,...
- Bei der ökonomischen Nachhaltigkeit fällt auf, dass...
- Deshalb komme ich abschließend zum Urteil, dass...

Bearbeiter

Einflussfaktoren auf das Konsumverhalten Jugendlicher (··→ M2–M4)

Konsumenten kaufen aus verschiedenen Motiven: Sie tätigen **Gewohnheitskäufe**, weil sie von einer Marke eine bestimmte Qualität kennen oder vermuten, **Prestigekäufe**, um zu protzen und dazuzugehören, aber auch impulsive **Spontankäufe**, weil sie kurzfristig glücklich machen. Auch unser **Lebensstil** und unsere **Lebenswelt** (Milieu) sowie unser **Budget** prägen unser Kaufverhalten.

Marketingstrategien und Werbung (··→ M7-M12)

Hersteller und Verkäufer versuchen, Konsumenten mit einer cleveren **Marketingstrategie** durch verschiedene Werbemaßnahmen zum Kauf zu bewegen. Auch am Ort des Kaufs sind wir Tricks ausgesetzt, die uns zum Kauf bewegen wollen. Wenn wir unsere Kundendaten herausgeben, können Werber uns zielgerichtete Werbung z. B. online präsentieren. Wenn wir verstehen wie **Werbung** funktioniert, können wir besser damit umgehen, die Vorteile davon, etwa Informationen über neue Produkte und deren Eigenschaften, nutzen, aber auch die Fallen erkennen. Der Gesetzgeber hat zusätzlich Werbung mit der Datenschutzgrundverordnung (DSGVO), dem Gesetz gegen unlauteren Wettbewerb (UWG) oder dem Jugendschutzgesetz (JuSchuG) Grenzen gesetzt.

Die Preisbildung im Marktmodell (··→ M13–M16, METHODE)

Auf **Märkten** kooperieren **Konsumenten** (Nachfrager) und **Produzenten** (Anbieter), um ihre jeweiligen Bedürfnisse zu befriedigen. Sie haben dabei gegensätzliche Preisvorstellungen: Der Produzent will möglichst teuer und über seinen Herstellungskosten verkaufen, der Konsument meist möglichst günstig einkaufen. Beim **Modell des vollkommenen Marktes** besteht **vollständige Konkurrenz**, d. h. es gibt viele Anbieter und Nachfrager, die Güter haben dieselbe Qualität (**Homogenität**) und es besteht ein vollkommener Überblick über das Angebot (**Markttransparenz**), so bildet sich der **Preis** durch **Angebot und Nachfrage**. Ist die angebotene Menge größer als die Nachfrage, sinkt der Preis. Ist die nachgefragte Menge größer als die angebotene, steigt er. Der **Gleichgewichtspreis**, grafisch im **Preis-Mengen-Diagramm** als Schnittpunkt von Angebot- und Nachfragekurve, ist der Preis, zu dem der größte Güterumsatz erfolgt.

Konsumentscheidungen unter der Nachhaltigkeitslupe (··→ M17–M27)

In der Realität dominieren **unvollkommene Märkte** und Marktprozesse führen nicht immer zu den gewünschten Ergebnissen. Etwa wenn ein Unternehmen zur Herstellung CO_2 ausstößt oder Wasser aus Flüssen verbraucht, die Behebung der Umweltverschmutzung oder den Verbrauch jedoch nicht bezahlen muss. Man nennt dies **externe Effekte** und hier versagt der Preismechanismus, weil der Verursacher nicht für die Kosten aufkommen muss. Meist dominiert auch bei unseren Konsumentscheidungen die Ökonomie („möglichst viel, möglichst billig") und die ökologische und soziale Nachhaltigkeit spielen eine zu geringe Rolle. Negative Folgen und Risiken für die Umwelt oder schlechte Arbeitsbedingungen bei der Produktion werden ausgeblendet.

Primark will ans Taschengeld – kommt Primark ans Taschengeld?

Bei Primark macht die Masse das Event aus: die stundenlangen Treffen mit der Freundin in der Umkleidekabine und vor dem Spiegel. Zu Hause noch einmal das Gleiche – es folgt die private Modeschau vor Freunden und der Handy-Kamera. Bei Youtube lässt sich das Filmchen mit der „Beute“ (Titel: Primark haul) trefflich posten. Hierin besteht der eigentliche Marketing-Coup der Kette: Sie hat es geschafft, die Kunden in emsige Promoter der Produkte zu verwandeln. Primark gibt kein Geld für Werbung aus, denn die Werbung besorgen die Kunden selbst. Die Manager von Primark haben begriffen, dass eine Giselle Bündchen auf Groß-Plakaten von H&M, mit der ganze Häuserfronten eingekleidet werden, für Jugendliche vollkommen uninteressant geworden ist. So sieht sowieso keiner aus. Für Primark wäre die Ikone teure Geldverschwendung. Auf Youtube hingegen kann man bestens sehen, wie trendy auch das normale Mädchen sein kann – in Primark-Klamotten. Carla sagt: „Mit ein bisschen Abstand würde ich sagen, die haben diesen besonderen Punkt der Zeit gefunden.“ Frank Furedi, Bestsellerautor und Soziologe von der Universität von Kent (England), beobachtet das Phänomen schon lange und erklärt, was Carla meint. Dem Unternehmen sei es gelungen, über den Preis jedermann ein Shopping-Event zu ermöglichen, das ihn, so er denn möchte, modisch in die vorderste Reihe katapultiere. Befördert würde dies durch das Selbstverständnis einer Wegwerf-Gesellschaft, die sich kaum mit Bedenken trage, wenn sie Kleidung schnell wieder entsorge. „Begegnungen, Spaß, das Gesehen-Werden – das alles findet eben jetzt bei Primark und danach im Internet statt“, sagt er. Die Marke als Meeting-Point, real und virtuell, geschmacklich und über den Preis – eine fast geniale Strategie. Darüber hinaus bediene sie das dauernde Bedürfnis nach schneller Veränderung. Die fast wöchentlichen Wechsel im Sortiment zögen die Menschen in die Geschäfte. Und weil alles so billig sei, könnten Jugendliche kaufen. Primark kommt dabei auch zugute, dass Marken in der Mode, abgesehen vom Sport, kaum noch eine Rolle spielen. Der erbarmungslose Angriff auf das Taschengeld der Kinder und Jugendlichen, die im vergangenen Jahr mit rund 5 Milliarden Euro den größten Teil ihres Budgets für Klamotten ausgegeben haben, funktioniert. „Spätestens wenn man in der Schlange vor einer der zehn Kassen steht, fängt man an zu rechnen“, sagt Carla. Dann merke man, dass doch 120 Euro zusammenkämen. Einmal in der Schlange trägt man auch nichts mehr zurück.

Inge Kloepfer, www.faz.net, Primark will ans Taschengeld, 09.11.2013;

AUFGABEN

1. Arbeitet die Marketing-Strategie von Primark aus dem Text heraus.
2. Erklärt mithilfe von **M2**, **S. 119 f.**, warum diese Strategie besonders gut bei Teenagern zu funktionieren scheint.
3. Entwickelt Lösungsansätze, um Marketing-Strategien wie der von Primark zu widerstehen.

2.4 Rechtliche Rahmenbedingungen für den Konsum Jugendlicher

2.4.1 Rechte und Pflichten – dürfen wir alles kaufen?

Zum Thema: Beim Shoppen in der Stadt habt ihr wahrscheinlich – ohne viel darüber nachzudenken oder es zu wissen – schon viele Willenserklärungen und damit Kaufverträge abgeschlossen. Doch dürft ihr wirklich schon alles kaufen? Wie ist die Gesetzeslage? Und was ist, wenn ihr mal das Falsche gekauft habt? Dieses Unterkapitel hilft euch bei der Beantwortung dieser rechtlichen Fragen.

M1 Darf Tim sein teures Longboard überhaupt kaufen?

Tim (15) hat genug Geld gespart und kann sich nun seinen langersehnten Wunsch, das Longboard, erfüllen. Doch seine Schwester Jenny ist skeptisch: „Du darfst doch so was noch gar nicht selbst kaufen, du bist noch nicht volljährig". Stimmt das?

Bearbeiter

M2 Geschäftsfähigkeit

Wer etwas kaufen möchte, schließt einen Vertrag mit dem Verkäufer. Dies gilt auch für das Internet. Das Gesetz erlaubt erst ab einem bestimmten Alter, einen solchen Kaufvertrag zu schließen. Man nennt diese Erlaubnis „Geschäftsfähigkeit".

Geschäftsunfähig: Bis zum 7. Lebensjahr ist man geschäftsunfähig. D.h., die Eltern müssen den Kauf erlauben.

Beschränkt geschäftsfähig: Ab dem vollendeten 7. Lebensjahr ist man beschränkt geschäftsfähig. Dies bedeutet, dass man ohne Zustimmung der Eltern oder anderer „gesetzlicher Vertreter" Verträge abschließen darf. Allerdings können die Eltern den Kauf wieder rückgängig machen, wenn sie mit diesem nicht einverstanden sind.

Unbeschränkt (voll) geschäftsfähig: Ab 18 Jahren ist man volljährig und auch voll geschäftsfähig. D.h., man braucht für den Kauf von niemandem mehr eine Erlaubnis.

Bearbeiter

Bürgerliches Gesetzbuch (BGB)
Im Bürgerlichen Gesetzbuch (BGB) stehen die Gesetze, die das Privatrecht (Zivilrecht), also die rechtlichen Beziehungen zwischen Privatpersonen (Bürgerinnen und Bürgern) regeln. So etwa ab wann eine Person als volljährig gilt oder was ein gültiger Vertrag ist. Das BGB kann verändert werden.

M3 Was sagt das Gesetz?

Tim will es etwas genauer wissen: Im Internet stand etwas vom „Taschengeldparagrafen" des Bürgerlichen Gesetzbuches. Im Bücherregal seiner Mutter steht ein Bürgerliches Gesetzbuch, dort sucht Tim nach den relevanten Paragrafen:

1

§ 1 Beginn der Rechtsfähigkeit

Die Rechtsfähigkeit des Menschen beginnt mit der Vollendung der Geburt.

2

§ 106 Beschränkte Geschäftsfähigkeit Minderjähriger

Ein Minderjähriger, der das siebente Lebensjahr vollendet hat, ist [...] in der Geschäftsfähigkeit beschränkt.

3

§ 107 Einwilligung des gesetzlichen Vertreters

Der Minderjährige bedarf zu einer Willenserklärung, durch die er nicht lediglich einen rechtlichen Vorteil erlangt, der Einwilligung seines gesetzlichen Vertreters.

4

§ 108 Vertragsschluss ohne Einwilligung

(1) Schließt der Minderjährige einen Vertrag ohne die erforderliche Einwilligung des gesetzlichen Vertreters, so hängt die Wirksamkeit des Vertrags von der Genehmigung des Vertreters ab.

5

§ 110 Bewirken der Leistung mit eigenen Mitteln („Taschengeldparagraf")

Ein von dem Minderjährigen ohne Zustimmung des gesetzlichen Vertreters geschlossener Vertrag gilt als von Anfang an wirksam, wenn der Minderjährige die vertragsmäßige Leistung mit Mitteln bewirkt, die ihm zu diesem Zweck oder zu freier Verfügung von dem Vertreter oder mit dessen Zustimmung von einem Dritten überlassen worden sind.

6

§ 516 Begriff der Schenkung

(1) Eine Zuwendung, durch die jemand aus seinem Vermögen einen anderen bereichert, ist Schenkung, wenn beide Teile darüber einig sind, dass die Zuwendung unentgeltlich erfolgt.

Bürgerliches Gesetzbuch (BGB) in der Fassung der Bekanntmachung vom 02.01.2002

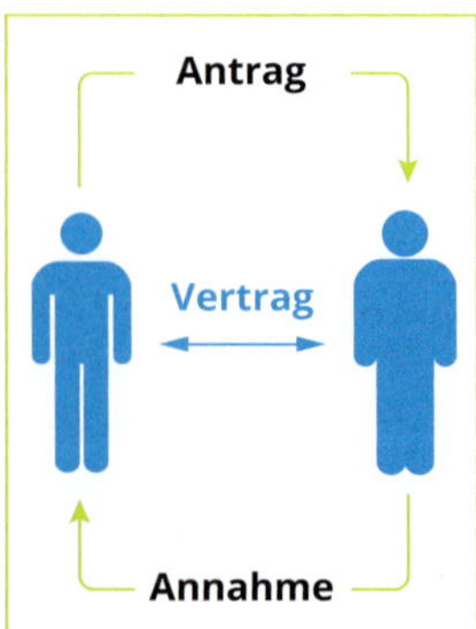

M4 Eure Rechte und Pflichten beim Kauf

Sind sich Verkäufer und Käufer über die Sache, deren Eigenschaften und den Preis einig, so schließen sie einen Kaufvertrag. Der Verkäufer verpflichtet sich, dem Käufer die Sache ohne Mängel zu übergeben und der Käufer verpflichtet sich, dem Verkäufer den vereinbarten Kaufpreis zu zahlen und die gekaufte Sache abzunehmen. Der Kaufvertrag kommt zustande, wenn beide Seiten ihren Willen zum Kaufgeschäft eindeutig zum Ausdruck bringen. Das nennt man auch übereinstimmende Willenserklärungen: der eine bietet das Geschäft an

(Antrag), der andere nimmt es an (Annahme). Willenserklärungen können mündlich oder schriftlich abgegeben werden. Aber auch durch schlüssiges Handeln, bei dem der Vertragspartner am Tun erkennen kann, dass man einen Vertrag schließen möchte, z. B. wenn der Kunde sein Obst an die Kasse legt und offensichtlich bezahlen möchte.

Käufer, die über den Versandhandel (auch im Internet) eingekauft haben, haben das Recht, von Ihrem Kauf zurückzutreten. Das nennt man Widerrufsrecht, d. h., wenn sie die Ware erhalten haben, können sie 14 Tage lang das bestellte Produkt zurückschicken und den Kaufvertrag widerrufen. Beim Widerruf muss der Käufer keine Gründe angeben. Käufer dürfen das Produkt allerdings nicht benutzen, sondern es nur anschauen und prüfen. Bei Downloads und Streaming erlischt das **Widerrufsrecht** mit Beginn des Herunterladens und Produkte wie Lebensmittel sind ausgeschlossen. Auch muss der Kunde die Kosten für Rücksendung tragen, sofern nichts anderes vereinbart wurde. Manche Online-Shops räumen aber immer noch freiwillig das Recht zur kostenlosen Rückgabe oder einem **Umtausch** ein. Hat die neue Ware beim Kauf einen Mangel, so ist der Verkäufer in der EU zur Beseitigung von Mängeln bis zu zwei Jahre nach dem Kauf verpflichtet. Das nennt man **Mängelhaftung** oder **Gewährleistungspflicht.**

Bearbeiter

Allgemeine Geschäftsbedingungen (AGB)
Wenn ihr einen Kaufvertrag abschließt, dann akzeptiert ihr gleichzeitig die Allgemeinen Geschäftsbedingungen (AGB) des Verkäufers, sofern die dort genannten Rechte und Pflichten im gesetzlichen Rahmen liegen. Dort erfahrt ihr z. B. etwas über mögliche Versandkosten, Zahlungsbedingungen, Umtausch und Garantie. Viele Personen setzen online sofort ein Häkchen unter das „Kleingedruckte", wie die AGBs auch genannt werden. Das ist riskant, denn genau dort steht, welche Rechte und Pflichten ihr eingeht.

AUFGABEN

1. Erklärt mithilfe der Informationen zur Geschäftsfähigkeit (**M2**), ob Tim sich das Longboard in **M1** (Preis 180 Euro) selbst kaufen darf.
2. Überprüft folgende Fälle mithilfe der Informationen zur Geschäftsfähigkeit (**M2**) und der Gesetzestexte (**M3**) sowie unter Verwendung der Methode „Gesetzestexte verstehen" (→ S. 154):
   a) Darf Lena (5) sich alleine beim Bäcker eine Brezel kaufen?
   b) Darf Can (16) ein Handy für 0 Euro bekommen, das 24 Monate an einen Vertrag gebunden ist?
   c) Dürft ihr euch im Internet das neueste Videospiel für eure Spielekonsole kaufen?
3. a) Arbeitet aus **M4** die Bedingungen und jeweiligen Pflichten und Rechte für Käufer und Verkäufer für das Zustandekommen eines Kaufvertrages heraus.
   b) Erklärt eure Rechte und Pflichten beim Einkauf (**M4**) anhand eines selbstgewählten Beispiels.
4. Tim hat sich sein Longboard bei einem Online-Händler bestellt. Beim Auspacken des Pakets stellt er erschrocken fest, dass er im Internet die falsche Variante bestellt hat. Überprüft mithilfe von **M4**, ob bzw. unter welchen Bedingungen Tim seinen Kauf rückgängig machen kann.

Tipp:
Bewahrt die Kaufbelege von teuren Einkäufen lichtgeschützt (Thermopapier bleicht schnell aus) auf oder scannt sie ein. Benennt diese sauber mit Datum und Produktname und legt sie sinnvoll in einem PC-Ordner ab. Dann könnt ihr eure Rechte, etwa bei mangelhafter Ware, am besten einfordern.

Gesetzestexte verstehen

I. Worum geht es?

Gesetzestexte sind in Fachsprache formuliert. Sie beinhalten viele Regelungen, Bestimmungen und Fachbegriffe. Gesetzestexte sind immer gleich aufgebaut: Sie haben eine Überschrift, ihr Anfang beginnt mit dem Paragrafenzeichen „§“ und eine weitere Unterteilung erfolgt in Absätzen mit Nummern in Klammern, z. B. (1).

II. Geht dabei so vor:

Mit den folgenden Schritten könnt ihr jeden Gesetzestext entschlüsseln:

Beispiel: Darf sich Tim (15) von seinem ersparten Taschengeld ein Longboard kaufen (M1)?

Betroffenes Gesetz/Artikel: *„Taschengeldparagraf“* → § 110 Bewirken der Leistung mit eigenen Mitteln (BGB)

1. Schritt: Themengebiet klären

Was wird geregelt? Nennt den inhaltlichen Bereich, um den es geht.
→ Es geht um die Verwendung von Taschengeld.

2. Schritt: Unbekannte Begriffe klären

Klärt euch unbekannte Begriffe.
→ *Minderjähriger*: Jeder, der das 18. Lebensjahr noch nicht vollendet hat.
→ *Gesetzlicher Vertreter:* Jemand, der rechtlich für einen anderen handeln darf (i. d. R. die Eltern).
→ *Vertragsmäßige Leistung:* Produkt oder Dienstleistung, die gekauft wird.
→ *Mittel:* Geldbetrag

3. Schritt: Geltungsbereich eingrenzen

Auf wen bezieht sich diese Regelung? → Der § 110 BGB bezieht sich auf Minderjährige.

4. Schritt: Regelung/Bestimmung verstehen

Was sagt die Regelung genau aus? Was ist der konkrete Inhalt des Paragrafen? Meist kann die Regelung in Tatbestand und Rechtsfolge zerlegt werden. Dabei wird der Tatbestand mit „wenn“ eingeleitet und z. B. der Personengruppe, auf die sich die Regelung bezieht. Die Rechtsfolge erkennt man häufig, aber nicht immer, mit „so“.
→ *Tatbestand:* „Wenn der Minderjährige die vertragsmäßige Leistung mit Mitteln bewirkt, die ihm zu diesem Zweck oder zu freier Verfügung [...] überlassen worden sind.“
→ *Rechtsfolge:* „[...] Vertrag gilt als von Anfang an wirksam [...].“ Hier wird geregelt, ob bzw. wann ein Minderjähriger das Taschengeld ohne Zustimmung z. B. der Eltern ausgeben darf: Unter 18-Jährige dürfen nur über einen (kleinen) Betrag in Höhe des Taschengeldes selber verfügen.

Bearbeiter

2.4.2 Wie können wir uns informieren?

Zum Thema: Auch wenn ihr nun die rechtlichen Rahmenbedingungen kennt, so ist es nicht leicht, sich im „Dschungel“ der Produkte und Angebote zurechtzufinden. Als Konsument verfügen wir leider fast immer über deutlich weniger Informationen über ein Produkt als der Hersteller oder Dienstleister (Informationsasymmetrie). Doch es gibt Ansätze, diesen Informations- und Wissensvorsprung der Hersteller zu verringern und mit Risiken umzugehen. Dieses Unterkapitel soll euch genau dabei helfen.

Informationsasymmetrie
Bezeichnung von Ökonomen, wenn zwei Vertragsparteien, also z. B. Anbieter und Nachfrager bei Abschluss des Vertrags nicht über dieselben Informationen verfügen.

M5 Die Qual der Wahl

Konsumentin vor einem vollen Warenregal…

M6 Was verschafft dem Konsumenten den Durchblick?

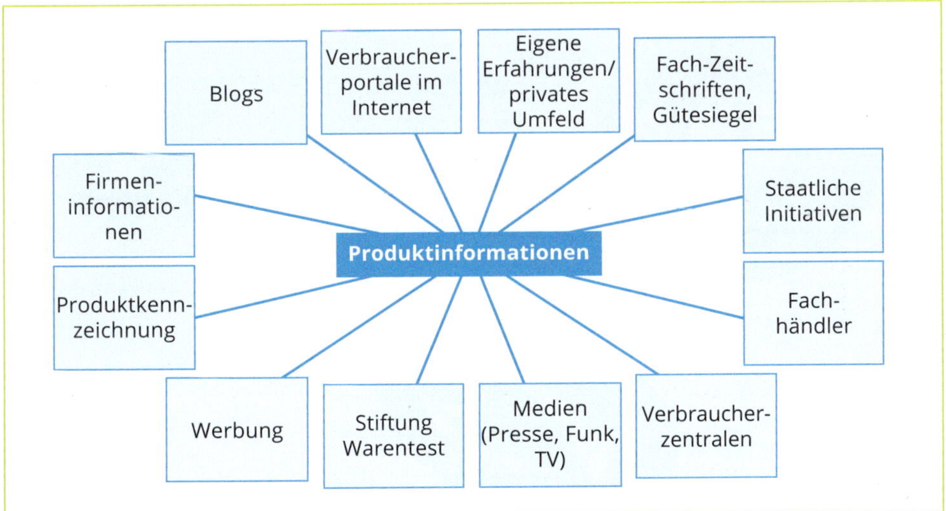

Bearbeiter

Verbraucherzentralen
Jedes der 16 Bundesländer hat eine Verbraucherzentrale (Niedersachsen: *www.verbraucherzentrale-niedersachsen.de*).
Die Verbraucherzentralen bieten Beratung zu sehr vielen Verbraucherfragen, wie z. B. zu den Themen Finanzen, Ernährung und Ökologie an.

Verbraucherportale
Diese Online-Plattformen ermöglichen schnell einfache Preisvergleiche. Nutzer können hier auch Erfahrungen und Tipps austauschen. Vorsicht ist jedoch v. a. bei den Nutzerbewertungen angebracht. Diese können direkt von den Produktherstellern veranlasst oder finanziert sein, um die eigenen Produkte möglichst gut darzustellen.

M7 Mehr Durchblick dank Gütesiegeln?

Ohne Labels, Siegel, Gütezeichen geht in unserer Warenwelt nichts mehr. Weit mehr als 1.000 davon kleben auf Produkten, zeichnen Dienstleistungen oder Internetangebote aus. Ursprünglich als schneller Rat bei Kaufentscheidungen gedacht, haben Labels allein durch ihre Vielzahl diese Funktion für viele Verbraucher verloren. www.label-online.de gibt Verbrauchern den Überblick zurück. Anhand von Bewertungen und Hintergrundinformationen lässt sich schnell erfassen, welches Zeichen was bedeutet und welche Qualität dahintersteckt. Für die schnelle Orientierung unterwegs gibt es www.label-online.de auch als App.

www.label-online.de startete im Jahr 2000 und wurde bis Ende 2014 mit Eigenmitteln und Mitteln des Bundesumweltministeriums, des Umweltbundesamtes und des Bundesministeriums für Ernährung und Landwirtschaft (BMEL) stetig erweitert, um- und ausgebaut. [...] Ein Beirat begleitete die Entwicklung der Webseite und die Auswahl und die Bewertung der Labels. Träger von www.label-online.de ist die VERBRAUCHER INITIATIVE e. V., der Bundesverband kritischer Verbraucherinnen und Verbraucher.

Georg Abel/Thomas Kilousek/Barbara Stocker/Die VERBRAUCHER INITIATIVE e. V., https://label-online.de, Über Label-online, Abruf am: 14.08.2018

Stiftung Warentest

Die Stiftung Warentest ist eine deutsche Verbraucherschutzorganisation, die unabhängig und objektiv Waren und Dienstleistungen verschiedener Anbieter untersucht und vergleicht. Die Ergebnisse der Warentests (ähnlich wie Schulnoten), Dienstleistungsuntersuchungen und Verbraucherinformationen werden z. B. im Internet, in Zeitschriften, Sonderheften, Ratgebern oder Jahrbüchern veröffentlicht (*www.test.de*).

Öko-Test

Ebenfalls objektive und neutrale Tests bietet Öko-Test. Der Schwerpunkt liegt hier auf kritischen Inhaltsstoffen sowie Umweltverträglichkeit und Nachhaltigkeit.

M8 Ausgewählte Produktsiegel

M9 Mehr Durchblick dank Warentests?

Großer Handy-Vergleich: Stiftung Warentest kürt die besten Smartphones

Samsung Galaxy S9: Das Smartphone bietet eine Spitzenkamera und Spitzenleistung – so sieht es jedenfalls Stiftung Warentest. Für die Augustausgabe wurden 21 aktuelle Smartphones ausführlich getestet.

Andrea Warnecke/dpa/tmn/str/t-online.de, www.t-online.de, Großer Handy-Vergleich: Stiftung Warentest kürt die besten Smartphones, 25.07.2018

AUFGABEN

1. Wie fühlt ihr euch vor dem vollen Warenregal? Sammelt mithilfe der Think-Pair-Share-Methode (→ Methodenglossar) mögliche Informationsquellen, um euch im Dschungel der Produkte und Angebote zurechtzufinden (**M5**).
2. Diskutiert in einer kleinen Gruppe, mit welchen Informationsquellen ihr bereits Erfahrungen gemacht habt und was die Vor- und Nachteile waren (**M6**).
3. a) Sammelt mithilfe einer Internetrecherche (→ Methodenglossar) Informationen zu einem der Güte- bzw. Produktsiegel (**M7**, **M8**). Beachtet dabei: Manche Siegel sind umstritten. Beantwortet deshalb folgende Fragen: Wofür steht es? Wer vergibt es? Welche Kriterien müssen erfüllt sein? Welche Kritik daran gibt es und von wem?
   b) Präsentiert eure Rechercheergebnisse zu den Güte- bzw. Produktsiegeln und bewertet deren Eignung im Hinblick auf mehr Durchblick im „Warendschungel".
4. a) Entwickelt ausgehend von **M9** geeignete Kriterien für einen Warentest zu einem Lieblingsprodukt aus eurem Alltag. Führt anschließend mithilfe der folgenden DIGITAL AKTIV-Seite (→ S. 158) den Warentest durch und postet eure Ergebnisse.
   b) Beurteilt (→ URTEILSKOMPETENZ), ob ihr auf diese Weise das beste Produkt gefunden habt.
5. Verfasst einen abschließenden Kommentar (→ Methodenglossar) und erörtert, ob Verbraucherportale, Güte- und Produktsiegel sowie Warentests das Problem der Informationsasymmetrie entschärfen können (**M6-M9**).

Einen Warentest durchführen und den Testbericht posten

I. Worum geht es?

Um die Informationsasymmetrie zwischen Käufern und Verkäufern zu entschärfen, sind Warentests eine gute Möglichkeit. Doch die Qualität muss stimmen und wenn man sich schon die Mühe eines Tests macht, dann kann man anderen Verbraucherinnen und Verbrauchern mit ähnlichen Interessen helfen, indem man den Test in Form eines Blogeintrags postet.

Aufgabe

Im vorigen Unterkapitel habt ihr bereits etwas über die Möglichkeiten von Warentests erfahren. Vielleicht habt ihr auch schon geeignete Kriterien für den Warentest eines Lieblingsprodukts aus eurem Alltag gesammelt. Nun geht es darum, den Test durchzuführen, die Ergebnisse eures Tests in einem spannenden Testbericht festzuhalten und das Ganze anschließend zu posten.

II. Geht dabei so vor:

1. Schritt: Vorbereitung

- Arbeitet in kleinen Gruppen: Einigt euch darauf, welches günstige Alltagsprodukt euer Testobjekt sein soll. Sprecht euch allerdings in eurer Klasse ab, damit nicht alle denselben Warentest durchführen.
- Wählt ca. 5 möglichst ähnliche Konkurrenzprodukte aus eurer Produktgruppe aus, die ihr testen möchtet. Dazu könnt ihr entweder online recherchieren (→ Methodenglossar) oder euch im Einzelhandel einen Angebotsüberblick verschaffen.
- Entwickelt eure Testmethode und wählt Bewertungskriterien. Erstellt dazu eine Tabelle mit euren Kriterien und deren Gewichtung. Evtl. lohnt ein Blick auf die Seiten von Stiftung Warentest, um Ideen für mögliche Bewertungskriterien zu bekommen.

2. Schritt: Durchführung

Führt euren Warentest durch, legt Einzelergebnisse fest und berechnet euer Gesamtergebnis. Nun gilt es, die Testergebnisse zu präsentieren. Schreibt dazu einen Testbericht, in welchem ihr eure Testmethode und die Ergebnisse verständlich erklärt. Die Testtabelle wird ebenfalls in den Post integriert. Ein guter Blogeintrag sollte:

- Bilder oder Links sinnvoll einsetzen, um auf Produkte etc. zu verweisen. Bei Fotos müsst ihr darauf achten, den Urheber eines Fotos stets als Quelle anzugeben und diesen vorab um Erlaubnis zur Veröffentlichung fragen. Eigene Fotos sind daher eine gute Alternative.
- auf seine Leser eingehen, d. h. altersgerechte und einfache Sprache verwenden sowie sperrige Fachbegriffe vermeiden.
- keinesfalls beleidigen, verleumden oder Werke/Ergebnisse anderer einfach kopieren.

Hinweis: Viele Internet-Provider bieten Blogs als kostenlose Option an. Für euer Projekt könnt ihr eure Testberichte aber auch auf einer Intranet-Seite eurer Schule posten, denn Blogs sind frei zugänglich, d. h. jeder kann die Texte und Bilder ansehen und dann eure Posts kommentieren und kritisieren. Ihr solltet in jedem Fall eure Lehrkraft einen abschließenden prüfenden Blick auf eure Ergebnisse werfen lassen und die weiteren Schritte der Veröffentlichung besprechen, bevor ihr postet.

Bearbeiter

2.4.3 Müssen die Verbraucherinnen und Verbraucher geschützt werden?

Zum Thema: Auch der Staat kann die Position der Verbraucherinnen und Verbraucher stärken: Europaweit müssen etwa auf Produktverpackungen wesentliche Informationen zu finden sein. Doch reicht die bestehende Kennzeichnungspflicht aus, um die Informationsasymmetrie zwischen Hersteller und Verbraucher zu entschärfen? Manche Politikerinnen und Politiker möchten den Verbraucherinnen und Verbraucher etwa mit einer „Lebensmittelampel" noch stärker unter die Arme greifen. Wie weit soll das Ganze gehen: Notwendiger Schutz oder gar Bevormundung? In diesem Unterkapitel erfahrt ihr mehr über dieses kontroverse Thema.

M10 Wann ist Verbraucherschutz gefragt?

Millionen Eier aus den Niederlanden waren im Jahr 2017 mit dem giftigen Insektengift Fipronil verunreinigt. Die Rücknahme der Eier aus den Läden wurde veranlasst.

Nährstoffe pro 100 g

Energie	Zucker	Fett	Gesättigte Fettsäuren	Salz
220 kcal	0,8 g	13 g	5,9 g	0,7 g
11 %	1,5 %	19 %	30 %	12 %

der empfohlenen täglichen Referenzmenge

In Supermarktregalen finden sich zu zuckerhaltige, zu fette und zu salzige Lebensmittel. Übergewicht, Leberschäden oder Bluthochdruck sind unbestrittene Folgen. Doch Politikerinnen und Politiker streiten noch immer über die Einführung einer farblich unterlegten Nährwertkennzeichnung auf Lebensmitteln, auch Lebensmittelampel genannt.

Bearbeiter

M11 Verbraucherschutz konkret

a) Kennzeichnungspflicht

Auf dem Etikett oder an anderer Stelle der Verpackung müssen EU-weit Informationen zu Zutaten, Zusatzstoffen und Allergenen, aber auch zu Nährwertangaben des Lebensmittels und ein Mindesthaltbarkeitsdatum oder Verbrauchsdatum zu finden sein. Diese Informationen sollen einerseits die Verbraucherinnen und Verbraucher schützen und andererseits die Kaufentscheidung erleichtern. Die Kennzeichnungspflicht wurde vom Gesetzgeber mehrfach verschärft und konkretisiert. Verbraucherschützer kritisieren jedoch u.a. immer noch viel zu kleine und unleserliche Schriften auf der Verpackung oder verbraucherunfreundliche, verwirrende und oft sehr kleine Portionsangaben.

Bearbeiter

b) Lebensmittelkontrolle

Globus-Grafik 12166; Quelle: Bundesamt für Verbraucherschutz und Lebensmittelsicherheit (Nov. 2017)

c) Gefährliche Produkte

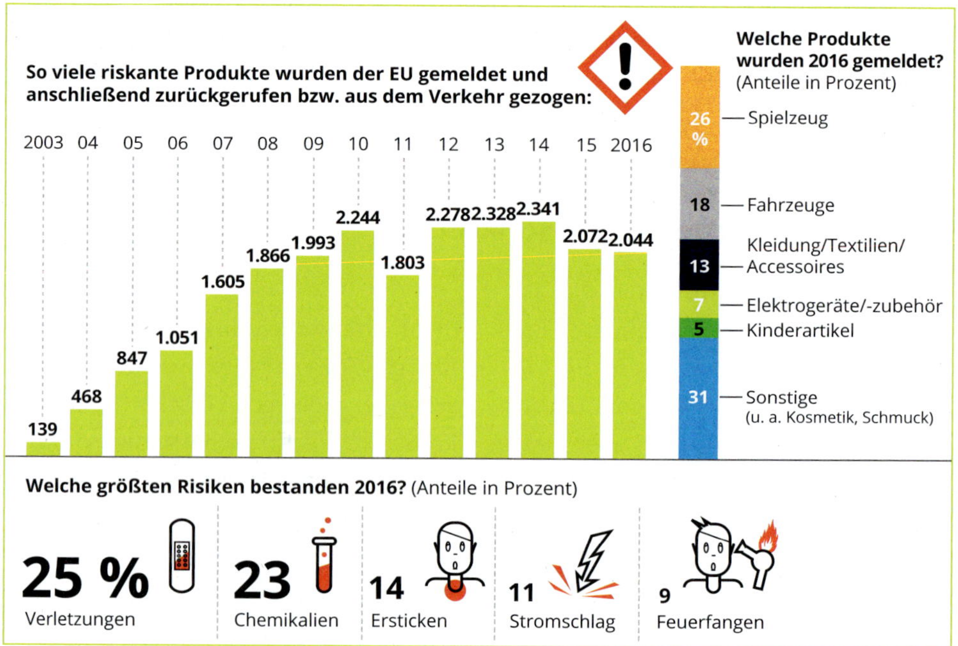

Globus-Grafik 11680; Quelle: EU-Kommission, 2017

M12 Zwei Meinungen zur Lebensmittelampel

Sarah (14)

Jeder kennt die Ampel und eine einfache farbliche Kennzeichnung muss auch auf Nahrungsmitteln Pflicht sein! Verbraucherinnen und Verbraucher können bisher beim Einkauf nur schwer Zucker- oder Fettgehalt vergleichen. Gesetzliche Nährwertangaben reichen nicht und Tricks wie sehr kleine Portionsgrößen (wer isst schon 30 Gramm eines Schokoriegels, wenn dieser 65 Gramm wiegt?) machen es leicht, eine Zuckerbombe als leichte Zwischenmahlzeit aussehen zu lassen. Die Gesundheitskosten wegen Übergewicht und anderer Wohlstandskrankheiten steigen.

Markus (13)

Einfach ist nicht immer gut: Orangensaft bekäme wegen des natürlichen Fruchtzuckers eine rote Kennzeichnung, eine Limonade mit Süßstoff eine grüne. Dann ist doch die Verwirrung komplett. Wir brauchen keine Bevormundung und der Staat sollte sich nicht in die individuellen Essgewohnheiten einmischen. Wir brauchen eine Gesamtstrategie zur Kalorienreduktion, d. h. bessere Aufklärung der Verbraucherinnen und Verbraucher etwa durch mehr Verbraucherbildung in den Schulen.

Bearbeiter

Ampelkennzeichnung
Auf der Vorderseite der Verpackung werden die Gehalte an den wichtigsten Nährwerten (Fett, gesättigte Fettsäuren, Zucker, Salz) angegeben. Zur leichten Orientierung werden diese in absoluten Grammzahlen angegebenen Werte dann mit einer der Ampelfarben (rot = hoch, gelb = mittel, grün = niedrig) hinterlegt.

AUFGABEN

1. Erläutert Gemeinsamkeiten und Unterschiede der beiden Fälle im Hinblick auf den staatlichen Verbraucherschutz und dessen Ziele Information, Gesundheitsschutz und Gewährleistung von Verbrauchersicherheit (**M10**).
2. Untersucht anhand von mitgebrachten Produktverpackungen die Herstellerangaben (**M11a**) auf Lesbarkeit und Unmissverständlichkeit. Tipp: Zucker gibt es in vielen Formen und eine Liste der Lebensmittelzusatzstoffe findet sich leicht im Internet.
3. Ordnet die staatlichen Maßnahmen **M11a-c** den Verbraucherschutzzielen Information, Gesundheitsschutz und Sicherheit gewährleisten zu.
4. Arbeitet arbeitsteilig: Analysiert (→ Methodenglossar) die beiden Schaubilder (**M11b-c**) und stellt sie euch gegenseitig vor.
5. Erörtert ausgehend von **M12** am Beispiel der Lebensmittelampel, die Notwendigkeit und Grenzen von Verbraucherschutzgesetzen in Deutschland bzw. der Europäischen Union.

2.4.4 Verbraucherschutz mal anders – können uns Steuern gesünder machen?

Nudging
„Anstupsen" oder „schubsen", um die Verbraucherinnen und Verbraucher zum erwünschten Verhalten und zu klugen Entscheidungen zu bewegen. Etwa den Bio-Salat in der Schul-Mensa in Blickhöhe platzieren, damit er dann auch häufiger gewählt wird. Befürworter sagen, Nudging komme ohne Ge- und Verbote aus und setze nur auf Anreize. Manche halten dies jedoch auch schon für Bevormundung.

Zum Thema: Verbraucherschützer sagen, der Staat solle die Verbraucherinnen und Verbraucher noch besser schützen und Anreize zu erwünschtem Verhalten setzen („Nudging"). Dabei kann der Staat natürlich auch zu Ge- und Verboten greifen oder etwa durch Steuern ungesunde Produkte teurer machen und Hersteller und Verbraucher so zum Umdenken bewegen. Dieses Unterkapitel stellt die spannende Frage, ob uns Steuern gesünder machen können, in den Mittelpunkt.

M13 Zucker – „süßes Gift"?

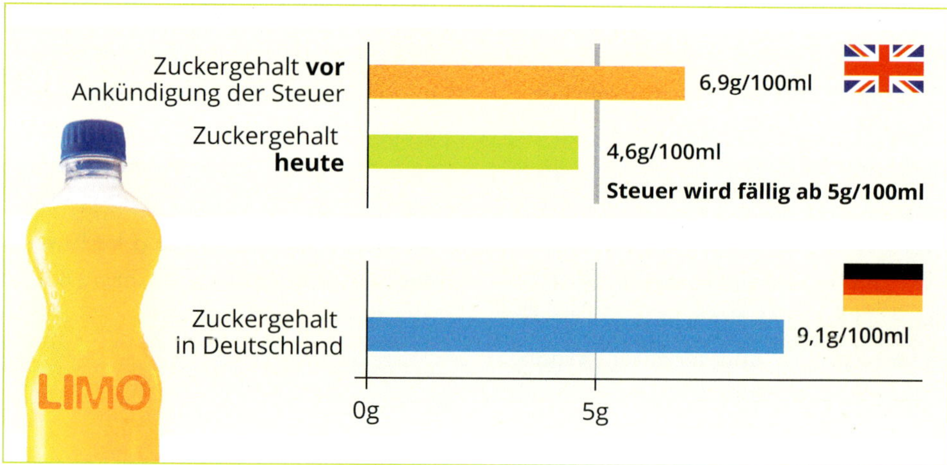

Eigene Darstellung; Quelle: Foodwatch

M14 Zuckersteuer – Vorbild für Deutschland?

In Mexiko gibt es die Zuckersteuer seit 2014. 2018 hat nun auch die britische Regierung im Kampf gegen Übergewicht, Diabetes und Karies eine Zuckersteuer für Unternehmen eingeführt, die zuckerhaltige Softdrinks herstellen oder importieren. Die Abgabe soll mehrere Hundert Millionen Euro einbringen und diese sollen in die Förderung von Grundschulsport fließen. Angesichts der Tatsache, dass in Industrieländern zum Teil mehr als die Hälfte der Bevölkerung unter Übergewicht leidet, wird ein solches Vorgehen in vielen Ländern kontrovers diskutiert.

Bearbeiter

M15 Können uns Steuern gesünder machen?

Noch bevor die neue Limonadensteuer in Großbritannien am Freitag in Kraft tritt, trägt die Maßnahme Früchte: Mehrere Getränkehersteller haben den Zuckergehalt ihrer Produkte für den britischen Markt verringert. In Deutschland sprach sich zuletzt Landwirtschaftsministerin Julia Klöckner gegen eine solche Besteuerung von zuckerhaltigen Getränken aus. Neuen Diskussionsstoff liefern nun fünf internationale Studien, die in der britischen Fachzeitschrift „The Lancet" veröffentlicht worden sind. Sie kommen zu dem Ergebnis, dass zusätzliche Steuern auf Softdrinks, Alkohol und Tabak ein wirksames Mittel gegen die Zunahme chronischer und nichtübertragbarer Krankheiten sein könnten. [...] Die Forscher fanden nach Auswertung von mehr als 300 internationalen Studien heraus, dass höhere Preise die Nachfrage nach ungesunden Produkten vor allem bei einkommensschwachen Bevölkerungsgruppen senken könnten. Diese Gruppen seien gleichzeitig besonders oft von schweren Krankheiten und den damit verbundenen finanziellen Auswirkungen betroffen. [...] Die Forscher des „The Lancet"-Programms betonten außerdem, Sondersteuern könnten dazu beitragen, die Ziele für nachhaltige Entwicklung der Vereinten Nationen zu erreichen. Die Staatengemeinschaft hatte im Jahr 2015 vereinbart, Armut in allen ihren Formen bis zum Jahr 2030 zu beenden. Außerdem war das Ziel formuliert worden, nichtübertragbare Krankheiten weltweit um ein Drittel zu reduzieren. Dass Sondersteuern auf ungesunde Produkte nur zögerlich eingeführt werden, liegt laut der Verbraucherorganisation Foodwatch auch am Lobbyismus der Industrie. Foodwatch warf dem Coca-Cola-Konzern am Mittwoch in einem 100-seitigen Bericht vor, wissenschaftlich belegte Risiken seiner zuckerhaltigen Getränke zu verharmlosen und für die Zunahme von Fettleibigkeit und Diabetes mitverantwortlich zu sein. Der amerikanische Konzern wies die Anschuldigungen umgehend zurück. Man investiere überproportional viel in die Werbung für Getränke ohne oder mit weniger Zucker, hieß es in einer Stellungnahme. In Großbritannien allerdings reagierte das Unternehmen schon auf die Sondersteuer: Um die Besteuerung zu umgehen, verringerte Coca-Cola bereits die Zuckermenge in ihren Getränken. [...] Nach Schätzungen der Universität Hamburg verursachen Fettleibigkeit, Tabak und Alkoholkonsum in Deutschland Gesundheitskosten von insgesamt rund 180 Milliarden Euro pro Jahr.

jsa./dpa, Frankfurter Allgemeine Zeitung, Gesundheit: Können uns Steuern gesünder machen?, 05.04.2018;

Foodwatch

Ein gemeinnütziger Verein, der sich mit Verbraucherrechten und Lebensmittelqualität auseinandersetzt.

AUFGABEN

1. Was haltet ihr von der Idee einer Zuckersteuer nach mexikanischem und britischem Vorbild? Tauscht euch mit einer Partnerin oder einem Partner darüber aus und diskutiert dann in eurer Klasse (**M13, M14**).
2. Arbeitet aus **M13-M15** Motive und Auswirkungen der britischen Zuckersteuer heraus und beurteilt (→ URTEILSKOMPETENZ) diese.
3. Erörtert mithilfe einer Fishbowl-Diskussion (→ Methodenglossar) die Frage, ob eine Steuer eine geeignete Möglichkeit ist, Verbraucherinnen und Verbraucher zu schützen. Bezieht in eure Diskussion auch den Ansatz des „Nudging" (**Randspalte S. 162**) als Alternative zu Ge- und Verboten mit ein.

H zu Aufgabe 3
→ S. 168

WAS WIR WISSEN

Kaufverträge und gesetzliche Regelungen für ihr Zustandekommen (··→ M3, M4)

Das **Bürgerliche Gesetzbuch (BGB)** schränkt einige Rechte für Kinder und Jugendliche beim Kauf zu deren Schutz ein. Mit zunehmendem Alter bekommt man aber immer mehr Rechte und erlangt die **Geschäftsfähigkeit**:

0-7 Jahre	**7-18 Jahre**	**Ab 18 Jahren**
geschäftsunfähig	beschränkt geschäftsfähig	unbeschränkt geschäftsfähig

Eine Besonderheit ist der sogenannte **Taschengeldparagraf**. Wenn Kinder und Jugendliche nur ihr Taschengeld zum Kauf verwenden, dürfen sie ab einem Alter von 7 Jahren alleine entscheiden, was sie kaufen möchten (**§ 110 BGB**). **Kaufverträge** kommen zustande, wenn Käufer und Verkäufer eine **übereinstimmende Willenserklärung** abgeben.

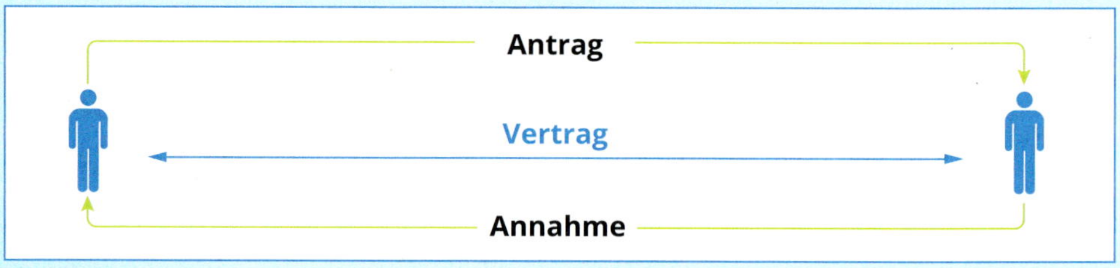

Aber Achtung: Bei jedem Kauf unbedingt die Allgemeinen Geschäftsbedingungen (AGB) prüfen, ggf. das **Widerrufsrecht** nutzen sowie auch die Themen Umgang mit persönlichen Daten und Datenschutz v. a. bei **Online-Geschäften** beachten.

Wie wir als Konsument den Durchblick behalten und was der Staat dafür tun kann (··→ M6-M12, M14, M15)

Meist verfügt der **Anbieter** eines Produktes über einen **Informationsvorsprung**. Diese **Informationsasymmetrie** können wir aber durch gezielte Recherche, die Zuhilfenahme von **Güte- und Produktsiegeln** oder **unabhängige Warentests** entschärfen.
Auch der Staat kann die Position der Verbraucherinnen und Verbraucher stärken. Beispiele sind etwa die **Kennzeichnungspflicht**, **Vorgaben für Produktverpackungen**, womit die Verbraucherinnen und Verbraucher sich informieren können, **staatliche Lebensmittelkontrolle** oder **Rückrufe gefährlicher Produkte**.
Im Vergleich zu anderen Ländern setzt Deutschland häufig auf **Freiwilligkeit** und **Selbstverpflichtungen** der Anbieter und eher wenig auf **Zwang** oder **Lenkung durch Steuern**. Es wird kontrovers diskutiert, ob insbesondere der deutsche Staat sich damit ausreichend um den Schutz der Verbraucherinnen und Verbraucher bemüht oder doch allzu oft die Verkaufsinteressen der Produkthersteller vertritt.
Menschen reagieren auf Anreize, weshalb staatliche Verhaltenslenkung, etwa durch Eingriffe in die Preisgestaltung durch Steuern, Nudging sowie durch Verbote, zu veränderten Konsumentscheidungen führen kann.

Rating im Internet – der neue Bewertungskult

Der Bewertungskult grassiert. Er fordert uns alle und lädt zum Mitmachen ein. Bürgerämter, Bahnhöfe oder Flughäfen mit Bewertungsterminals, auf denen Smileys abgebildet sind, Mitarbeiter, die sich wechselseitigen Bewertungen unterziehen, Arbeitnehmer, die ihre Firmen bewerten, Hotels, die unentwegt Zufriedenheiten erfragen, eine schier uferlose Zahl an Online-Bewertungsportalen – all dies sind untrügliche Zeichen dafür, dass sich ein neuer Kult der Bewertung herausgebildet hat. Überall sind wir gefragt, Dinge, Personen oder Leistungen zu bewerten, Sternchen zu vergeben, für gemachte Erfahrungen Noten auszustellen.
Der Bewertungskult hat erhebliche Machtverschiebungen im Beziehungsgeflecht von Dienstleistern und Kunden, Lehrern und Schülern, öffentlichen Einrichtungen und Bürgern, Unternehmen und Mitarbeitern, Patienten und Ärzten zur Folge.
Er verschafft Stimmen Gehör, die bis dato oftmals ungehört blieben. Laien- und Populärbewertungen erzwingen heute neue Formen der Responsivität, machen Unternehmen, öffentliche Einrichtungen oder Professionen abhängig von den Meinungen, die über sie vorgebracht werden, und können – zumal wenn dies öffentlich erfolgt – mit erheblichen Vorteilen oder Nachteilen einhergehen. Man kann es noch prägnanter formulieren: Bewertungen bringen auch jene auf Trab, die bislang geglaubt haben, sich um die Meinungen anderer nicht kümmern zu müssen. [...]
Für Kunden können diese Portale nützliche Orientierung bieten, für Unternehmen sind sie hingegen für die Kundengewinnung essentiell geworden (man nennt es Empfehlungsmarketing). Denn wer auf diesen Plattformen gut abschneidet, hat im Wettbewerb die Nase vorn. [...]
Über das Internet wird ein neues Niveau an Markttransparenz erreicht. Das führt dann beispielsweise dazu, dass das Reisebüro vor Ort verschwindet, weil sich das günstigste und am besten bewertete Angebot auf den Vergleichsportalen viel besser finden lässt.
Nicht die unsichtbare Hand ordnet und strukturiert dann Märkte, sondern die von uns allen kollaborativ zusammengetragenen Bewertungsdifferenzen von Angeboten und Anbietern.

Steffen Mau, www.faz.net, Rating im Internet: Der neue Bewertungskult, 04.07.2017

Responsivität
Antwortverhalten, Antwortbereitschaft

Profession
Anstellung, Beschäftigung

unsichtbare Hand
→ S. 133

kollaborativ
zusammenarbeiten, kooperieren

AUFGABE

Erörtert ausgehend vom Text, inwiefern Online-Bewertungs- und Vergleichsportale eine Möglichkeit darstellen, um die Position der Verbraucherinnen und Verbraucher im Hinblick auf die Vermeidung von Konsumrisiken zu stärken.

Hilfen H zu den Aufgaben

Seite 18

Hilfe zu Teilaufgabe f)-5

Unterscheidet bei den Abstimmungsverfahren zwischen den Vor- und Nachteilen des Einstimmigkeitsprinzips und den Vor- und Nachteilen des Mehrheitsprinzips.

Seite 40

Hilfe zu Aufgabe 6

Folgende Tabelle kann euch bei der Erschließung des Konflikts rund um das Kleefelder Jugendzentrum und der Zuordnung der jeweiligen Interessen behilflich sein:

	Jugendliche	Kerstin Schmidt (Mitarbeiterin Jugendzentrum)	Stadt Hannover (SPD-Politikerin Belgin Zaman)
Interessen	• …	• …	• …

Ins Heft

Seite 45

Hilfe zur Auswertung des Filmausschnitts

Analysiert die Machart des Films zum Projekt „Leinewelle" (Bilder, Musik, Schnitt):

- Welche Zielgruppen versucht der Film anzusprechen und wer hat den Film in Auftrag gegeben?
- Welche Intention verfolgt der Film: Will er informieren oder überzeugen? – Begründet eure Meinungen und schaut den Film gegebenenfalls ein zweites Mal an.
- Fazit: Handelt es sich um einen informierenden Kurz- oder um einen Werbefilm?

Seite 49

Hilfe zu Aufgabe 2

Die Beantwortung folgender Fragen kann euch bei der Beschreibung des Projekts „Leinewelle" behilflich sein:

- Was ist die zentrale Idee des Projekts „Leinewelle" und wer will die „Leinewelle" bauen?
- Welche Vorteile könnte die „Leinewelle" für Hannover haben?
- Wie soll das Projekt „Leinewelle" finanziert werden?

Seite 54

Hilfe zu Aufgabe 1

Die Beantwortung folgender Fragen kann euch bei der Analyse des Projekts „Leinewelle" behilflich sein:

- Welche Akteure und Interessengruppen sind beteiligt? – Fertigt hierzu eine Tabelle mit Befürwortern, Skeptikern und Gegnern des Projekts „Leinewelle" an. Unterscheidet die privaten Akteure/Interessengruppen (Akteure aus Wirtschaft und Wissenschaft, Bürgerinnen und Bürger) und die politischen Akteure (Behörden/Stadtverwaltung, Politikerinnen und Politiker) farblich voneinander:

Befürworter	Skeptiker	Gegner
• Gastronom und Initiator Heiko Heybey	• Oberbürgermeister Stefan Schostok (SPD)	• …
• Freizeitsportler	• Hochschuldozent Heiner Haass	• …
• …	• …	• …

Ins Heft

- Was sind die zentralen Probleme und Hindernisse für die Initiatoren des Projekts?
- Was sind die wichtigsten Schritte, die die Initiatoren unternehmen, um das Projekt trotz aller Widerstände voranzutreiben?

Hilfe zu Aufgabe 1 **Seite 62**

Fasst vor dem Vergleich zunächst einmal anhand **M10-M12** zusammen, was die politischen Gremien der Stadt Hannover entschieden haben.

Hilfe zu Aufgabe 1 **Seite 72**

Die Beantwortung folgender Fragen kann euch bei der Erstellung und Durchführung des Kurzvortrags (→ Methodenglossar) behilflich sein:

- Auf welches Problem/welche Probleme des demografischen Wandels zielt das Projekt ab?
- Worin besteht das Projekt und warum ist es innovativ?
- Welche Akteure (politische Institutionen/Bürgerinnen und Bürger) haben das Projekt ins Leben gerufen?
- Wie beurteilt (→ URTEILSKOMPETENZ) ihr den Erfolg des Projektes?
- Wo seht ihr gegebenenfalls Probleme?

Hilfe zu Aufgabe 2 **Seite 72**

Vergleicht für euer Fazit vor allem die Projekte 1 und 3 miteinander.

Hilfe zu Aufgabe 6 **Seite 72**

Die Beantwortung folgender Fragen kann euch bei der Stellungnahme (zur Debattenfrage „Ist ehrenamtliche Arbeit eine Lösung für die Probleme der Kommunen?") behilflich sein:

- Entspricht eine Ausweitung des Ehrenamts dem Gemeinwohl?
- Ist die Ausweitung des Ehrenamts unter Berücksichtigung bestimmter Interessen und allgemein wichtiger Werte berechtigt?
- Ist die Ausweitung des Ehrenamts das richtige Mittel, um die Probleme der Kommunen zu lösen?

Hilfe zu Aufgabe 3 **Seite 78**

Diese Aussage könnt ihr mithilfe der folgenden Argumente überprüfen:

- Es kommt darauf an, was mit den Schulden finanziert wird. Werden Kindergärten und Schulen saniert, dann profitieren v. a. junge Menschen.
- Muss eine Gemeinde Schulden aufnehmen, um Zinsen für alte Schulden zu bezahlen, dann sitzt sie in einem Teufelskreis fest.
- Irgendwann müssen die Schulden zurück bezahlt werden. Die Schulden von heute sind deshalb immer die Steuern von morgen.
- Nimmt eine Gemeinde Schulden auf, um ein neues Gewerbegebiet zu errichten, dann kann dies zu mehr Wirtschaftswachstum und dadurch zu mehr Einnahmen führen. Davon profitieren die Menschen auch in der Zukunft.

Seite 82

Hilfe zu Aufgabe 3

Geht bei eurer Beurteilung folgendermaßen vor:

- Klärt, welche Ziele mithilfe eines Jugendparlaments erreicht werden sollen.
- Sammelt Argumente, die eure Sichtweise stützen.
- Fasst eure Ergebnisse zusammen.

Seite 85

Hilfe zu Aufgabe 3

- Bezieht bei eurer Diskussion auch den Fall „Wohnungen statt Kleingärten?“ aus **M4** mit ein. Ordnet die Argumente zunächst nach Pro und Kontra. Ergänzt dann nach und nach weitere Argumente.
- Weitere politische Fragen, über die die Bürgerinnen und Bürger direkt abstimmen könnten, könnten bspw. sein:
  a) Soll eine neue Umgehungsstraße gebaut werden?
  b) Sollen in der Gemeinde Flüchtlinge aufgenommen werden?
  c) Soll der Flughafen eine weitere Start- und Landebahn erhalten?

Seite 108

Hilfe zu Aufgabe 3b)

Hierzu könnt ihr die Abbildung des Wirtschaftskreislaufs heranziehen (→ S. 116).

Seite 113

Hilfe zu Aufgabe 4

Beantwortet für euch zunächst die Frage: Von welchem der drei Ecken des „magischen Dreiecks“ lässt sich die Mehrheit der Deutschen dabei leiten?

Seite 116

Hilfe zu Transferzahlungen

Staatliche Transferzahlungen ins Ausland sind etwa Ausgaben für Entwicklungshilfemaßnahmen oder Zahlungsverpflichtungen gegenüber der Europäischen Union (EU). Im Gegenzug erhält der Staat Transferzahlungen aus dem Ausland z. B. in Form von EU-Subventionen und EU-Fördermitteln.

Seite 123

Hilfe zu Aufgabe 4

Schon lange nichts mehr gekauft? Kein Problem: Überprüft eure Kaufentscheidung aus Aufgabe 1a). Wie würdet ihr euch nun entscheiden?

Seite 134

Hilfe zu Aufgabe 2

Anhand des folgenden Schaubilds könnt ihr herausarbeiten, wie Preise zustande kommen und welche Funktionen Preise haben:

Seite 163

Hilfe zu Aufgabe 3

Zieht zur Erörterung neben der Zuckersteuer auch weitere bekannte Beispiele, wie etwa die Erhöhung der Tabaksteuer zur Reduktion des Rauchens, heran.

Methoden zur Bearbeitung der Aufgaben

Zur Bearbeitung der Aufgaben werden an einigen Stellen nachfolgende Methoden angeboten. Diese sind hier ausführlich erklärt.

Aktualitätendienst

I. Worum geht es?

Bei der Methode Aktualitätendienst verfolgen einzelne Schülerinnen und Schüler im wöchentlichen Wechsel die aktuellen Tagesnachrichten. Aus den Nachrichten wählen sie ein bestimmtes politisches Thema aus, das sie besonders interessiert. Es kann sich hierbei um ein kommunalpolitisches, landespolitisches, bundespolitisches oder auch ein europapolitisches Thema handeln. Nach Ablauf der Woche wird das ausgewählte Thema von den jeweiligen Schülerinnen und Schülern vor der Klasse präsentiert.

II. Geht dabei so vor:

1. Schritt: Informationsbeschaffung

Die Schülerinnen und Schüler können sich mithilfe der folgenden Medienangebote über das aktuelle politische Tagesgeschehen informieren. Die Angebote stellen eine Auswahl dar.

Zeitungen

Informationen zu bundespolitischen oder europapolitischen Themen finden sich in überregionalen Tageszeitungen, z. B.:

- Frankfurter Zeitung (FAZ)
- Süddeutsche Zeitung (SZ)
- Die Tageszeitung (taz)

Kommunal- und landespolitische Themen finden sich vor allem in Regionalzeitungen.

Fernsehsender

Fast alle Fernsehsender strahlen regelmäßig Nachrichtensendungen aus. Die Nachrichtensendungen der öffentlich-rechtlichen Sender lauten beispielsweise:

- Tagesschau (ARD)
- heute (ZDF)

ARD und ZDF bieten über ihr Gemeinschaftsprogramm zudem den Kinderkanal KiKA an. Über diesen Kanal lässt sich die speziell für Kinder produzierte Nachrichtensendung logo! empfangen.

Radiosender

Die meisten Radiosender haben ebenfalls regelmäßig stattfindende Nachrichtensendungen im Programm. Reine Informations- und Nachrichtensender lauten beispielsweise:

- Deutschlandfunk (Dlf)
- NDR Info (Norddeutscher Rundfunk)

Speziell von professionellen Journalisten für Kinder produzierte Kindernachrichten sind beispielsweise:

- Kakadu-Nachrichten (Deutschlandfunk Kultur)
- Kindernachrichten (NDR Info)

Internetauftritte

- Der Deutsche Bundestag stellt beispielsweise über sein Online-Politikportal für Jugendliche Mitmischen.de von jungen Journalisten erstellte und redaktionell geprüfte Beiträge zu politischen Themen aus ganz Deutschland vor.
- Weiter bietet u. a. der Westdeutsche Rundfunk (WDR) über seinen Internetauftritt regelmäßig speziell für Kinder produzierte Nachrichten an: die neuneinhalb-Nachrichten (*https://kinder.wdr.de/tv/neuneinhalb/*).
- Alle aufgeführten Fernseh- und Radiosender sowie Zeitungen bieten über ihre jeweiligen Internetauftritte hinaus Mediatheken, Podcasts, zusätzliche Online-Angebote etc. an, über die man sich zum politischen Tagesgeschehen informieren und weitere Hintergrundberichte ansehen, nachhören oder nachlesen kann.

2. Schritt: Durchführung des Vortrags

Nachdem die Schülerinnen und Schüler ein politisches Thema ausgewählt haben, notieren sich diese zunächst einmal in Stichworten, worum es bei ihrem Vortrag genau gehen soll:

- das politische Thema,
- die beteiligten Akteure
- die Interessen der beteiligten Akteure

Sollten die Schülerinnen und Schüler ein besonders kontrovers diskutiertes politisches Thema ausgewählt haben, bietet es sich an, im Rahmen des Vortrags die Argumente der unterschiedlichen Akteure/Interessengruppen vorzustellen. Dabei ist es äußerst wichtig, stets die jeweils verwendete Quelle anzugeben.
Zur visuellen Unterstützung des Vortrags können auch zum Thema passende Bilder oder Filmausschnitte gezeigt werden. Die Schülerinnen und Schüler sollten sich vor Durchführung ihres Vortrags deshalb unbedingt mit der technischen Ausstattung des Klassenraums vertraut machen. Gibt es beispielsweise einen Overheadprojektor, können Folien angefertigt werden. Mithilfe einer Dokumentenkamera können Bilder aus Zeitungen (in Papierform) präsentiert werden. Bei vorhandenem Internetanschluss, Laptop und Beamer/Smartboard lassen sich Filmausschnitte abspielen oder es bieten sich PowerPoint-Präsentationen an.
Tipp: Für die Vorbereitung und Durchführung des Vortrags können die Schülerinnen und Schülern auch die Informationen der Methode „Einen Kurzvortrag halten" (→ S. 176 f.) heranziehen.

Bearbeiterin

Eine politische Debatte führen – die „Eishockey-Debatte“

I. Worum geht es?

Politische Probleme betreffen oftmals die gesamte Bevölkerung eines Landes. Da dabei sehr viele verschiedene Interessen und Gruppen in der Gesellschaft betroffen sind, kann es meist keine Lösung geben, die für alle gleich gut ist. Deshalb sind Konflikte unausweichlich und Lösungen immer umstritten. Der Streit um die richtige Lösung politischer Konflikte gehört somit zum Kern der Politik. Die öffentliche Debatte, die in den Medien, in den Parteien und Parlamenten, aber auch in den Familien und in der Schule geführt wird, ist eine wichtige Vorstufe zur Entscheidungsfindung. Wer sich in dieser Debatte durchsetzen kann, der kann großen Einfluss auf die politische Entscheidung nehmen. Eine Möglichkeit, eine geordnete Debatte zu führen, ist die „Eishockey-Debatte“. Sie erlaubt es, eine Diskussion zu führen, ohne dass ein Einzelner dabei im Mittelpunkt steht, da sich die Diskussionsmannschaften gegenüberstehen. Kein Spieler kann ein gesamtes Eishockeyspiel absolvieren, denn das Tempo des Spiels ist viel zu hoch. Deshalb wechseln sich die Spieler immer ab und sobald sie sich wieder stark fühlen, können sie wieder auf das Eis. Je mehr Leute mitstreiten, desto mehr Argumente und Ideen gibt es.

II. Geht dabei so vor:

1. Schritt: Vorbereitung der „Eishockey-Debatte“

Bevor ihr mit der Durchführung der „Eishockey-Debatte“ beginnt, solltet ihr die Sitzordnung in eurem Klassenzimmer folgendermaßen gestalten:

Eishockey-Debatte

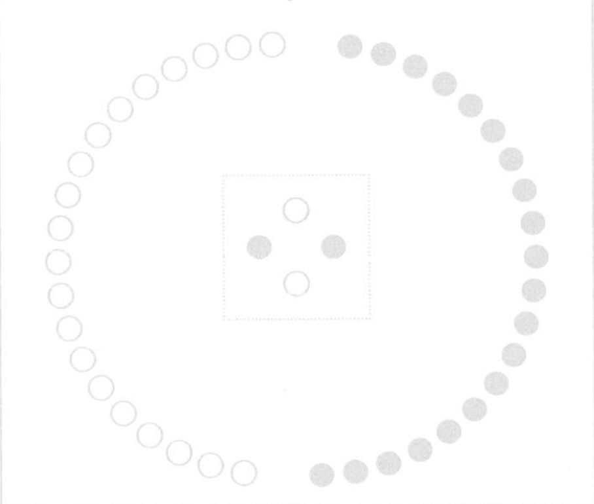

2. Schritt: Die Durchführung der „Eishockey-Debatte“

1. In der „Eishockey-Debatte“ diskutieren immer nur vier Schülerinnen und Schüler miteinander: zwei aus der Pro- und zwei aus der Kontra-Gruppe.
2. Das gesamte Team steht aber jederzeit bereit, in die Diskussion einzugreifen.
3. Hat ein Mitglied aus dem Diskussionsteam eine gute Idee oder ein schlagkräftiges Argument, dann wird es „eingewechselt“: Der bisherige Diskutant geht zurück ins Publikum und der andere nimmt auf einem der Diskussionsstühle Platz – nun geht die Debatte weiter.
4. Die Debatte ist zu Ende, wenn keine neuen Argumente genannt werden bzw. wenn sich niemand mehr einwechseln lassen will.

Bearbeiter

METHODE

Diagramme und Schaubilder analysieren

I. Worum geht es?

Eine Statistik ist die systematische Sammlung und Ordnung von Informationen in Form von Zahlen. Diese Zahlen werden entweder in Tabellen oder optisch aufbereitet als Diagramme und Schaubilder ausgewertet und dargestellt. Diese gilt es, zu analysieren.

II. Geht dabei so vor:

1. Schritt: Fragestellung/Thema bestimmen

Was ist das Thema des Diagramms/Schaubilds?

2. Schritt: Darstellungsform bestimmen

Es gibt verschiedene Arten von Diagrammen: a) In **Balken- und Säulendiagrammen** lassen sich verschiedene Zahlenwerte gut miteinander vergleichen, b) durch **Linien- und Kurvendiagramme** können zeitliche Entwicklungen gut dargestellt werden und mithilfe von c) **Kreis-/Kuchen-/Tortendiagrammen** lassen sich die jeweiligen Anteile an der Gesamtmenge gut erkennen.

3. Schritt: Diagrammme und Schaubilder beschreiben

- In welcher Maßeinheit sind die Zahlenwerte angegeben? Handelt es sich um absolute Zahlen? Dann steht dort z. B. „in Tausend" oder „in Millionen". Oder sind relative Zahlen dargestellt? Diese Angaben erfolgen in Prozent (%)
- Welcher Zeitpunkt oder Zeitraum ist dargestellt?
- Woher kommen die Zahlen, was ist als Quelle der Darstellung angegeben?

4. Schritt: Diagramme und Schaubilder analysieren

Was zeigen die Zahlen und Daten? Gibt es Besonderheiten oder Auffälligkeiten?

5. Schritt: Diagramme und Schaubilder kritisch beleuchten

Ist die Form der Darstellung korrekt? Passen die Abstände im Koordinatensystem? Wie ist die Aussage des Schaubilds/Diagramms in das Thema einzuordnen?

Bearbeiter

(a)

Balkendiagramm

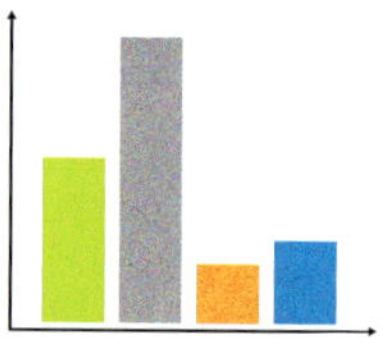

Säulendiagramm

(b)

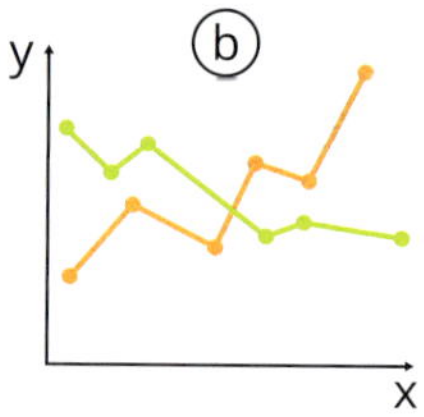

Liniendiagramm

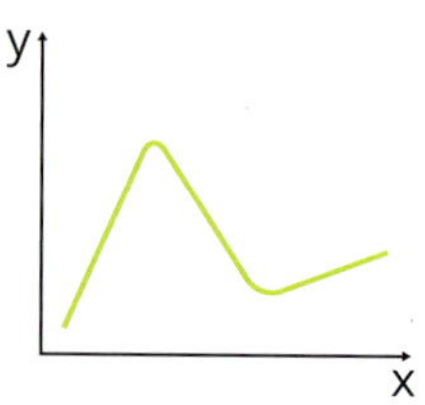

Kurvendiagramm

(c)

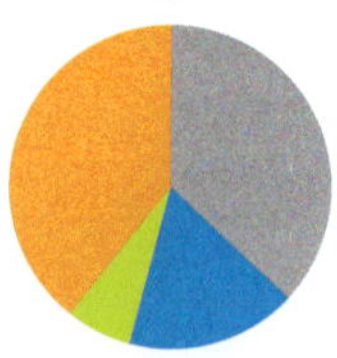

Kreis-/Kuchen-/
Tortendiagramm

Eine Fishbowl-Diskussion durchführen

I. Worum geht es?

Diese Methode der Diskussionsführung hat den Vorteil, dass Mitglieder, die sonst in einer großen Gruppe nicht zu Wort kommen, jederzeit ihre Meinung äußern und aktiv mitdiskutieren können. Dadurch entsteht eine hohe Identifikation aller Teilnehmer mit der Arbeit am Thema. Ein Teilnehmer, der keine Lust mehr hat, aktiv mitzudiskutieren, kann einfach aussteigen und von außen zuhören. Dadurch bleibt die Diskussion stets aktiv.

II. Geht dabei so vor:

1. Schritt: Vorbereitung

In einer Fishbowl-Diskussion haben jeweils drei Befürworter und Gegner der Fragestellung wie auch die beiden Moderatoren feste Plätze am Diskutantentisch. Zwei weitere Plätze können zur Diskussion einzelner Aspekte vom fachkundigen Publikum zeitweise besetzt werden, um neue Gesichtspunkte einzubringen oder konkrete Fragen an einen der Teilnehmer zu stellen. Es ist möglich, sich mehrfach in die Diskussion einzuschalten.

2. Schritt: Durchführung

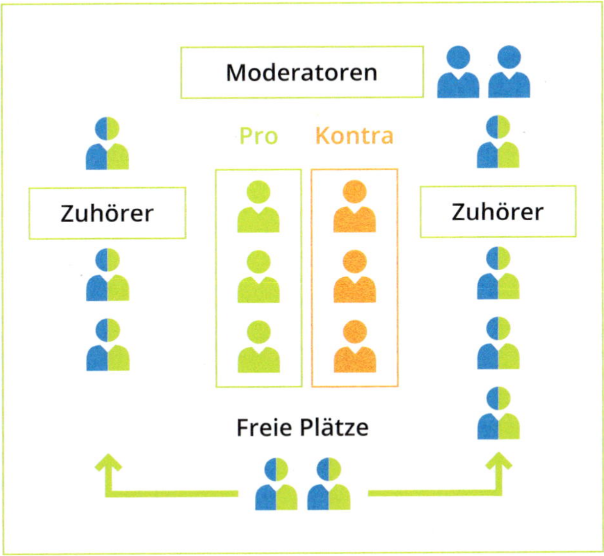

1. Zunächst macht ihr euch mit dem Thema und der Problemstellung vertraut: Worum geht es genau? Führt in einer Abstimmung ein erstes Meinungsbild herbei und haltet es fest.
2. Bildet Gruppen für die kontroversen Positionen. Es empfiehlt sich, diese Gruppen per Los oder nach dem Zufallsprinzip zusammenzustellen. Ihr sollt nämlich nicht eure persönliche Meinung weiter ausführen, sondern euch in unterschiedliche Standpunkte einarbeiten und diese argumentativ vertreten.
3. Mithilfe geeigneter Materialien setzen sich die Gruppen mit „ihren" Positionen auseinander. Dabei werden auch Gegenargumente gewürdigt. Anschließend verständigen sich die Gruppen auf ihre Vertreter in der Fishbowl-Diskussion. Die anderen fungieren als Beobachter, die sich aber in die Diskussion einschalten können.
4. Zwei bereiten sich auf ihre Aufgabe als Moderatoren (Diskussionsleiter) vor.
5. Für die Durchführung ist es notwendig, eine geeignete Sitzordnung herzustellen (→ Schaubild).
6. Die Moderatoren führen in das Thema ein, stellen die Vertreter vor und begrüßen die Zuschauer, erklären den Ablauf, eröffnen die Diskussion, erteilen und entziehen das Wort, achten auf die Zeit und beenden die Diskussion. Daraufhin halten die Gruppensprecher jeweils ein kurzes Eingangsstatement (max. 1 Minute). Anschließend erfolgt in Rede und Gegenrede der Austausch der Argumente und Gegenargumente (ca. 20 min.).

7. Möchte einer der Beobachter sich in die Diskussion einschalten, so setzt er sich auf einen freien Stuhl. Nachdem er das Wort erhalten und ggf. eine Antwort bekommen hat, verlässt er diesen wieder.
8. In der Auswertung fordern die Moderatoren die Beobachter auf, mitzuteilen, welche Argumente sie überzeugt haben und die dahinter stehenden Werte zu reflektieren. Auch den Ablauf der Veranstaltung sollen sie bewerten.
9. Abschließend lösen sich alle von ihren Rollen, und es wird eine zweite Abstimmung durchgeführt. Das Ergebnis wird mit dem ersten Meinungsbild verglichen, Unterschiede werden hinterfragt.

Bearbeiter

Karikaturen analysieren

I. Worum geht es?

Eine Karikatur (ital. caricare = „übertreiben“, „verzerren“) ist eine Darstellungsform, bei der ein Zeichner gesellschaftliche, politische und wirtschaftliche Sachverhalte bewusst überspitzt darstellt. Dabei soll der Betrachter nicht nur unterhalten, sondern auch zum Nachdenken über die dargestellten Ereignisse, Entwicklungen, Zustände oder Personen angeregt werden. Um die Aussageabsicht einer Karikatur zu entschlüsseln, muss diese zunächst genau analysiert werden.

II. Geht dabei so vor:

1. Schritt: Beschreiben

- Wie ist die Karikatur aufgebaut (Bild-/Textelemente...)?
- Wen oder was zeigt die Karikatur?
- Was wird thematisiert?
- Welche Darstellungsmittel werden gewählt?

2. Schritt: Deutung

- Welche Bedeutung haben verwendete Symbole?
- Was ist die Kernaussage?
- Wer ist der Adressat?
- Welchen Standpunkt nimmt der Karikaturist ein?

3. Schritt: Bewertung

- Worin ist dem Karikaturisten zuzustimmen?
- Was ist dem Karikaturisten entgegen zu halten?
- Wie ist die zeichnerische Qualität einzuschätzen?

Bearbeiter

Einen Kommentar verfassen

I. Worum geht es?

Als Kommentar wird eine meinungsbildende und journalistische Textsorte bezeichnet, wobei auch die Sammlung von Anmerkungen zu einem literarischen Text unter diesem Begriff gefasst wird sowie eine persönliche Anmerkung zu einem beliebigen Thema.

II. Geht dabei so vor:

1. Schritt: Merkmale des Kommentars

Innerhalb der journalistischen Textsorten gehört der Kommentar zu den meinungsbetonten Texten und ähnelt insofern der Glosse. Der Kommentar teilt sich vornehmlich in die Sonderformen Leitartikel und Kolumne. Der Leitartikel ist meist auf der Titelseite zu finden, ein besonders herausgestellter Meinungsartikel und meist neben den wichtigsten Meldungen einer Zeitung platziert. Der Leitartikel spiegelt allerdings immer die Meinung eines Redakteurs, meist des Chefredakteurs, wider und ist eben keine aktuelle Nachricht, sondern gewissermaßen Ansichtssache. Alles, was einen Nachrichtenwert hat, kann Inhalt eines solchen Kommentars sein. Wichtig ist aber, dass das Thema eine Meinungsäußerung provoziert und öffentliches Interesse am Thema besteht, wobei der Kommentar den Blickwinkel ändern soll.

1. Da der Kommentar eine meinungsbetonte Textsorte ist, steht natürlich die Ansicht, Perspektive und Meinung des jeweiligen Redakteurs im Vordergrund. Die subjektive, persönliche Meinung zum Sachverhalt ist also die Kernaussage des Textes. Meist werden anfangs alle relevanten Informationen des Themas knapp angerissen und durch den Autor analysiert. Anschließend findet sich meist eine Stellungnahme und Bewertung des jeweiligen Themas, die die weiteren Folgen erläutern.
2. Oftmals zeichnet er sich durch eine reißerische Überschrift und einen prägnanten Untertitel aus, der den Leser zum Lesen des Textes animieren soll.
3. Die Textsorte zeichnet sich vornehmlich durch die Stilmittel Ironie, Sarkasmus, Polemik, Humor oder durch einen absichtlich aggressiven Sprachstil aus. Diese können den Leser maßgeblich beeinflussen, was durch treffsichere, zum Inhalt passende Adjektive unterstrichen wird.
4. Sehr häufig zeichnen sich Kommentare durch Parataxen aus. Das meint, dass die Sätze nicht sehr lang sind. Dies kann die Aussage verstärken und vor allem dafür Sorge tragen, dass die Gedankengänge für jeden Leser nachvollziehbar bleiben.
5. Verstärkt wird die eigene Meinung des Kommentators oftmals dadurch, dass die eigene, ganz individuelle Meinung so formuliert wird, als würde viele Menschen diese teilen, wodurch sie gewissermaßen zum Zeitgeist erhoben wird (Zeitgeist ~ Denkweise eines Zeitalters).

6. Der Leser soll sich mit der Meinung des Kommentars zumeist identifizieren. Deshalb werden komplexe Sachverhalte für die jeweilige Leserschaft sehr häufig vereinfacht dargestellt und verallgemeinert, wobei komplizierte Theorien meist auf der Strecke bleiben.

2. Schritt: Aufbau eines Kommentars

1. Die Überschrift ist kurz und prägnant, oft reißerisch und soll den Leser zum Lesen animieren.
2. These, um Kontakt zum Leser aufzubauen. Umso mehr Widerstand seitens der Leserschaft zu erwarten ist, umso effektiver ist sie auch.
3. Zusammenfassung der Nachricht oder des Sachverhalts auf die sich der Kommentar bezieht. Hierfür werden nur wenige Zeilen beansprucht, die aber wichtig sind, um den Leser ins Thema zu bringen.
4. Argumentation des Autors für seine Sichtweise. Sie verdeutlicht den Standpunkt des Redakteurs.
5. Widerlegung gegnerischer Argumente, wenn nötig
6. Schluss, wobei die anfängliche These aufgegriffen wird und die Folgerungen, Forderungen oder Mahnungen, die sich aus der Argumentation ergeben haben, dargelegt werden.
7. Der Name des Kommentators steht grundsätzlich am Ende des Beitrags.

Bearbeiter

Einen Kurzvortrag halten

I. Worum geht es?

Ein Kurzvortrag ist ein Vortrag über ein Thema, der in einer begrenzten Zeit (etwa 5-15 Minuten) gehalten wird. Die häufigsten Formen sind mündliche Berichte, Fachvorträge bei Tagungen, Kurzreferate bei Seminaren oder Übungsreferate in der Schule.

Der erste Eindruck ist entscheidend! ...

... Der letzte Eindruck bleibt!

II. Geht dabei so vor:

1. Schritt: Vorbereitung und Einleitung

Beginnt euren Vortrag pünktlich. Eine gelungene Eröffnung des Vortrags ist die beste Möglichkeit, um beim Publikum Interesse für die Darbietung zu wecken. Ihr könnt euer Thema entsprechend verschiedene Einstiegsvarianten auswählen. Sicher kennt ihr die schlechteste Variante aus eigener Erfahrung: „Wir wollen heute einen Vortrag zum Thema ... halten." Und schon habt ihr das Desinteresse der Zuhörer auf eurer Seite. Also solltet ihr einen Einstieg wählen, der das Publikum • visuell einstimmt, • provoziert, • persönlich anspricht,

• durch eine kluge Fragestellung einbezieht, • mit einem Vergleich konfrontiert, • spontan anspricht, • überrascht oder • erheitert.

2. Schritt: Durchführung

Interessiert sich euer Publikum erst einmal für euer Thema, könnt ihr Thema und Gliederung vorstellen. Damit beginnt ihr den Hauptteil des Vortrags – das eigentliche „Filetstück". Eure Gliederung als „Fahrplan" der Darbietung schreibt ihr am besten auf eine Folie oder bringst sie vor Beginn des Referates auf einer Flipchart oder Tafel an. So kann das Publikum dem Inhalt eures Vortrags gut folgen. Plant den Hauptteil wie eine Regieanweisung. Da ihr im Team euer Thema präsentiert, ist es umso wichtiger, für jeden handhab- und nachvollziehbar den Ablauf zu skizzieren. Bei Aufregung ist schon so manches in Vergessenheit geraten. Es sollte auch vermerkt werden, wer den gerade Vortragenden mit dem Auflegen einer Folie oder dem Zeigen von Bildern usw. unterstützt, damit dieser sich voll seinem Vortrag widmen kann und nicht aus dem Konzept kommt.

3. Schritt: Abschluss

Der Schluss fasst die wesentlichen Aspekte eures Vortrags zusammen. Hütet euch aber vor solchen Formulierungen: „Jetzt sind wir am Ende unseres Vortrags" oder „Alles Wesentliche wurde gesagt, wir fassen nur noch einmal zusammen". Gut ist es, wenn Einstieg und Schluss einen gewissen Rahmen des Referates bilden.

Nach: Elke Deparade: Planung und Durchführung der Präsentation, Methodenlernen in der gymnasialen Oberstufe, Bamberg 2013, S. 97 f.

Eine Mindmap erstellen

I. Worum geht es?

Eine Mindmap (englisch: *mind map*; auch: *Gedanken[land]karte, Gedächtnis[land]karte*) erstellen, ist eine Technik, die für das Erschließen oder das visuelle Darstellen eines Themengebietes oft zum Einsatz kommt. Hierbei sollen Gedanken freien Lauf erhalten und so die Fähigkeit des Gehirns zur Kategorienbildung genutzt werden.

II. Geht dabei so vor:

1. Schritt: Das Thema bestimmen

Zuerst gilt es, ein möglichst konkretes Thema bzw. einen bestimmten Begriff zu bestimmen. Schreibt dieses Thema/diesen Begriff in die Mitte eines Papiers.

2. Schritt: Hauptäste setzen

Zieht Linien/Hauptäste von dem Thema/Begriff in verschiedene Richtungen. Schreibt dann Oberbegriffe in Großbuchstaben am Ende der Hauptäste. Mit diesen Oberbegriffen strukturiert ihr das Thema/den Begriff grundlegend, überlegt hier also genau, welche Begriffe ihr für die Hauptäste wählt.

3. Schritt: Nebenarme setzen

Ergänzt nun Nebenarme mit einer zweiten (und evtl. dritten) Gedankenebene.

4. Schritt: Erweiterung und Abschluss

Nun erweitert eure Mindmap: Ihr könnt an jedem Arm Begriffe und Ideen ergänzen, gerade wo euch etwas einfällt.

Bearbeiter

Eine Positionslinie bilden

I. Worum geht es?

Mithilfe einer Positionslinie können Einstellungen körperlich zum Ausdruck gebracht werden. Dies kann in jedem größeren Raum geschehen, z. B. in eurem Klassenraum.

II. Geht dabei so vor:

1. Schritt: Vorbereitung

Auf einer gedachten oder durch einen Klebestreifen auf dem Boden markierten Linie positionieren sich die Schüler zu einer Frage oder zu einem Problem. Die Enden dieser Linie stellen alternative Pole (ja/nein; stimmt/stimmt nicht), der Abstand zwischen diesen Punkten entsprechend abgestufte Positionen dar.

2. Schritt: Durchführung

Die Schüler werden dann aufgefordert, ihre Positionen zu begründen und sich auch argumentativ aufeinander zu beziehen.

Lothar Scholz, Spielerisch Politik lernen. Methoden des Kompetenzerwerbs im Politik- und Sozialkundeunterricht, Schmalbach/Ts, 2003, S. 114

Ein Rollenspiel durchführen

I. Worum geht es?

Im Rollenspiel wird ein Stück Wirklichkeit simuliert, indem sich der einzelne Spieler in seinem Handeln an einer definierten sozialen Rolle orientiert. Soziale Rollen sind Erwartungen an das Verhalten und Handeln von Individuen, die bestimmte Positionen (z. B. Schüler, Lehrer, Eltern, Jugendliche, Politiker, Ärzte...) innehaben. Mithilfe des Rollenspiels können • gesellschaftliche Interessengegensätze erhellt, • soziale Verhaltensweisen eingeübt und • Handlungsstrategien entwickelt sowie erprobt werden.

II. Geht dabei so vor:

1. Schritt: Vorbereitung

- Beschreibung der Situation/des Problems/des Konflikts
- Rollenverteilung: Wer spielt welche Rolle?
- Spieler bereiten sich auf ihre Rollen vor, Beobachter formulieren Erwartungen an das Rollenspiel.

2. Schritt: Durchführung

- Vorher skizzierte Situation wird ohne Unterbrechung durchgespielt.
- Wichtig: Spieler verhalten sich entsprechend ihrer vorgegebenen Rolle.
- **Beobachtungsaufträge:** Was war gut, was weniger gelungen? Haben die Spieler ihre Rollen glaubwürdig gespielt? Haben sie sich entsprechend ihrer Rollenvorgabe verhalten?

3. Schritt: Auswertung

- Spieler äußern sich nacheinander über ihre **Einstellungen** und **Gefühle** im Rollenspiel.
- Austritt aus der Rolle: Spieler analysieren ihr Verhalten und die Gründe dafür.
- Auswertung der **Beobachtungsaufträge**
- **Generalisierung:** Kann man die dargestellte konkrete Situation verallgemeinern?
- Nutzen des Rollenspiels: Welche im Spiel dargestellten Verhaltensweisen können in vergleichbaren Situationen angewendet werden?
- Auswertung des Rollenspiels: Was könnte das nächste Mal besser gemacht werden?

Nach: Sibylle Reinhardt, Politik-Didaktik. Praxishandbuch für die Sekundarstufe I und II, Berlin 2005, S. 194 ff.

Ein Streitgespräch führen

I. Worum geht es?

Im Streitgespräch wird ein konfliktreiches Thema von allen Seiten beleuchtet. Es geht bei diesem Streitgespräch nicht darum, den „Gegner" durch bessere Argumente zu „schlagen", vielmehr soll ein Thema facettenreich erschlossen werden. Unterschiedliche Meinungen und konträre Perspektiven werden mit dem Ziel zusammengetragen, sich mit verschiedenen Sichtweisen auseinander zu setzen. Die Teilnehmer sammeln in zwei Gruppen zu einem Sachverhalt, zu einer These oder einer Frage Argumente zur Begründung ihres Standpunktes. Es ist durchaus erwünscht, Positionen zu vertreten, die nicht mit der eigenen Meinung identisch sind. So können festgefahrene Positionen verlassen werden und die Thematik wird neu durchdacht. Nach der Sammlung der Argumente in den Kleingruppen erfolgt eine Diskussion mit Vertretern der zwei Gruppen. Außer Befürwortern und Gegnern der These gibt es sowohl einen Moderator als auch Beobachter. Der Moderator ist neutraler Leiter des Streitgesprächs, d. h. er darf nicht erkennbar auf einer der beiden Seiten stehen. Als Beobachter agieren die Gruppenmitglieder, die nicht aktiv am Streitgespräch teilnehmen. Sie bekommen konkrete Beobachtungsaufträge.

II. Geht dabei so vor:

1. Schritt: Vorbereitung

- Aufteilung in zwei Gruppen (Pro- bzw. Kontra-Gruppe)
- Festlegung der jeweiligen Redner (drei pro Gruppe)
- Vorbereitung der Argumentation mithilfe des ausgegebenen Materials

2. Schritt: Durchführung des Streitgespräches

a. Darstellung der These durch den ersten Redner der Gruppe „Pro" – max. drei Minuten
b. Widerrede durch den ersten Redner der Gruppe „Kontra" – max. drei Minuten
c. Striktes Abwechseln der zwei Gruppen: geregelter Austausch der Argumentation
d. Zusammenfassendes Schlusswort durch den jeweiligen Hauptredner

3.Schritt: Auswertung

- Distanzierung: Redner äußern ihre Gefühle und Erfahrungen
- Bewertung des Streitgesprächs durch Beobachter
- Abstimmung über Streitpunkt im Plenum

Nach: Sibylle Reinhardt, Politik Didaktik. Praxishandbuch für die Sekundarstufe I und II, Berlin 2005, S. 203 ff.

Think-Pair-Share-Methode

I. Worum geht es?

Think-Pair-Share (denken – austauschen – teilen) ist eine Methode, um sich in Zwischenschritten mit einer Frage zu beschäftigen und gemeinsam eine Lösung zu einer vorgegebenen Fragestellung zu entwickeln. Die Think-Pair-Share-Methode gliedert sich in drei Phasen.

II. Geht dabei so vor:

1. Schritt: Think

In der ersten Phase (Think) wird still und für sich über eine eigene Antwort auf eine bestimmte Frage nachgedacht. Dabei ist es sinnvoll, dass die eigene Antwort in Stichworten notiert wird.

2. Schritt: Pair

In der zweiten Phase (Pair) wird die eigene Antwort auf die Frage einem zugeteilten Partner mitgeteilt. Dabei werden die eigenen Gedanken klar formuliert und sich gegenseitig aktiv zugehört.

3. Schritt: Share

In der dritten Phase (Share) werden die Antworten einem anderen Paar vorgestellt und besprochen. Auf diesem Weg soll die Gruppe dann über die verschiedenen Überlegungen ins Gespräch kommen.

Bearbeiter

Ein Wandplakat erstellen

I. Worum geht es?

Neben der permanenten Präsenz im Klassenraum bietet ein Wandplakat den Vorteil, den gelernten Inhalt zu visualisieren. Während die Visualisierung oftmals von der Lehrperson geleistet wird, besteht die Aufgabe nicht selten darin, zuzuschauen, zuzuhören sowie den Inhalt nachzuvollziehen und abzuschreiben. Problematisch ist dieses Vorgehen insofern, als die visuellen Vorgaben der Lehrkraft oftmals nicht so nachzuvollziehen sind, wie dies aus Lehrersicht erscheint. Somit empfiehlt es sich, möglichst eigene visuelle Grundmuster zu entwickeln, da sich so eigene gedankliche Verknüpfungen und Verankerungen ausbilden.

II. Geht dabei so vor:

1. Schritt: Vorbereitung

Haltet das Wichtigste fest. Hierbei können euch folgende Materialien helfen:

- Bilder, Tabellen, Fotos...
- kurze Informationstexte

2. Schritt: Gestaltung

- klare, saubere, deutliche Schrift
- keine Rechtschreibfehler
- Farben verwenden, die auch von weitem gut erkennbar sind
- Raum gut aufteilen (nicht dicht gedrängt)

Nach: Heinz Klippert, Methodentraining. Übungsbausteine für den Unterricht, Weinheim und Basel 1999, S. 168

WebQuest – im Internet recherchieren

I. Worum geht es?

Suchmaschinen bieten oft viele Tausend verschiedene Internetseiten an. Eine Recherche im Internet muss daher strukturiert angegangen werden.

II. Geht dabei so vor:

1. Schritt: Suche eingrenzen, Begriffe finden

Ihr solltet die Suchanfrage genau eingrenzen. Am besten schreibt ihr passende Begriffe so genau wie möglich in das Suchfeld. Durch das +-Zeichen sucht die Suchmaschine nach Internetseiten, in denen alle Begriffe vorkommen, durch Anführungsstriche könnt ihr Begriffe verbinden, die Suchmaschine sucht dann nur nach dieser Kombination (z. B. „Ehrenamt Kommune"). Wenn ihr bei der ersten Eingabe nicht erfolgreich wart, könnt ihr einen oder mehrere Suchbegriffe wieder herausnehmen oder austauschen.

2. Schritt: Suchergebnis auswählen

Als Ergebnis erhaltet ihr in der Regel eine lange Liste an Treffern von Internetseiten. Wenn die ersten Angaben eurer Suche entsprechen, lest die kurze Beschreibung unter der Überschrift. Die URL (fängt mit „www." an und wird häufig in grüner Schrift dargestellt) gibt oft darüber Auskunft, wer der Anbieter der Internetseite ist. Einrichtungen, Ministerien, Tageszeitungen u. Ä. verwenden in der Regel ihren Namen als URL, sodass ihr gleich wisst, dass ihr euch auf die Informationen verlassen könnt. Klickt die Seite an, die am besten zu eurer Suche passt, und überfliegt den Inhalt. War die Seite nicht richtig für euch, geht im Browser (wahrscheinlich arbeitet ihr mit dem Internet Explorer oder Mozilla Firefox) oben links auf den Pfeil nach links (zurück).

3. Schritt: Die Bewertung von Internetseiten

Ihr könnt die Identität des Verfassers beispielsweise über das Impressum oder die Rubrik „Wir über uns" herausfinden. Auch der Hintergrund des Autors sollte bekannt sein, d. h. in welchem Umfeld die Website veröffentlicht wurde (z. B. Universität, Unternehmen, Organisation). Schließlich sollte der Text aktuell sein. Dabei kann ein Blick auf weiterführende Links helfen.

4. Ergebnisse sichern

Sichert vor dem Schließen der Browserfenster eure Ergebnisse (z. B. durch Ausdrucken, Link speichern...).

Bearbeiter

Urteilsbildung

Warum ist Urteilsbildung zentral?
Die zentrale Aufgabe des Faches Politik-Wirtschaft ist es laut niedersächsischem Kerncurriculum, die Schülerinnen und Schüler in die Lage zu versetzen, Sachverhalte und Probleme zu erfassen und zu beurteilen. Nur so werden sie dazu befähigt, sich als mündige Bürgerinnen und Bürger in öffentlichen Angelegenheiten und ökonomischen Situationen verantwortungsbewusst einzubringen. Folglich ist die Urteilskompetenz eine von drei Kompetenzbereichen.

Wie wird Urteilskompetenz in Politik & Co. gezielt kumulativ aufgebaut?
Im Optimalfall wird Urteilkompetenz nicht nur zufällig erworben, indem Schülerinnen und Schüler schlicht immer wieder Stellung beziehen oder erörtern. Denn Urteilen ist ein komplexer Prozess. Wichtig ist es, diesen komplexen Prozess in seine Bestandteile aufzugliedern. Das niedersächsische Kerncurriculum benennt bei den Erläuterungen zur Urteilkompetenz wesentliche Kriterien, denen ein überzeugendes Urteil gerecht werden soll: Die Schülerinnen und Schüler sollen demnach • multiperspektivisch urteilen, • kriterien- bzw. kategorienorientiert vorgehen, • Sach- und Werturteile reflektieren, • mögliche Lösungen beleuchten und • die engen Verbindungen zwischen Politik, Wirtschaft und anderen Domänen bedenken.
Aufgrund dessen sollte die Urteilskompetenz Stück für Stück aufgebaut werden. Die Schülerinnen und Schüler sollten kumulativ dazu befähigt werden, die oben genannten Kriterien zu bedenken und selbstständig umzusetzen. In der Unterrichtsplanung kann dies gelingen, indem diese einzelnen Kriterien „heruntergebrochen" werden. Dabei orientiert sich **Politik & Co. – Politik-Wirtschaft für das Gymnasium** an den folgenden Niveaustufen des Modells von Andreas Füchter zur Diagnose, Bewertung und Förderung des Erwerbs gesellschaftswissenschaftlicher Urteilsfähigkeit*:

Die Urteile sollen zunehmend...
A) ...komplexer werden (Perspektive)

von der Betroffenen-Perspektive... (A1)

über mehrperspektivische Betrachtungen (Akteure/ Institutionen)... (A2)

zur Reflexion systemischer und struktureller Zusammenhänge (A3)

B) ...kategorial begründet werden (Rationalitätsanspruch)

von inkohärenten, unstrukturierten Urteilen... (B1)

über eine zunehmend kategoriale Ordnung... (B2)

zur Argumentation auf Basis einer differenzierten kategorialen Analyse (B3)

C) ... Werte differenziert einbeziehen (Wertebezug)

vom ansatzweisen Rückgriff auf Werte und Normen... (C1)

über den gezielten Rückgriff auf Werte und Normen... (C2)

zum inhaltlich differenzierten und reflexiven Bezug auf Werte und Normen (C3)

D) ...gründlich die Situation analysieren und Möglichkeiten erörtern (Situationsanalyse/Möglichkeitserörterung)

vom ansatzweisen und undifferenzierten Einbezug... (D1)

über erste analytische Rückgriffe auf Situation und Möglichkeiten... (D2)

zum funktionalen und differenzierten Bezug auf Situation und Möglichkeiten (D3)

E) ...Wechselwirkungen (v. a. zwischen Politik und Ökonomie) reflektieren

von einer rudimentären Bezugnahme auf Wechselwirkungen... (E1)

über erste bewusste Bezugnahmen auf Wechselwirkungen... (E2)

zu reflektierten Bezugnahmen auf komplexe Wechselwirkungen (E3)

Um Urteilskompetenz kumulativ aufzubauen, zielt **Politik & Co. – Politik-Wirtschaft für das Gymnasium** mithilfe von gezielten Aufgaben weiter darauf ab, dass die Schülerinnen und Schüler neue Niveaustufen „erklimmen“ können. Diese Aufgaben stehen dabei nicht „trocken“ für sich. Sie sind eingebettet in die Auseinandersetzung mit den vom Kerncurriculum vorgegebenen Gegenstandsbereichen.
Dabei sollen in Jahrgangsstufe 8 erste Schritte gegangen werden. Diese werden in den Jahrgangsstufen 9 und 10 aufgegriffen und ausdifferenziert.
Dazu dienen – optisch hervorgehoben und angedockt an konkrete Aufgaben – drei **URTEILSKOMPETENZ**-Seiten. Hier reflektieren die Schülerinnen und Schüler ihre Fortschritte bewusst. Zudem bekommen sie Tipps für ein zunehmend kompetentes und überzeugendes Urteilen.

** Verfasst durch Stephan Spieker in Anlehnung an: Andreas Füchter, Diagnose, Bewertung und Förderung des Erwerbs gesellschaftswissenschaftlicher Urteilfähigkeit, in: POLIS Report der Deutschen Vereinigung für Politische Bildung, Heft 2/2011, S. 8 – 13*

Politik- und Wirtschaftslexikon

Abgeordnete
Die gewählten Mitglieder eines Parlaments.

Anreize
Der Begriff umschreibt die Tatsache, dass menschliches Handeln auch immer von (positiven oder negativen) Erwartungen abhängig ist.

Bedürfnis
Bedürfnis ist der Wunsch, einen Mangel zu beseitigen. So liegt dem Bedürfnis zu trinken, Durst als Mangelempfinden zugrunde.

Bürgerinitiative
Lockerer, zeitlich befristeter Zusammenschluss von Bürgerinnen und Bürgern, die wegen eines bestimmten Anliegens Einfluss auf die Politik nehmen wollen.

Bürgerliches Gesetzbuch (BGB)
In ihm stehen die wichtigsten rechtlichen Regelungen, die das Zusammenleben der Bürger betreffen, z. B. zu den Rechten und Pflichten beim Kaufvertrag.

Demografischer Wandel
So werden die Veränderungen in der Bevölkerungszusammensetzung hinsichtlich ihrer Größe und Struktur (z. B. Alterszusammensetzung) bezeichnet.

Demokratie
Das Wort stammt aus dem Griechischen und bedeutet Herrschaft des Volkes. Die Beteiligung aller Bürgerinnen und Bürger an allen Abstimmungen kann nur in sehr kleinen Staatsgesellschaften verwirklicht werden (direkte Demokratie). Wo dies nicht möglich ist, wählt das Volk Vertreter (Repräsentanten), die für das Volk handeln (repräsentative Demokratie).

Einkommen
Allgemein meint man damit das Arbeitseinkommen für Erwerbstätigkeit (Lohn, Gehalt, Gewinn). Darüber hinaus gibt es auch Einkommen als Entgelt für die Bodennutzung (Miete, Pacht) oder als Entgelt für die Nutzung von Kapital (Sparzinsen, Kreditzinsen). Einkommen, die der Staat ohne Gegenleistung bezahlt, nennt man Transfereinkommen.

Fraktion
Vereinigung im Parlament, die i. d. R. aus den Abgeordneten einer Partei besteht. Auch Mitglieder verschiedener Parteien, die gleichgerichtete politische Ziele verfolgen, können sich zu einer Fraktion zusammenschließen.

Gemeinde
Die Gemeinden (Kommunen) bilden das unterste politische Gemeinwesen in der Bundesrepublik Deutschland. Gemeinden besitzen das Recht der Selbstverwaltung (Art. 28 GG) und regeln im Rahmen der Gesetze alle Angelegenheiten der örtlichen Gemeinschaft in eigener Verantwortung.

Gemeinwohl
Unter Gemeinwohl versteht man das Wohlergehen einer gesellschaftlichen Gruppe (z. B. eines Staates, einer Religionsgemeinschaft, einer Schule, einer Klasse). Das Gemeinwohl zu steigern, ist ein Ziel politischer Entscheidungen. Dazu müssen einzelne oder persönliche Interessen manchmal aufgegeben oder durch einen Kompromiss ausgeglichen werden.

Generation
Damit meint man alle innerhalb eines bestimmten Zeitabschnitts geborenen Menschen. Der Abstand zwischen zwei Generationen ist der Abstand zwischen den Geburtsjahren von Großeltern, Eltern und Kindern.

Gerechtigkeit
Einstellung, Prinzip, Zustand, bei dem jede Person das erhält, was ihr zusteht. Wie dieser Zustand zu erreichen ist, ist umstritten. So unterscheidet man Chancengerechtigkeit, Leistungsgerechtigkeit, Bedarfsgerechtigkeit und Teilhabegerechtigkeit.

Geschäftsfähigkeit
Die Fähigkeit, gültige Rechtsgeschäfte abzuschließen. Die beschränkte Geschäftsfähigkeit beginnt mit der Vollendung des 7. und endet mit der Vollendung des 18. Lebensjahres. Mit Vollendung des 18. Lebensjahres erhält man die volle Geschäftsfähigkeit.

Gesellschaft
Eine Gesellschaft bezeichnet einen

relativ dauerhaften Verbund von Gemeinschaften/Gruppen, die innerhalb einer politischen und wirtschaftlichen Ordnung leben und gemeinsame Normen und Werte teilen.

Gesetz
Ein Gesetz ist eine verbindliche Vorschrift, die das Ziel hat, das Zusammenleben der Menschen zu regeln. Es muss in einem dafür vorgesehenen Verfahren rechtmäßig zu Stande kommen. Gesetze werden von den Parlamenten (Bundestag, Landtag) beschlossen. Anmerkung: Gemeindevertretungen können lediglich Verordnungen auf Grundlage von bereits existierenden Gesetzen erlassen.

Gewerkschaft
Freiwilliger Zusammenschluss von Arbeitnehmern, um gemeinsame wirtschaftliche, soziale und berufliche Interessen besser durchsetzen zu können.

Grundgesetz (GG)
Das Grundgesetz (GG) wurde am 23. Mai 1949 verkündet und trat am darauffolgenden Tag als Verfassung der Bundesrepublik Deutschland in Kraft. In ihm sind die wesentlichen Bestimmungen für das Verhältnis von Individuum und Staat sowie für die staatliche Ordnung festgelegt.

Grundrechte
In der Verfassung garantierte Rechte, die für jeden Einzelnen gewährleistet werden, wie zum Beispiel die Meinungsfreiheit, die Versammlungsfreiheit und die Menschenwürde.

Güter
Güter sind ganz allgemein Mittel (z. B. Waren, Dienstleistungen, Rechte), mit denen Bedürfnisse befriedigt werden können. Sie haben einen Preis und sind in der Regel nicht unbegrenzt verfügbar. Nur wenige Güter auf der Erde (z. B. Luft, Sand in der Wüste) sind freie Güter, d. h. unbegrenzt vorhanden.

Haushalt
Die genaue Aufstellung der geplanten Einnahmen und Ausgaben für einen bestimmten Zeitraum (meist das kommende Jahr). Die Einnahmen werden nach den Quellen unterschieden, die Ausgaben nach dem Zweck der Verwendung.

Inflation
Prozess anhaltender Preisniveausteigerungen bzw. anhaltender Geldentwertung.

Interessenverbände
Organisierte Gruppen, die auf die Politik Einfluss nehmen möchten, ohne politische Verantwortung zu übernehmen. Zur Verfolgung gemeinsamer Interessen werden Zusammenschlüsse gebildet, z. B. Berufsverbände.

Kaufvertrag
Beim Kaufvertrag müssen sich Käufer und Verkäufer über die Kaufsache und den Kaufpreis einigen. In der Fachsprache heißt das, dass sie zwei übereinstimmende Willenserklärungen abgeben müssen (Angebot und Annahme). Der Verkäufer ist durch den Vertrag zur Übereignung der mangelfreien Kaufsache verpflichtet, der Käufer zur Bezahlung des vereinbarten Kaufpreises und zur Abnahme der Kaufsache.

Kinderarbeit
Kinderarbeit ist weltweit verbreitet. Etwa 200 Millionen Kinder unter 14 Jahren arbeiten. Nach den Regelungen der Internationalen Arbeitsorganisation (ILO) ist Kinderarbeit verboten, mit Ausnahmen für leichte Tätigkeiten ab 12 Jahren, wenn ein Schulbesuch gewährleistet ist. Erst ab 15 Jahren dürfen Jugendliche in Vollzeit arbeiten. Gefährliche Kinderarbeit oder Zwangsarbeit ist generell verboten – nach ILO-Erhebungen arbeiten jedoch weltweit über die Hälfte der Kinderarbeiter unter unerträglichen Bedingungen.

Knappheit
Knappheit entsteht dadurch, dass unsere Wünsche und Bedürfnisse unbegrenzt, die vorhandenen Güter auf der Erde jedoch begrenzt sind. Knappheit ist also letztlich der Grund für die wirtschaftliche Betätigung des Menschen. Güter zur Befriedigung von Bedürfnissen müssen von den Menschen hergestellt werden, die Preise der Güter sind ein Gradmesser für ihre Knappheit.

Kommune
→ siehe Gemeinde

Kredit
Ein Gläubiger überlässt einem Schuldner Geld unter der Voraussetzung der Rückzahlung.

Markt
Der reale oder virtuelle Ort, an dem

Angebot und Nachfrage nach Gütern und Leistungen aufeinandertreffen und Preise gebildet werden (z. B. Automarkt, Börse). Das Grundprinzip des Marktes ist der Tausch.

Mandat
Auftrag; der Wähler beauftragt durch die Wahl einen Politiker, seine Interessen zu vertreten.

Massenmedien
Sammelbezeichnung für Presse, Rundfunk, Fernsehen und Internet. Allgemein Kommunikationsmittel, mit denen Informationen durch Schrift, Ton oder Bild einseitig an ein sehr breites Publikum übermittelt werden können.

Mediendemokratie
Form der Demokratie, in der die Artikulation und Diskussion von politischen Problemen in erster Linie von den Medien angestoßen und vermittelt wird.

Mobbing
Mobbing bedeutet, dass jemand z. B. in der Schule schikaniert, belästigt, drangsaliert, beleidigt, ausgegrenzt wird. Wenn man eine negative Handlung als Mobbing bezeichnen möchte, dann muss diese häufig und wiederholt auftreten und sich über einen längeren Zeitraum erstrecken. Das Mobbingopfer ist der Situation häufig hilflos ausgeliefert und leidet stark unter der Situation.

Nachhaltigkeit
Der Begriff der Nachhaltigkeit entstand bereits im 18. Jahrhundert in der Forstwirtschaft. Hier setzte sich die Erkenntnis durch, dass eine sinnvolle bzw. effiziente Forstwirtschaft nur dann zu betreiben ist, wenn in einem Forst nicht mehr Bäume geschlagen werden als nachwachsen können. Diese Erkenntnis wird seit einigen Jahren auf andere Branchen übertragen (etwa auf die Fischereiwirtschaft), auch werden eigene Labels für nachhaltiges Wirtschaften entwickelt. Zunehmend wird der Begriff Nachhaltigkeit auch in anderen Bereichen verwendet („nachhaltige Bildung", „nachhaltige Finanzwirtschaft"); problematisch erscheint dabei, dass der Begriff damit an Schärfe verliert und zu einem „Allerweltsbegriff" wird, was der Nachhaltigkeitsdebatte eher abträglich ist.

Ökologie
So bezeichnet man die Wissenschaft von den Wechselbeziehungen zwischen den Lebewesen und ihrer Umwelt.

Ökonomisches Prinzip
Das ökonomische Prinzip besagt, dass die vorhandenen Mittel (Geld, Zeit) optimal eingesetzt werden sollen, um ein bestimmtes Ergebnis zu erreichen. Bei vorgegebenen Mitteln soll ein möglichst hoher Ertrag erzielt werden (Maximalprinzip). Bei einem vorgegebenen Ertrag sollen möglichst geringe Mittel eingesetzt werden (Minimalprinzip).

Politik
Politik bedeutet die allgemeinverbindliche oder auf Allgemeinverbindlichkeit zielende Problemlösung oder Gestaltung des Gemeinwesens. Unterschieden werden drei Dimensionen der Politik: policy (Inhalte), polity (Rahmen), politics (Konflikte).

Preisbildung
Prozess, in dem sich in einer Marktwirtschaft auf den Märkten die Preise bilden. Preisbildung ist abhängig von Marktform und Anzahl der Anbieter und Nachfrager. Sie vermittelt zwischen Produktion und der Befriedigung bestehender Bedürfnisse.

Produktion
Bezeichnet den Prozess der Herstellung von Produkten durch den Einsatz betrieblicher Produktionsfaktoren. Dies können im weiteren Sinne auch Dienstleistungen (Haarschnitt beim Friseur) sein.

Produktionsfaktoren
Dies sind Güter und (Dienst-)Leistungen, die eingesetzt werden, um andere Güter und (Dienst-)Leistungen herzustellen bzw. zu erbringen. Die klassischen Produktionsfaktoren sind Arbeit, Kapital und Boden. Im betriebswirtschaftlichen Fertigungsprozess unterscheidet man diese Produktionsfaktoren: Betriebsmittel (z. B. Maschinen), Werkstoffe (werden verarbeitet), Arbeit und Informationen.

Rechtsfähigkeit
Mit der Geburt ist der Mensch Träger von Rechten und Pflichten.

Schulgesetz
Das Schulgesetz ist eine Regelsammlung für alle Schulen in einem Bundesland. Es legt unter anderem fest, welchen Auftrag die Schulen

haben, wie sie organisiert sein sollen, welche Möglichkeiten der Mitbestimmung es für Schüler, Eltern und Lehrer gibt und welche Rechte und Pflichten Schüler haben. Auch wie Entscheidungen innerhalb der Schule getroffen werden sollen und wer an ihnen beteiligt werden muss, regelt das Schulgesetz.

Sozialstaat

Bezeichnung für einen Staat, der seinen Bürgern ein Existenzminimum sichert, wenn sie in Not geraten sind, und für einen gerechten Ausgleich zwischen Reichen und Bedürftigen sorgt. In Deutschland geschieht dies z. B. durch die Sozialversicherungspflicht und durch staatliche Unterstützung, wie die Sozialhilfe, Kindergeld oder Ausbildungs- und Arbeitsförderung.

Sozialversicherungssystem

Bezeichnung für die Gesamtheit gesetzlicher Pflichtversicherungen in Deutschland (Arbeitslosen-, Renten-, Kranken-, Pflege- und Unfallversicherung). Die Sozialversicherung versichert den Einzelnen gegen Risiken für seine Existenz. Sie ist organisiert nach dem Solidarprinzip. Sozialversicherungspflichtig sind alle abhängig Beschäftigten. Die Versicherungsbeiträge teilen sich Arbeitgeber und Arbeitnehmer.

Staat

Mit dem Begriff bezeichnet man eine Vereinigung vieler Menschen (Staatsvolk) innerhalb eines durch Grenzen bestimmten geografischen Raumes (Staatsgebiet) unter einer unabhängigen (souveränen) Staatsgewalt, die von den Staatsorganen (Regierung, Parlamente, Gerichte, Polizei) ausgeübt wird.

Steuern K

Steuern sind allgemeine Geldabgaben der Bürger und Unternehmen an den Staat. Alle Steuerpflichtigen müssen Steuern zahlen. Es gibt verschiedene Steuerarten (z. B. Einkommensteuer, Mineralölsteuer, Hundesteuer). Steuern sind in der Regel nicht an einen bestimmten Zweck gebunden.

Taschengeld

Meist regelmäßige Zuwendungen an Jugendliche, über die sie mit Einwilligung der Erziehungsberechtigten frei verfügen können.

Taschengeldparagraf

Regelung des BGB, die besagt, dass Geschäfte von Minderjährigen dann wirksam sind, wenn diese mit Mitteln bezahlt werden (in der Regel Taschengeld), die ihm zur freien Verfügung von den gesetzlichen Vertretern (Eltern) überlassen worden sind.

Transfereinkommen

Als Transfereinkommen bezeichnet man Einkommen, welches durch den Staat oder andere Institutionen bereitgestellt wird, ohne dass eine konkrete Gegenleistung erfolgt. (Beispiele: Sozialhilfe, Arbeitslosengeld II etc.)

Verbraucherschutz

Maßnahmen zum Schutz der Gesundheit der Verbraucher und zur Stärkung ihrer Rechte als Konsumenten. Mit bestimmten Gesetzen (z. B. zur Kennzeichnung von Lebensmitteln oder zur Gewährleistung), aber auch durch eine verbesserte Information und Aufklärung (z. B. durch Produktsiegel und Warentests) soll die Position der Verbraucher gegenüber den Anbietern verbessert werden.

Wahlen

Verfahren der Berufung von Personen in bestimmte Ämter durch Stimmabgabe einer Wählerschaft. In Demokratien werden die wichtigsten Staatsämter durch Wahlen besetzt. Freie Wahlen müssen bestimmte Wahlgrundsätze erfüllen. Bei den Bundestagswahlen sind dies nach Art. 38 (1) GG die fünf Wahlgrundsätze allgemein, unmittelbar, frei, gleich und geheim. Das genaue Wahlverfahren (Verhältniswahl, Mehrheitswahl) ist meist in Wahlgesetzen geregelt.

Werbung

Im wirtschaftlichen Sinne die Bekanntmachung von Gütern oder Dienstleistungen mit der Absicht, bei den Konsumenten eine Kaufhandlung auszulösen. Wird dies versteckt gemacht, spricht man von Schleichwerbung.

Wirtschaftskreislauf

Modell, in dem die Tauschvorgänge zwischen den Wirtschaftssubjekten (private Haushalte, Unternehmen; erweiterte Darstellungen umfassen Staat, Banken und auch das Ausland) dargestellt werden.

Hinweise zur Bearbeitung der Aufgaben

Anforderungsbereich I (Reproduktion)

Er verlangt in erster Linie das Wiedergeben und Darstellen von fachspezifischen Sachverhalten aus einem abgegrenzten Gebiet und im gelernten Zusammenhang unter reproduktivem Benutzen geübter Arbeitstechniken.

ANFORDERUNGSBEREICH I

Operator	Beschreibung der erwarteten Leistung
beschreiben	Strukturiert und fachsprachlich angemessene Materialien vorstellen und/oder Sachverhalte darlegen.
gliedern	Einen Raum, eine Zeit, oder einen Sachverhalt nach selbst gewählten oder vorgegebenen Kriterien systematisierend ordnen.
wiedergeben	Kenntnisse (Sachverhalte, Fachbegriffe, Daten, Fakten, Modelle) und/oder (Teil-)Aussagen mit eigenen Worten sprachlich distanziert, strukturiert und damit unkommentiert darstellen.
zusammenfassen	Sachverhalte auf wesentliche Aspekte reduzieren und sprachlich distanziert strukturiert und unkommentiert wiedergeben (→ wiedergeben).

Anforderungsbereich II (Reorganisation und Transfer)

Er fordert das selbstständige Erklären, Bearbeiten und Ordnen bekannter fachspezifischer Inhalte und das angemessene Anwenden gelernter Inhalte und Methoden auf andere Sachverhalte.

ANFORDERUNGSBEREICH II

Operator	Beschreibung der erwarteten Leistung
analysieren	Materialien, Sachverhalte oder Räume kriterienorientiert oder aspektgeleitet erschließen und strukturiert darstellen.
charakterisieren	Sachverhalte in ihren Eigenarten beschreiben (→ beschreiben), typische Merkmale kennzeichnen und diese dann gegebenenfalls unter einem oder mehreren bestimmten Gesichtspunkten zusammenführen.
einordnen	Begründet eine Position/Material zuordnen oder einen Sachverhalt begründet in einen Zusammenhang stellen.
erklären	Sachverhalte so darstellen – gegebenenfalls mit Theorien und Modellen –, dass Bedingungen, Ursachen, Gesetzmäßigkeiten und/oder Funktionszusammenhänge verständlich werden.
erläutern	Sachverhalte in ihren komplexen Beziehungen an Beispielen und/oder Theorien verdeutlichen (auf Grundlage von Kenntnissen bzw. Materialanalyse).
herausarbeiten	Materialien auf bestimmte, explizit nicht unbedingt genannte Sachverhalte hin untersuchen und Zusammenhänge zwischen den Sachverhalten herstellen.
vergleichen	Gemeinsamkeiten, Ähnlichkeiten und Unterschiede von Sachverhalten kriterienorientiert darlegen.

Anforderungsbereich III (Reflexion und Problemlösung)
Er umfasst den reflexiven Umgang mit neuen Problemstellungen, den eingesetzten Methoden und gewonnenen Erkenntnissen, um zu Begründungen, Folgerungen, Beurteilungen und Handlungsoptionen zu gelangen.

ANFORDERUNGSBEREICH III

Operator	Beschreibung der erwarteten Leistung
beurteilen	Den Stellenwert von Sachverhalten oder Prozessen in einem Zusammenhang überprüfen (→ überprüfen), um kriterienorientiert zu einem begründeten Sachurteil zu gelangen.
entwickeln	Zu einem Sachverhalt oder zu einer Problemstellung eine Einschätzung, ein konkretes Lösungsmodell, eine Gegenposition oder ein Lösungskonzept inhaltlich weiterführend und/oder zukunftsorientiert darlegen.
erörtern	Zu einer vorgegebenen Problemstellung eine reflektierte, abwägende Auseinandersetzung führen und zu einem begründeten Sach- und/oder Werturteil kommen.
Stellung nehmen	Beurteilung (→ beurteilen) mit zusätzlicher Reflexion individueller, sachbezogener und/oder politischer Wertmaßstäbe, die Pluralität gewährleisten und zu einem begründeten eigenen Werturteil führt.
überprüfen	Inhalte, Sachverhalte, Vermutungen oder Hypothesen auf der Grundlage eigener Kenntnisse oder mithilfe zusätzlicher Materialien auf ihre sachliche Richtigkeit bzw. auf ihre innere Logik hin untersuchen.

Nach: Niedersächsisches Kultusministerium (Hrsg.), Kerncurriculum für das Gymnasium Schuljahrgänge 8-10 Politik-Wirtschaft, Hannover 2015, S. 24 f.

Um einen abwechslungsreichen und spannenden Unterricht auch in heterogenen Klassen zu gewährleisten, werden innerhalb der Aufgaben an wenigen Stellen Operatoren verwendet, die im niedersächsischen Kerncurriculum nicht explizit aufgeführt sind. Diese Operatoren sind jeweils nach den Vorgaben der Einheitlichen Prüfungsanforderungen in der Abiturprüfung Sozialkunde/Politik (Beschluss der Kultusministerkonferenz vom 01.12.1989 i. d. F. vom 17.11.2005, S. 17 f.) einem der drei Anforderungsbereiche zugeordnet.

Register

Bildnachweis

AdobeStock / Lena Balk – S. 42; - / IRINA – S. 159; Gina Sanders – S. 155; - / schulzfoto – S. 42; Alamy Stock Photo / Bildagentur-online, Schoening – S. 74; - / Lenscap – S. 145; - / Panther Media GmbH – S. 125;

Baaske Cartoons / Mester, Müllheim – S. 77; Christian Burkert, Hannover – S. 62;

dpa-Infografik / Globus-Grafik – S. 121, 160 (2); dpa Picture-Alliance / Arco Images GmbH, A. Rose – Cover; - / Bildarchiv, Ingo Wagner – S. 131; - / Bildarchiv, Panasia Kubo – S. 113; - / dpa Themendienst, Andrea Warnecke – S. 157; - / Deutscher Tierschutzbund, HO – S. 156; - / EU – S. 156; - / Fotoreport, Klaus Franke – S. 26; - / Horst Galuschka – S. 113; - / Carmen Jaspersen – S. 87; - / Eric Meier – S. 46; - / Sina Schuldt – S. 90; - / Sueddeutsche Zeitung Photo, Stephan Rumpf – S. 80; - / The Advertising Archives – S. 131; - / Zentralbild, dpa-Report, Oliver Killig – S. 90; - / Zentralbild, Sascha Steinach – S. 42; - / Zentralbild, Sebastian Willnow – S. 92, 137;

foodwatch e. V., Berlin – S. 163; Foto: Netzwerk Blühende Landschaft – S. 38;

Getty Images / Anadolu Agency – S. 138; Getty Images Plus / iStock Editorial, AdrianHancu – S. 42; - / iStockphoto, Antonio_Diaz – S. 38; - / iStockphoto, ArminStautBerlin – S. 38; - / iStockphoto, artisteer – S. 104; - / iStockphoto, NiKita Filippov – S. 90; - / iStockphoto, fizkes – S. 132; - / iStockphoto, homydesign – S. 74; - / iStockphoto, johnbraid – S. 84; - / iStockphoto, Jovanmandic – S. 74; - / iStockphoto, jpkirakun – S. 97; - / iStockphoto, LightFieldStudios – S. 124; - / iStockphoto, Jacob Ammentorp Lund – S. 38; - / iStockphoto, monkeybusinessimages – Cover; - / iStockphoto, NadiaCruzova – S. 162; - / iStockphoto, Nastco – S. 104; - / iStockphoto, nautiluz56 – S. 38; - / iStockphoto, RobertoDavid – S. 66; - / iStockphoto, SeventyFour – S. 74; - / iStockphoto, shotsstudio – S. 42; - / iStockphoto, vuk8691 – S. 146; - / OJO Images, Chris Ryan – Cover; - / Pixland – S. 161; - / Stockbyte – S. 161; - / Stockbyte, Comstock Images – S. 80;

iStockphoto / AndrewScherbackov – S. 51, 52 (3), 53 (3), 54, 65 (6); - / bonetta – S. 119 (3); - / dashadima – S. 126; - / Steve Debenport – S. 80; - / dra_schwartz – S. 33; - / Ola Dusegard – S. 42; - / Illerlock_Xolms – S. 144; - / Nikada – S. 80;

Leinewelle – Visualisierung Cityförster finales Konzept – S. 45; Leinewelle e. V. / Lutz Beyer, Hannover – S. 46;

MAN, Bus und Truck, AG, München – S. 74; Marine Stewardship Council, Berlin – S. 156;

Stadt Oldenburg, Oldenburg – S. 81; Stadtwerke Einbeck – S. 38; Stadtwerke Wilhelmshaven / AdNord – S. 74; Statista GmbH, Hamburg – S. 112; Stiftung Warentest, Berlin – S. 156;

The Seasteading Institute / Patri Friedman – S. 14; The Seasteading Institute and Gabriel Scheare, Luke & Lourdes Crowley, & Patrick White (Roark 3D) – S. 12, 15, 23; TransFair e.V., Köln – S. 156; TRIGEMA, Burladingen – S. 119;

Umweltbundesamt, Dessau - S. 156;

Wildner + Designer, Fürth – S. 108; www.oekotest.de, Frankfurt – S. 156.

Mediencode: 71070-01 – S. 33:
AdobeStock / Syda Productions
Getty Images Plus / iStockphoto, shironosov
Getty Images Plus / iStockphoto, oksun70